L'HORIZON À L'ENVERS

DU MÊME AUTEUR
CHEZ POCKET

ET SI C'ÉTAIT VRAI...
OÙ ES-TU ?
SEPT JOURS POUR UNE ÉTERNITÉ...
LA PROCHAINE FOIS
VOUS REVOIR
MES AMIS MES AMOURS
LES ENFANTS DE LA LIBERTÉ
TOUTES CES CHOSES QU'ON NE S'EST PAS DITES
LE PREMIER JOUR
LA PREMIÈRE NUIT
LE VOLEUR D'OMBRES
L'ÉTRANGE VOYAGE DE MONSIEUR DALDRY
SI C'ÉTAIT À REFAIRE
UN SENTIMENT PLUS FORT QUE LA PEUR
UNE AUTRE IDÉE DU BONHEUR
ELLE & LUI
L'HORIZON À L'ENVERS

SEPT JOURS POUR UNE ÉTERNITÉ
en bande-dessinée

SI C'ÉTAIT À REFAIRE
&
UN SENTIMENT PLUS FORT QUE LA PEUR
(coffret)

MARC LEVY

L'HORIZON À L'ENVERS

roman

Robert Laffont | Versilio

MIXTE
Papier issu de sources responsables
FSC® C003309
www.fsc.org

Pocket, une marque d'Univers Poche,
est un éditeur qui s'engage pour la préservation
de son environnement et qui utilise du papier fabriqué
à partir de bois provenant de forêts gérées
de manière responsable.

ISBN : 978-2-266-28071-6

À mes parents,
à ma sœur,
à mes enfants,
à ma femme,
et
à Susanna

« Rien n’est plus imminent que l’impossible. »

Victor HUGO

HOPE

On entendit une sirène dans le lointain.

Le visage collé à la fenêtre, Josh inspira profondément. Son regard se perdait vers les façades de brique du quartier où Hope et lui s'étaient installés un an plus tôt.

Un scintillement de lumières bleues et rouges apparut sur l'avenue déserte et se rapprocha, illuminant toute la pièce alors que la fourgonnette s'immobilisait devant la porte de l'immeuble.

Désormais, chaque seconde était comptée.

— Josh, il va falloir que je procède…, supplia Luke.

Se retourner et contempler le visage de la femme qu'il aimait était au-dessus de ses forces.

— Josh, murmura Hope alors que l'aiguille entrait dans sa veine, ne regarde pas, ce n'est pas nécessaire. Nos silences nous ont toujours suffi.

Josh s'approcha du lit, se pencha vers Hope et l'embrassa. Elle entrouvrit ses lèvres pâles.

— Ce fut un privilège de te connaître, mon Josh, dit-elle en lui souriant, et elle ferma les yeux.

On frappa à la porte. Luke se leva et fit entrer l'équipe : deux brancardiers et un médecin qui se précipita au chevet de Hope pour prendre son pouls. Il tira de sa sacoche un entrelacs de câbles et d'électrodes, les disposa sur sa poitrine, à ses poignets et chevilles.

Le médecin observa les tracés sur la bande de papier et fit signe aux deux brancardiers. Ils avancèrent la civière et soulevèrent Hope pour l'y déposer sur un matelas de glace.

— Nous devons faire vite, dit le médecin.

Josh les regarda emporter Hope, il aurait voulu partir avec eux mais Luke le retint par le bras et l'entraîna vers la fenêtre.

— Tu crois vraiment que cela peut marcher ? soupira-t-il.

— Pour ce qui est du futur, répondit Luke, je n'en sais rien, pour ce soir, nous avons accompli l'impossible.

Josh regarda la rue en contrebas. Les brancardiers chargeaient la civière dans leur fourgonnette, le médecin y grimpa à son tour et referma les portières.

— Si ce toubib s'était rendu compte de quelque chose… je ne saurai jamais comment te remercier.

— Les apprentis sorciers, c'est vous deux, mon rôle n'aura pas été si important. Et puis le peu que j'ai fait, c'est pour elle.

— Ce que tu as fait était essentiel.

— Selon sa théorie… et seul l'avenir nous le dira, si nous sommes toujours là.

1.

— Pourquoi te dénigres-tu toujours ? C'est fou qu'une fille comme toi manque à ce point de confiance en elle. Ou alors, c'est un stratagème.

— Quel genre de stratagème ? Il n'y a que toi pour dire des imbécillités pareilles.

— Peut-être est-ce une façon de chercher à ce qu'on te fasse des compliments.

— Tu vois que j'ai raison ! Si j'étais jolie, tu ne penserais pas que j'ai besoin que l'on me fasse des compliments.

— Tu me fatigues, Hope. Et puis ce qui est irrésistible chez toi c'est ton esprit. Tu es la fille la plus drôle que je connaisse.

— Quand un garçon dit d'une fille qu'elle est drôle, c'est en général qu'elle est moche.

— Ah bon, parce qu'elle ne peut pas être jolie et drôle à la fois ? Si j'avais osé dire ça, tu m'aurais accusé de sexisme et de machisme.

— Et d'être un crétin fini – mais moi, j'ai le droit de le dire. Alors, elle est comment cette Anita ?

— Quelle Anita ?

— Fais l'innocent !

— Elle ne m'accompagnait pas ! Nous étions voisins dans la salle et nous avons juste échangé nos opinions sur le film.

— Vous avez échangé des opinions sur un film dont le scénario se résume à une course-poursuite d'une heure vingt et une embrassade pathétique à la fin ?

— Tu m'empêches de travailler !

— Ça fait une heure que tu reluques la brune assise au fond de la bibliothèque, tu veux que j'aille plaider ta cause ? Je peux lui demander son numéro de téléphone, si elle est célibataire, et lui dire que mon camarade rêverait de l'emmener voir un film d'auteur. *La grande bellezza*, ou un chef-d'œuvre de Visconti, ou même un vieux Capra…

— Je travaille vraiment, Hope, et je n'y suis pour rien si cette jeune femme se trouve dans mon champ de vision quand je réfléchis.

— On ne peut pas reprocher à la force de la gravité que les gens tombent amoureux, je te l'accorde. Et tu réfléchis à quoi ?

— Aux neuromédiateurs.

— Ah ! Noradrénaline, sérotonine, dopamine, mélatonine…, récita Hope sur un ton ironique.

— Tais-toi et écoute-moi un instant. On leur reconnaît le pouvoir de mobiliser le cerveau sur des actions particulières, de potentialiser l'attention, la mémorisation, d'influer sur nos cycles de sommeil, nos comportements alimentaires ou sexuels… La mélatonine, par exemple, joue un rôle dans la dépression hivernale…

— Si tu peux me dire quel neuromédiateur joue un rôle dans la dépression estivale, au moment de se mettre en maillot, je te propose pour le Nobel.

— Et si ces molécules fonctionnaient à double sens ? Si les neuromédiateurs recueillaient des informations sur les effets qu'ils provoquent au cours de notre vie ? Imagine qu'ils agissent comme des particules de mémoire vive qui collecteraient tout notre acquis, ce qui façonne et modifie notre caractère. Personne ne sait où se situe dans le cerveau le siège de notre conscience, ce qui fait de chacun de nous un être unique. Alors, suppose qu'à l'instar d'un réseau de serveurs informatiques qui contiendrait un ensemble faramineux de données, les neuromédiateurs forment le réseau où serait logée notre personnalité.

— Brillant ! Génial, même ! Et tu entends prouver cela comment ?

— Pourquoi crois-tu que je fais des études de neurosciences ?

— Pour séduire les filles, et je suis certaine que le premier prof auquel tu parleras de tes idées révolutionnaires te proposera de bifurquer vers le droit, ou la philo, n'importe quoi qui lui permette de ne plus te compter parmi ses élèves.

— Mais si j'avais raison, tu réalises ce que cela impliquerait ?

— À supposer que ta théorie fumeuse soit fondée et en imaginant qu'on arrive un jour à décrypter les informations contenues par ces molécules, on pourrait accéder à un instant T de la mémoire d'un être humain.

— Pas seulement, nous pourrions aussi la recopier, et pourquoi pas transférer la conscience d'un homme vers un ordinateur.

— Je trouve cette idée épouvantable, et puis pourquoi tu me parles de ça ?

— Pour que tu travailles sur ce projet avec moi.

Hope partit dans un éclat de rire que leurs voisins de table réprimandèrent du regard. Le rire de Hope mettait toujours Josh de bonne humeur. Même quand elle riait à ses dépens, ce qu'elle faisait souvent.

— Commence par m'offrir à dîner, chuchota-t-elle, et pas un truc indigeste livré à domicile, je te parle d'un vrai restaurant.

— Si cela peut attendre… je suis fauché en ce moment, mais je vais toucher un peu d'argent à la fin de la semaine.

— Ton père ?

— Non, les cours de sciences que je donne à un attardé dont les parents s'acharnent à croire qu'il fera un jour des études dignes de ce nom.

— Tu es snob et méchant. C'est moi qui paierai l'addition.

— Dans ces conditions, d'accord pour t'inviter à dîner.

*

Josh avait fait la connaissance de Hope durant leur premier mois sur le campus. C'était au début de l'automne, Luke et lui fumaient une cigarette d'un genre pas très licite sur un coin de pelouse en partageant leurs déboires sentimentaux. À quelques mètres, Hope révisait ses cours, adossée au tronc d'un cerisier.

D'une voix haute et claire, elle avait demandé si quelqu'un était atteint d'un mal incurable qui justifie l'usage médicinal d'un psychotrope en plein air.

Luke s'était redressé, tentant d'identifier si cette voix était celle d'un professeur ou d'une étudiante, et, tandis qu'il scrutait les alentours, Hope avait agité le bras. Puis, soufflant sur la frange qui barrait son front, elle avait dévoilé ses yeux et Luke avait été envoûté.

— Tu m'as l'air en forme, j'en conclus que c'est ton copain là-bas, vautré à compter les étoiles en plein jour, qui doit être mourant, bien que votre tabac jamaïcain y soit sans doute pour quelque chose, même moi je me sens bizarre.

— Tu veux te joindre à nous ? avait demandé Luke.

— Merci, mais j'ai déjà du mal à me concentrer. Grâce à votre brillante conversation sur la gent féminine, je relis depuis une demi-heure la même ligne. C'est fou ce que les garçons de votre âge peuvent dire comme imbécillités sur les femmes.

— Qu'est-ce que tu lis de si intéressant ?

— *Malformations congénitales du système nerveux central*, du professeur Eugene Ferdinand Algenbruck.

— « C'est une jolie fille, mince et désinvolte, taillée pour survivre des pieds à la tête. » *Parlez-moi d'amour* de Raymond Carver. À chacun son livre culte, n'est-ce pas ? Mais si tu veux bien nous éclairer sur la gent féminine, c'est un mystère plus entier que les pathologies du cortex cérébral, et bien plus passionnant.

Hope observa Luke avec circonspection, referma son livre et se leva.

— Première année ? lui avait-elle demandé en le rejoignant.

Josh s'était avancé pour la saluer, elle s'était tue, se contentant de fixer la main qu'il lui tendait. Surpris qu'elle ne lui tende pas la sienne en retour, il s'était rassis.

Luke n'avait rien perdu du regard qu'ils avaient échangé, de la lumière apparue dans les yeux de Hope, et si cette inconnue le fascinait déjà, il avait compris que ce n'était pas sur lui qu'elle avait jeté son dévolu.

Hope nierait toujours avoir ressenti la moindre attirance pour Josh ce jour-là, mais Luke n'en croyait pas un mot et rappelait, chaque fois que le sujet resurgissait, que la suite des événements lui avait donné raison.

Josh aussi jurerait n'avoir rien noté de particulièrement séduisant chez Hope ce jour-là, ajoutant même qu'elle était de ces filles que l'on ne trouve belles que lorsqu'on les connaît vraiment. Et Hope ne réussirait jamais à lui faire avouer si c'était un compliment ou un sarcasme.

Les présentations faites, ils profitèrent de la douceur d'un soir d'été indien. Josh étant peu disert, Luke s'efforçait de répondre à sa place dès que Hope posait une question et Josh prenait un malin plaisir à voir son meilleur ami se donner tant de mal.

*

Au milieu de l'automne, Hope, Josh et Luke formaient un trio d'amis inséparables. À la fin des cours, ils se retrouvaient sur l'esplanade de la bibliothèque quand le temps s'y prêtait, en salle de lecture les jours froids ou pluvieux.

Des trois, Josh était celui qui travaillait le moins et récoltait les meilleures notes. À chaque examen, Luke comparait leurs résultats et devait admettre que Josh possédait une intelligence scientifique supérieure à la leur. Hope tempérait son jugement, Josh était certes brillant, mais il usait surtout à outrance de son pouvoir de séduction, tant auprès des professeurs que de ses victimes féminines. Au mieux, elle lui reconnaissait plus d'imagination qu'eux, mais beaucoup moins de rigueur.

Luke au moins ne se laissait pas distraire par la première paire de jambes qui passait devant lui, et, comme elle, il avait pour priorité de réussir ses études.

Un soir où ils révisaient à la cafétéria, une étudiante assise à une table voisine dévorait Josh des yeux, qui ne se privait pas de lui retourner des regards en coin. Hope avait interrompu leur petit manège en lui proposant d'aller sauter cette dinde dans sa chambre au lieu de faire semblant de bosser.

— Très élégant, cette remarque, avait-il rétorqué.

— Un partout, avait arbitré Luke. Une question… Pourquoi avez-vous besoin de vous chamailler en permanence tous les deux ? Vous devriez passer à autre chose.

Et devant leur silence, Luke avait ajouté :

— Sortir ensemble par exemple.

Il s'ensuivit une gêne mémorable et Hope se retira peu de temps après, prétextant devoir réviser ses examens, ce qui était scientifiquement impossible en présence de deux crétins comme eux, avait-elle conclu en s'en allant.

— Qu'est-ce qui t'a pris ? demanda Josh.

— Je suis fatigué de vous voir vous tourner autour comme deux adolescents. C'est agaçant à la fin.

— De quoi je me mêle ! Et puis, entre Hope et moi, il n'y a que de l'amitié.

— Tu es peut-être moins intelligent qu'on le dit. Ou vraiment aveugle pour être à ce point à côté de la plaque.

Josh avait haussé les épaules et quitté la cafétéria à son tour.

De retour dans le studio qu'il partageait avec Luke, il s'était installé face à son ordinateur portable afin d'entreprendre des recherches dont il était peu coutumier. Après avoir essayé tous les pseudonymes qui lui passaient par l'esprit, il avait dû se rendre à l'évidence, Hope était la seule personne qu'il connaisse à ne pas apparaître sur la Toile. Il trouva cette discrétion intrigante.

Le lendemain il alla l'attendre à la sortie des cours. Ils parcoururent les allées du campus et ses tentatives pour aborder le sujet restèrent vaines. Hope s'amusa à contourner la bibliothèque sans que Josh se rende compte qu'ils étaient revenus à leur point de départ. Puis elle prit la direction du bâtiment où se trouvait sa chambre.

— Qu'est-ce que tu veux, Josh ? finit-elle par lui demander.

— Te tenir compagnie, rien d'autre.

— Tu as pris du retard et tu voudrais que je t'aide à faire tes devoirs ?

— Je ne suis jamais en retard.

— Comment arrives-tu à être à jour avec le temps que tu passes à fumer des joints ? Un mystère pour la science !

— Je vais à l'essentiel, j'optimise mes heures de travail.

— Je pencherais plutôt pour une armée de petites laborantines à ton service.

— Tu m'énerves, Hope, à toujours me juger. Pour qui me prends-tu ?

— Pour un surdoué, et ça m'agace encore plus, alors j'ai du mal à l'admettre.

Et Josh se demanda si elle était sincère ou ironique.

Devant sa résidence, Hope lui rappela que l'accès en était interdit aux garçons. À moins de porter une perruque, il ne franchirait pas le hall d'entrée.

Josh posa enfin la question qui l'avait conduit jusque-là.

— Comment sais-tu que je n'apparais pas sur les réseaux sociaux ? lui répondit Hope.

— Je n'ai rien trouvé.

— Donc tu as cherché !

Le silence de Josh avait valeur d'aveu.

— Tu ne dis rien ? persista-t-il.

— Non, moi aussi je cherche ce qui a bien pu te pousser à perdre de ton temps si précieux pour glaner des informations à mon sujet sur Internet. Ce n'était pas plus simple de me les demander ?

— Alors je te demande.

— Afficher tout ce que l'on fait, c'est vouloir montrer aux autres que notre vie est plus belle que la leur. La mienne est juste différente, parce que c'est ma vie et pas celle d'une autre, alors je la garde pour moi. Et puis toi non plus tu n'es pas sur Facebook !

— Ah oui ? Comment le sais-tu ? demanda Josh, avec ce sourire qui agaçait Hope au plus haut point.

— Un partout, comme dirait Luke, répondit-elle.

— Je n'aime pas les réseaux sociaux, je n'aime pas les réseaux tout court, lâcha Josh, je suis un solitaire.

— Que veux-tu faire plus tard ?

— Dresseur d'éléphants dans un cirque.

— C'est ce genre de réponse qui me fait penser que l'on ne couchera jamais ensemble, lâcha Hope sans mesurer l'énormité de ce qu'elle venait de dire.

Pris de court, Josh n'eut pas le temps de réagir.

— Parce que tu n'y as jamais pensé, peut-être ? enchaîna Hope.

— Si, mais je savais que tu ne voudrais jamais d'un dresseur d'éléphants dans ton lit, alors je n'ai rien tenté.

— Pour les éléphants, je n'ai rien contre, après tout… Mais bon, tu ne serais qu'une énième conquête à mon tableau de chasse, dit-elle en se moquant ouvertement de lui. Et puis songe au lendemain… Ce serait tellement pénible de t'avouer que tu ne dois pas te faire d'illusions et espérer que nous deux, ça pourrait être sérieux. Je me vois partant à l'aube en catimini pendant que tu dors et j'en suis déjà morte de honte. Tu mérites mieux que moi, je te le jure…

— C'est comme ça que tu me vois ? l'interrompit Josh. Tu crois que je suis ce genre de type, désinvolte et vulgaire ?

— Vulgaire jamais, désinvolte sans doute.

Josh, l'air consterné, s'éloigna et Hope se demanda si elle n'était pas allée un peu trop loin. Elle se précipita vers lui.

— Regarde-moi dans les yeux et jure-moi que tu n'es pas ce genre de type.

— Tu es libre de penser ce que tu veux.

Josh accéléra le pas, mais Hope le rattrapa et se campa face à lui.

— Laisse-moi la nuit au labo et je mettrais au point une pilule que je dissoudrai discrètement dans ton café demain matin, dit-elle.

— Et quels seraient les effets de cette pilule ? questionna Josh qui n'avait pas encore digéré le coup.

— Effacer de ta mémoire ce qu'on s'est dit depuis vingt-quatre heures, enfin surtout ce que j'ai dit, mon humour douteux… et tous mes défauts. Mais sois rassuré, tu te souviendras encore de mon prénom.

Ce furent les deux fossettes qui venaient de se creuser à la commissure de ses lèvres alors qu'elle lui souriait qui firent chavirer Josh, telles deux parenthèses qui allaient encadrer le reste de son existence. Quelque chose de singulier était apparu sur le visage de Hope. Était-ce une expression qu'elle n'avait encore jamais eue, ou qu'il n'avait encore jamais perçue, mais il sentit à cet instant que plus rien entre eux ne serait comme avant. Aucune de ses conquêtes n'avait jusque-là réussi à percer sa carapace, ce soir, Hope avait visé juste avec ses remarques.

Il l'embrassa sur la joue, regretta cet empressement qu'il trouva terriblement maladroit et fit le constat tout aussi terrible qu'il ne réussissait pas à aligner trois mots, ne serait-ce que pour souhaiter une bonne fin de soirée à son amie.

— Tu veux qu'on reste là à compter les fenêtres encore éclairées ? suggéra Hope. Je t'aurais bien proposé les étoiles, je sais que tu les aimes, mais le ciel est couvert ce soir.

Hope se demanda ce qui pouvait la pousser à agresser Josh de la sorte. Elle aussi avait le sentiment qu'une curieuse gêne flottait dans l'air. Le temps était venu de baisser la garde. À force de le repousser, elle finirait par l'éloigner vraiment. Vouloir se protéger était peine perdue, elle l'avait dans la peau et s'enferrer dans le déni n'y changerait rien. Si elle ne mettait pas sa vie sexuelle au premier rang de ses préoccupations, contrairement à beaucoup de ses camarades, il lui fallait bien reconnaître qu'une abstinence certaine, pour ne pas dire totale, s'était imposée depuis qu'elle avait rencontré Josh, et cela n'était peut-être pas une coïncidence. Pouvait-on être naïve au point de rester inconsciemment fidèle à quelqu'un avec qui il ne se passait rien ? Quelle molécule imbécile pouvait inciter le cerveau à se limiter ainsi ?

Josh l'observait, perplexe. Hope eut une envie furieuse de l'inviter chez elle. À cette heure le hall était désert. Gravir l'escalier, parcourir les quelques mètres du couloir jusqu'à la porte de sa chambre ne présenterait pas de grand danger, à condition d'être discrets. Au pire, ils croiseraient une autre étudiante – la probabilité qu'une sainte-nitouche aille la dénoncer était assez faible. Elle avait déjà surpris certaines de ses voisines prendre ce genre de risque. Hope avait imaginé tout cela en quelques secondes, mais la partie la plus délicate de son plan consistait à en parler à celui qui la fixait des yeux. Il suffisait pourtant de dire quelque chose de simple, « Tu veux monter prendre un dernier verre ? » – sachant qu'il n'y avait dans sa chambre ni alcool ni autre verre que son verre à dents –, ou alors, aussi compromettant, mais plus crédible, « Veux-tu que nous poursuivions cette conversation là-haut ? ». Elle essaya à trois reprises, et chaque fois les mots restèrent coincés dans sa gorge.

Josh continuait de la dévisager, le temps filait et il fallait passer à l'action… ou pas. Elle réussit à lui sourire un peu plus béatement qu'elle ne le faisait déjà, puis elle haussa les épaules et s'engouffra seule dans l'immeuble.

Josh, songeur, tenta d'évaluer l'étendue des dégâts que cette conversation infligerait à leur amitié, considérant aussi le fait d'avoir pensé un instant opter pour la monogamie. Ceci l'inquiéta peut-être encore plus que cela et il se promit de ne pas tirer de conclusion définitive avant le lendemain, de n'en tirer d'ailleurs aucune si tout était redevenu normal, et, dans tous les cas, de ne plus jamais poser son regard sur la bouche de Hope.

*

Hope s'allongea sur son lit, fixa le plafond, attrapa l'un de ses livres de cours dont elle tourna les pages sans réussir à se concentrer, regretta pour une fois de ne pas avoir de colocataire et, sentant que le sommeil ne viendrait pas, elle se leva et décida de se rendre au laboratoire.

Les soirs d'insomnie, elle aimait y travailler. Le labo du campus, une immense pièce aux murs roses, décoration qui pour Hope tenait du mystère, disposait de tout le matériel dont un étudiant pouvait rêver. Microscopes, centrifugeuses, armoires réfrigérées, caissons stériles, et une trentaine de tables comprenant une paillasse, un évier et un ordinateur. Mais pour y parvenir, il fallait parcourir un corridor qui lui fichait la trouille. Elle inspira profondément, songea qu'elle aurait pu passer le reste de la soirée avec Josh, si pour une fois elle avait su exprimer ses sentiments, et sortit de chez elle.

Elle remonta une allée et atteignit le hall du bâtiment. Ses convictions écologistes sur les économies d'énergie flanchèrent au moment d'emprunter le couloir plongé dans la pénombre donnant accès au labo. Elle accéléra et se mit à fredonner.

En poussant la porte de la salle, elle s'étonna d'y trouver Luke. Penché sur un microscope, il semblait ne pas l'avoir entendue entrer. Hope s'approcha à pas feutrés, bien décidée à lui faire la peur de sa vie.

— Ne sois pas idiote, Hope, finit-il par grommeler derrière le masque de protection qui recouvrait une bonne partie de son visage, ce que je manipule est fragile.

— Et qu'est-ce que tu manipules à cette heure tardive ? questionna Hope, déçue d'avoir raté son effet.

— Des cellules en cours de réchauffement.

— Sur quoi travailles-tu ?

— Quand tu me déconcentres, sur rien ! Je suppose que si tu es venue ici en pleine nuit c'est aussi pour travailler, non ?

— Charmant ! répondit-elle en ne bougeant pas d'un pouce.

Luke releva la tête et pivota sur son tabouret.

— Qu'est-ce que tu veux, Hope ?

— Est-ce que Josh a de l'humour ? Je veux dire sous son faux sourire ravageur, est-ce qu'il a vraiment le sens de l'humour ?

Luke considéra gravement Hope, et retourna à son microscope.

— J'aime bien parler à ton dos, reprit Hope, mais tu pourrais tout de même être un peu plus poli.

Luke refit pivoter son tabouret.

— Josh est mon meilleur ami, toi tu es nouvelle dans la bande, alors si tu imagines que je vais te parler de lui en son absence, tu te trompes.

— Pourquoi réchauffer des cellules ?

— Nous sommes d'accord, cette question est sans rapport avec la précédente ?

— Je croyais que le sujet était clos, alors je passais à autre chose.

— Bien ! Pour tenter de les réveiller.

— Tu les avais endormies ?

— Oui, en les réfrigérant.

— Mais pourquoi ?

Luke comprit qu'il ne se débarrasserait pas d'elle comme ça. Il était fatigué et ses travaux l'occuperaient encore une bonne partie de la nuit. Il fouilla la poche de sa blouse, sortit deux pièces de vingt-cinq cents et les tendit à Hope.

— La machine à café est dans le couloir. Long, crème et double dose de sucre pour moi ; pour le tien, tu fais comme tu veux.

Hope le regarda, amusée, mains sur les hanches.

— Tu me prends pour qui ?

Luke la fixa, silencieux.

— Tu devrais avoir honte, dit-elle en se dirigeant vers le distributeur.

Elle revint quelques instants plus tard et posa le gobelet sur la paillasse.

— Alors, sur quoi tu bosses ?

— D'abord, promets-moi que tu ne diras rien à Josh.

L'idée de partager avec Luke un secret, et quelle qu'en soit la nature, du moment que Josh l'ignore, combla Hope de joie. Elle acquiesça d'un mouvement de tête et lui accorda toute son attention.

— Tu as déjà entendu parler de la biostase ?

— L'hibernation ?

— Presque, c'est un état similaire à l'hibernation, mais un peu plus poussé. On l'appelle aussi « arrêt réversible de la vie ».

Hope attrapa une chaise et s'assit.

— Certains mammifères ont la possibilité de ralentir leur métabolisme jusqu'à un stade proche de la mort. Pour cela, ils abaissent graduellement leur température corporelle quasiment à zéro. Dans cette léthargie, l'animal diminue drastiquement sa consommation d'oxygène, divise par cent son rythme cardiaque et son flux sanguin, c'est à peine si l'on peut percevoir les battements de cœur. Pour survivre, l'organisme produit de puissants anticoagulants qui empêchent la formation de caillots. Les processus cellulaires sont, pour ainsi dire, stoppés. C'est assez fascinant, n'est-ce pas ? La question est de savoir si d'autres mammifères jouissent de ce même pouvoir sans savoir le mettre en œuvre. Tu as sûrement entendu parler des cas, rares, mais bien réels, de personnes tombées dans des eaux glacées, ou perdues en montagne, secourues après un temps assez long et qui ont pourtant survécu à une hypothermie majeure et prolongée, sans séquelles neurologiques. Leur organisme a réagi de façon similaire, en se mettant dans une sorte de veille extrême pour protéger les organes vitaux, exactement comme les animaux dont je te parlais.

— OK, OK, je sais tout ça, mais pourquoi tu travailles sur la biostase ?

— Ne va pas si vite. L'état de biostase permettrait, en théorie, et j'insiste sur le mot *théorie*, de figer un organisme et de le conserver indéfiniment.

— Ce n'est pas ce qu'on fait déjà avec les spermatozoïdes pour la fécondation in vitro ?

— Et même avec des embryons à leur stade de division précoce. Huit cellules au plus, mais ce sont pour ainsi dire les seuls organismes que l'on réussisse à conserver ainsi et surtout à ranimer à volonté. Préserver est une chose, ramener à la vie en est une autre. La science, en l'état actuel, se heurte à un problème physique. Quand on s'approche du froid extrême, des cristaux de glace se forment à l'intérieur des tissus et détruisent ou endommagent les cellules.

— Et tu cherches à prouver quoi, exactement ?

— Rien, je me contente d'étudier, c'est un domaine qui me fascine. La cryogénisation est à la croisée de plusieurs disciplines, la médecine bien sûr, l'ingénierie du froid, la chimie, la physique, mais le plus difficile est de trouver quelqu'un qui sache orchestrer toutes ces compétences.

— Tu aspires à être ce chef d'orchestre ?

— Un jour peut-être… on a le droit de rêver, non ?

— Pourquoi en faire un secret auprès de Josh ?

— J'ai mes raisons, et toi tu m'as fait une promesse, j'espère que tu t'y tiendras.

— Franchement, je ne trouve rien de sensationnel à passer sa nuit à observer des cellules congelées. Tu peux compter sur ma discrétion.

Luke se pencha sur son microscope et haussa les épaules.

— Laisse tomber, tu me prendrais pour un illuminé et puis je dois vraiment travailler.

Hope l'observa. Quelque chose la tracassait, elle était certaine qu'il n'y avait pas qu'à Josh que Luke cachait quelque chose.

— Tu sais pourquoi j'ai choisi de suivre ces études ? lâcha-t-elle après quelques secondes de silence.

— Non, et je m'en contrefiche !

— Pour mettre au point la molécule qui préviendra le développement des maladies neurodégénératives.

— Ben tiens ! Tu vas éradiquer la maladie d'Alzheimer, rien que ça ?

— Alzheimer et ses cousines, alors tu vois que dans la catégorie des grands illuminés, j'ai ma place.

Luke se retourna vers Hope. Son regard persistant la mit mal à l'aise.

— Un jour je t'expliquerai, pas ce soir ; maintenant laisse-moi, si tu es venue ici c'est que tu dois aussi avoir du boulot.

Hope sentit qu'elle n'en apprendrait pas plus, elle alla s'asseoir à une autre table.

Ses pensées se bousculaient. Ressassant les connaissances acquises au cours de sa première année d'études, elle cherchait à deviner en quoi la cryogénisation pourrait bénéficier à la médecine. Elle avait lu un article sur une expérience en cours aux urgences de l'hôpital de Pittsburgh. Des blessés en situation critique étaient placés en hypothermie profonde pour permettre aux chirurgiens de gagner le temps nécessaire à réparer leurs lésions. Durant l'intervention, la température corporelle était abaissée à dix degrés, plongeant l'organisme dans un état de quasi-mort clinique, avant qu'il soit réanimé. Après tout, pensa-t-elle, le froid offrirait peut-être à l'avenir d'autres avancées thérapeutiques majeures. Et elle voulut découvrir celles qui pouvaient conduire Luke à passer sa nuit en cachette de Josh.

Elle releva la tête, il était toujours penché sur son microscope.

— On pourrait utiliser le froid comme technique de ciblage dans l'attaque des cellules cancéreuses ? dit-elle. Supposons, par exemple, qu'avant une séance de chimio, on abaisse la température du corps. En toute logique, les cellules malignes devraient être endormies, donc plus vulnérables.

— Et dans ce cas, les cellules saines aussi, répondit Luke. Enfin, tu en parles demain en cours, on verra bien ce que te dira le prof.

— Sûrement pas, si j'ai eu une idée géniale, je préfère d'abord la creuser.

— Là où ton génie est remarquable, c'est que personne n'y a pensé avant toi, lâcha Luke d'un ton détaché. Si tu te donnes la peine de faire quelques recherches sur les serveurs que la faculté met à ta disposition, et ce avant ta prochaine découverte géniale, tu apprendras que l'on appose depuis plusieurs années des cryosondes sur des petites tumeurs pour faire chuter leur température à moins quarante degrés. Des cristaux de glace se forment à l'intérieur des cellules malignes, et quand elles se réchauffent, elles éclatent. C'est dingue ce que la médecine progresse pendant que tu me déranges.

— Ce n'était pas la peine d'être désagréable. Je voulais juste discuter.

— Non, tu cherches à savoir ce que je suis en train de faire et je n'ai aucune réponse à te donner. J'expérimente.

— Mais quel genre d'expérience fais-tu ?

— Un genre qui peut me faire virer de la fac, c'est pour cela que je travaille de nuit et que je préfère ne pas t'en dire plus. Tu comprends maintenant ?

— Je comprends surtout que je suis deux fois plus curieuse. Il faut croire que tu me connais vraiment mal. Bon, tu lâches l'info oui ou merde ?

Luke se leva et s'assit à côté d'elle. Il posa ses mains sur ses épaules et rapprocha son visage du sien.

— Tu vas prendre le temps de réfléchir, parce que si je partage ce secret avec toi, que tu le veuilles ou non, tu en seras complice.

— C'est tout réfléchi !

Mais Luke retourna à sa place et Hope sut qu'elle n'obtiendrait plus rien de lui pour le moment. Elle attrapa ses affaires et quitta le labo. Elle ne ressentit aucune peur en retraversant le couloir, elle était bien trop excitée pour cela.

De retour dans sa chambre, elle s'étendit sur son lit et ouvrit son portable pour rédiger un mail. Elle relut sa prose, hésita et l'envoya.

2.

La sonnerie du réveil retentit. Josh ouvrit l'œil et s'étira avant de s'extirper de son lit. Il se frictionna les joues à l'eau froide, observa sa mine défaite dans la glace au-dessus du lavabo et décida d'aller se raser sous la douche. Tout ce qui l'aiderait à dissiper sa torpeur était bon à prendre.

Rasé de frais, il se sécha, consulta sa montre et accéléra la cadence en enfilant ses vêtements. Les partiels se rapprochaient, la journée allait être longue.

Il fit l'inventaire de ses affaires de cours, vérifia que son téléphone était chargé, ses clés bien dans sa poche et claqua la porte du studio.

En chemin, il récupéra un exemplaire du quotidien gratuit du campus dans une boîte à journaux et fila à petites foulées vers la cafétéria.

Après s'être assis devant son petit déjeuner, il fit défiler les mails sur son portable pour s'arrêter sur le seul qui méritait d'être lu à jeun.

Mon cher Josh,
Autant aller droit au but : une partie de mon cortex m'incite à te dire : « Sans rancune pour hier », et l'autre ignore pourquoi je t'envoie ce message.
Je t'embrasse (sur la joue bien sûr).
Hope.

Il s'inquiéta de ne pas réussir à écrire une réponse qui la ferait sourire. Il y pensait encore pendant ses cours.

Lorsque Luke lui demanda pourquoi il regardait le plafond en murmurant depuis une heure, Josh lui répondit :

— Je crois que j'ai déconné avec Hope hier soir.

Luke ne parla pas du moment qu'ils avaient passé ensemble au labo.

— Tu lui as dit quelque chose sur nos travaux ? poursuivit Luke.

— Non, ça n'a rien à voir avec ça. Je l'ai raccompagnée en bas de chez elle, nous avons eu une conversation étrange et j'ai cru qu'elle allait m'inviter dans sa chambre. Je ne sais plus où j'en suis.

— Comment pourrais-tu savoir où tu en es au milieu de tes vastes conquêtes ?

— Hope est différente, et puis arrêtons avec cette légende, je n'ai pas tant d'aventures que ça. Je drague, mais je ne couche pas.

— Question de point de vue, enfin c'est tout de même moi qui recueille les doléances des filles que tu éconduis.

— Justement parce que je les éconduis, et puis ose dire que ça ne t'arrange pas, peut-être ! D'ailleurs, je peux savoir où tu as dormi ?

— J'ai passé la nuit au labo. Il faut bien que l'un de nous deux fasse avancer notre projet. Dis-moi la vérité, tu as l'intention de la mettre dans la confidence ? demanda Luke.

Josh fit mine de réfléchir à la question de son ami. Si ça n'avait tenu qu'à lui, il aurait convaincu Hope de se joindre à eux depuis longtemps, sa contribution serait précieuse… Mais connaissant Luke, il était plus habile de le laisser en décider.

— Pourquoi pas. Elle est brillante, imaginative, curieuse de tout, et…

— Je pense que tu sais très bien où tu en es avec elle, mais je te préviens, si nous la mêlons à nos histoires, tu devras mettre un mouchoir sur tes sentiments. Il est hors de question qu'une déconvenue amoureuse la fasse renoncer en cours de route. Si elle accepte, son engagement devra être inconditionnel.

*

Hope ne retourna pas au labo de la semaine. Elle consacrait tous ses moments libres à potasser des ouvrages sur la cryogénisation. Elle avait l'esprit de compétition : lorsque Luke finirait par lui lâcher le morceau, elle voulait être aussi calée que lui sur le sujet.

De son côté, Josh réfléchissait à la condition que Luke avait posée pour qu'elle intègre leur équipe. Il y voyait une bonne raison de ne rien changer à son mode de vie, mais étrangement, rien qui le satisfasse pour autant.

Le samedi, après avoir touché le solde de ses cours particuliers, il demanda à Luke de lui prêter sa voiture.

— Pour aller où ?

— Est-ce que ça changera ta décision ?

— Non, simple curiosité.

— J'ai besoin de prendre l'air, une petite virée à la campagne, je serai de retour ce soir.

— Allons-y demain ensemble, moi aussi une pause me ferait du bien.

— J'ai envie d'être seul.

— Une virée à la campagne en veston et chemise propre… Je peux connaître son prénom ?

— Tu me donnes tes clés ?

Luke fouilla la poche de son pantalon et les lui lança.

— Tu penseras à refaire le plein !

Josh descendit l'escalier et attendit d'être installé au volant de la Camaro avant de téléphoner à Hope. Plus qu'une invitation, il la somma de le retrouver à la sortie du campus, devant la station de métro de Vassar Street. Hope protesta par principe, elle avait du retard dans son travail, mais elle entendit Josh lui dire « Dans dix minutes » et il raccrocha.

— Bon, lâcha-t-elle en envoyant son portable sur le lit.

Elle arrangea ses cheveux devant la glace, enfila un pull, l'ôta pour en passer un autre, se recoiffa, récupéra son téléphone qu'elle glissa dans un sac et sortit.

Arrivée sur le lieu du rendez-vous, elle attendit que le flot des voitures s'arrête au feu rouge et chercha Josh sur le trottoir d'en face avant d'apercevoir la

Camaro garée en double file à quelques mètres du carrefour.

— Qu'est-ce qu'il y a ? s'inquiéta-t-elle en prenant place à bord.

— Il faut qu'on parle, je t'invite à dîner, et cette fois c'est moi qui t'invite. De quoi as-tu envie ?

Hope se demanda ce que Josh avait en tête. Elle aurait aimé abaisser le pare-soleil pour vérifier son apparence dans le miroir de courtoisie, mais elle renonça.

— Alors ?

— J'ai carte blanche ?

— Tant que c'est dans mes moyens.

— Pourquoi pas des huîtres au bord de la mer, emmène-moi à Nantucket.

— C'est à trois heures de route sans compter la traversée en ferry, tu n'as rien de plus proche à me proposer ?

— Non, dit-elle, du tac au tac. Mais une pizza fera aussi bien l'affaire, et avec ce que l'on économisera on paiera l'essence.

Josh la regarda, tourna la clé de contact et prit la route.

— Nous devrions rouler vers le sud et tu as pris la direction du nord, fit-elle remarquer alors qu'ils sortaient de la ville.

— Salem est à quarante-cinq minutes, on y trouvera tes huîtres et ton bord de mer.

— Va pour Salem, tu me raconteras des histoires de sorcières. D'ailleurs, de quoi veux-tu me parler ?

— De sorcellerie en quelque sorte, je t'en dirai plus lorsque nous serons à table.

Josh enfonça la cassette qui dépassait de l'autoradio et tourna le bouton du volume.

Ils échangèrent un regard complice au son des voix de Simon and Garfunkel, amusés de découvrir que les choix musicaux de Luke dataient d'une autre époque. Hope passa *Mrs. Robinson* en boucle, chantant à tue-tête, et Josh se félicita que la route ne les mène pas jusqu'à Nantucket.

Salem se découpa bientôt sur la ligne d'horizon. Josh y connaissait un bistrot de pêcheur sur le petit port, dans le centre historique. À vrai dire, le seul quartier qui méritait le voyage. Hope avait émis l'envie de fruits de mer et d'air marin, pas d'une visite touristique. Il gara la voiture sur un parking et l'entraîna vers le restaurant.

Il fit un numéro de charme à l'hôtesse qui les installa près d'une fenêtre.

— On peut s'en offrir combien ? chuchota Hope en regardant la carte.

— Autant que tu le souhaites.

— Je voulais dire sans devoir faire la vaisselle.

— Douze.

Le regard de Hope se posa sur un petit aquarium où rampaient trois homards, les pinces cerclées par des élastiques.

— Attends, dit-elle en lui reprenant la carte, j'ai une autre idée. On oublie les huîtres.

— Ce n'était pas le but de ce voyage ?

— Non, le but, c'est le truc important que tu dois me dire.

Sur ce, elle attrapa le serveur par le bras et le guida jusqu'à l'aquarium. Elle lui montra du doigt le plus petit des trois crustacés et lui demanda de le lui apporter dans un sac en plastique. Josh la laissa faire sans intervenir.

— Vous ne voulez pas qu'on le cuise d'abord ? s'enquit le serveur qui, avec le nombre de barjos venant visiter la ville des sorcières, pensait vraiment avoir tout vu, mais ça pas encore.

— Non, je le voudrais tel quel, avec l'addition s'il vous plaît.

Josh régla la note et suivit Hope qui, après avoir récupéré son homard, se précipita vers le petit port où quelques voiliers accolés flottaient sur les eaux calmes.

Elle s'allongea à même le quai, plongea le sac dans l'eau et l'en ressortit avant de se relever. Elle fit un tour d'horizon et s'exclama :

— Là-bas, la pointe de la presqu'île conviendra très bien.

— Je peux savoir ce que tu fabriques, Hope ?

Sans répondre, elle avança d'un pas pressé, laissant derrière elle une traînée d'eau s'écouler du sac dont l'étanchéité était à revoir.

Dix minutes plus tard, elle arriva essoufflée au bout de la jetée. Elle sortit l'animal et pria Josh de le tenir fermement. Elle libéra délicatement les pinces de leurs liens et fixa la bête dans le noir des yeux.

— Tu rencontreras le homard de tes rêves et lorsque vous aurez plein de petits homards ensemble, tu leur apprendras à ne pas se faire prendre dans les nasses des pêcheurs. Ils t'écouteront parce que tu es un survivant, et quand tu seras très vieux, tu leur raconteras qu'une certaine Hope t'a sauvé la vie.

Elle demanda ensuite à Josh de le lancer le plus loin possible.

Le homard fit un magistral vol plané avant de plonger dans l'Atlantique.

— Tu es complètement barrée, s'exclama Josh en regardant disparaître les bulles à la surface de l'eau.

— Venant de toi, je prends ça pour un compliment. Les huîtres, c'était foutu pour elles, elles étaient déjà ouvertes.

— Alors, espérons que ton protégé s'en sortira et réussira à gagner le grand large. J'ignore combien de temps il a passé menotté dans son bocal, mais il y a de quoi être engourdi.

— Je suis certaine qu'il s'en tirera, il avait une tronche de battant.

— Si tu le dis ! Et maintenant, qu'est-ce qu'on mange ?

— Un sandwich, si c'est dans tes moyens.

Ils repartirent par la plage. Hope avait ôté ses chaussures pour fouler le sable humide.

— Qu'est-ce que tu voulais me dire de si urgent ? demanda-t-elle à mi-chemin.

Josh s'arrêta et soupira.

— En fait, je voulais surtout te parler avant que Luke ne le fasse.

— Mais de quoi ?

— Qui finance tes études, Hope ?

L'espoir que Josh l'avait conduite ici pour lui parler d'eux s'éloigna aussi vite que l'océan emporté par la marée descendante.

— Mon père, dit-elle en reprenant ses esprits.

— Les miennes sont payées par un laboratoire, sous la forme d'un prêt. Une fois mon diplôme en poche, je devrai tout leur rembourser ou travailler pour eux pendant dix ans.

— Et tu disais que mon homard était resté longtemps menotté ?

— Tous les étudiants n'ont pas des parents capables de les aider.

— Comment tu t'es fait recruter ?

— Une sorte de concours, il fallait proposer un concept innovant, utopique aujourd'hui, mais envisageable dans le futur.

— Quelle étrange idée !

— La plupart des avancées technologiques qui ont changé notre façon de vivre auraient été jugées impossibles il y a trente ans. Ça laisse songeur, non ?

— Peut-être, enfin cela dépend de tes centres d'intérêt. Et Luke aussi a vendu son âme ?

— Nous avons concouru ensemble.

— Et quel projet innovant avez-vous imaginé ?

— Établir une carte informatique de l'ensemble des connexions du cerveau.

— Bien sûr… Et vous accomplirez cet exploit à deux, en menant de front vos études. Tu devrais peut-être ralentir les pétards.

— C'est très sérieux. Nous appartenons à une équipe de chercheurs, une équipe importante à laquelle des sommes considérables sont allouées pour faire aboutir ce projet. Luke et moi avons eu la chance de viser juste et d'y être intégrés.

— Bien sûr… Et comment avez-vous fait pour viser aussi juste ? demanda Hope dubitative et un peu jalouse.

— Jure-moi que cela restera entre nous. Pas un mot à Luke et s'il venait à t'en parler tu dois me promettre de jouer l'étonnée.

— Vas-y, je sens que je vais l'être, étonnée.

Josh arbora un grand sourire et répondit :

— En fait c'est simple, je suis génial !

Hope resta la bouche grande ouverte.

— Et d'une modestie à couper le souffle.

— Aussi.

— J'ai compris ! Comme tu penses que mon génie est supérieur au tien, tu voudrais que je bosse avec vous !

— Parfaitement, tu es brillante, tu as l'esprit ouvert et, comme nous, tu rêves de changer le monde.

— Admettons… Mais avant de te répondre, je veux pouvoir discuter avec vous deux de la façon dont vous exploiteriez vos travaux si vous arriviez à quelque chose de concret. Je te soupçonne d'avoir une idée derrière la tête. Et dis-moi une chose d'abord, pourquoi tu tenais à m'en parler avant Luke ?

— Parce qu'il a posé une condition à ta candidature.

— Laquelle ?

— Que rien ne se passe entre nous.

Et tandis que la possibilité d'une histoire d'amour entre eux achevait de s'éloigner, Hope se sentit dépitée, flattée qu'ils l'aient choisie, et enfin irritée.

— Je ne vois pas où est le problème puisqu'il n'y a rien entre nous et qu'il n'y aura jamais rien. Et puis de quoi se mêle-t-il ?

Josh fit un pas vers elle et la prit dans ses bras.

Hope n'avait jamais embrassé la première, et la plupart de ses premiers baisers avaient été de vrais fiascos, lèvres fades ou furieuses, mais celui qu'elle échangea avec Josh fut… elle chercha le mot pour qualifier ce frémissement qui lui parcourait le dos pour s'achever en mille éclats au creux de la nuque… son baiser était délicat. Et la délicatesse était ce qui la rendait la plus heureuse au monde, une qualité qu'elle vénérait entre toutes, qui témoignait d'un équilibre parfait entre le cœur et l'esprit.

Josh la regardait. Elle pria pour qu'il ne dise rien, qu'aucun mot ne gâche l'ivresse de cette première fois. Il plissa les yeux, ce qui le rendait encore plus irrésistible, et caressa sa joue.

— Tu es vraiment belle, Hope, tellement jolie, et tu es la seule à ne pas t'en rendre compte.

Hope se dit qu'à ce rythme elle finirait par se réveiller, on serait un dimanche matin, il pleuvrait des cordes et elle se retrouverait dans sa chambre, dans un vieux pyjama froissé, avec une gueule de bois terrible, ou l'une de ces migraines qui pouvaient lui rendre la vie impossible.

— Pince-moi ! dit-elle.

— Pardon ?

— Fais-le, je t'en prie, parce que si c'est moi qui me pince, je vais me faire mal.

Ils s'enlacèrent, s'embrassèrent encore, s'arrêtant de temps en temps pour s'observer dans le silence des premiers émois.

Josh prit la main de Hope et l'entraîna vers le port.

Ils entrèrent dans une pizzeria. La salle à manger était trop triste à leur goût, et ils décidèrent d'aller manger leur pizza assis sur le muret qui longeait la jetée.

Après ce dîner improvisé, ils allèrent se promener dans les rues de la vieille ville. Josh tenait Hope par la taille quand, au-dessus de leurs têtes, l'enseigne d'un bed and breakfast se mit à grésiller en s'allumant. Hope releva les yeux et posa son index sur les lèvres de Josh.

— Ne t'avise pas de partir en douce au petit matin en me laissant toute seule à Salem.

— Si nous n'avions pas des examens dans quelques semaines et si je ne risquais pas que Luke me tue pour ne pas lui avoir ramené sa voiture je t'aurais volontiers proposé de rester ici jusqu'à ce que tu ne me supportes plus.

Hope poussa la porte de l'établissement et choisit la chambre la moins onéreuse. En grimpant les escaliers jusqu'au dernier étage, ils sentirent s'accélérer les battements de leur cœur.

La pièce mansardée n'était pas dénuée de charme. Un semblant de toile de Jouy recouvrait les murs encadrant une lucarne qui donnait sur le port. Hope l'ouvrit et voulut s'y pencher pour respirer les embruns de la nuit, mais Josh la retint et commença à la déshabiller. Ses gestes étaient maladroits et Hope trouva en cela quelque chose de rassurant.

Elle ôta son pull, découvrant sa poitrine et fit signe à Josh d'enlever sa chemise. Leurs jeans atterrirent sur la chaise tandis qu'ils roulaient sur le lit.

— Attends, dit-elle en prenant son visage au creux de ses mains.

Mais Josh n'attendit pas et leurs deux corps s'unirent dans les draps défaits.

*

Le jour entra dans la chambre comme par effraction. Hope tira la couverture pour couvrir son visage et se tourna vers Josh. Il dormait, le bras posé sur elle. En ouvrant les yeux, il pensa que la femme qui se trouvait à ses côtés était de celles qu'on ne voit pas venir, dont on ne cesse de se demander à quoi elles pensent, si l'on est assez bien pour elle. De celles encore qui vous donnent l'espoir de devenir quelqu'un de meilleur.

— Il est tard ? grommela-t-il.

— Je dirais huit heures, mais il pourrait être midi et je n'ai aucune envie de vérifier sur mon portable.

— Moi non plus, le mien doit être saturé de messages de Luke.

— Disons qu'il est l'heure qu'il est et puis voilà !

— Nous devrions être en cours, j'ai une très mauvaise influence sur toi.

— Prétentieux ! Ce pourrait être moi qui ai une mauvaise influence sur toi.

— Ton visage est différent.

Hope se retourna et le chevaucha.

— Différent comment ?

— Je ne sais pas… lumineux.

— Mon visage n'est pas lumineux, il est juste illuminé par ce foutu soleil qui m'aveugle, d'ailleurs si tu étais galant, tu irais tirer le rideau.

— Ce serait dommage, cette lumière te va bien.

— D'accord, je me sens bien. Mais ne crois pas un instant que ce soit parce que tu es un amant magnifique. Une nuit de sexe est à la portée de qui veut bien se donner.

— Alors si je ne suis pas un amant magnifique, qu'est-ce qui te rend si… lumineuse ?

— Quelqu'un qui vous garde dans ses bras quand il dort, qui vous sourit en ouvrant les yeux, c'est comme une étincelle d'amour qui peut vous rendre heureuse. Et ne va pas paniquer parce que j'ai prononcé ce mot, c'était juste une façon de parler.

— Je n'ai pas peur. Et toi, est-ce que tu auras le courage de répondre à cette question : tu crois que tu pourrais aimer un jour un homme qui a tous mes défauts ?

Hope regarda dans le miroir au-dessus du lit le reflet de la chaise où reposaient leurs jeans emmêlés.

— Comment pourrais-je ne pas aimer un homme qui a sauvé un homard ?

— Donc je ne suis pas un amant magnifique !

— Peut-être que si, mais je ne te le dirai pas maintenant, je n'aimerais pas te voir t'enorgueillir de cela, tu as trop fréquenté de filles dont le centre de gravité se situe au niveau de leur postérieur.

Josh lui lança un regard noir et plongea la tête dans l'oreiller.

— Quoi, tu étais sérieux ? dit Hope en lui soulevant le menton. Tu ne vas pas essayer de me faire croire que tu es tombé amoureux de moi cette nuit ?

— Quelqu'un d'aussi intelligent que toi ne peut pas être nouille à ce point, c'est consternant.

— Ne joue pas avec ce genre de chose, Josh, je n'ai qu'un cœur et je n'ai pas envie qu'on me l'abîme.

— Tu crois que je te parlerais d'aimer si je n'étais pas sincère ?

— Je n'en sais rien.

— Bon, laisse tomber, j'aurais mieux fait de me taire. Habillons-nous, dit-il en se levant, il est temps de partir.

Hope l'attrapa par le bras et le tira vers le lit.

— Qu'est-ce que tu diras à Luke quand nous serons rentrés ? La vérité ou que sa voiture est tombée en panne ?

— Je crois que tu as peur du bonheur, Hope. Peut-être que tu crains d'y goûter et qu'il te file entre les doigts. Mais le bonheur, ça demande de prendre des risques. Toi, quand tu veux te faire plaisir, le truc qui te vient à l'esprit, c'est d'aller au labo ou de potasser tes livres à la bibliothèque. Comment peux-tu travailler avec une telle rage au cœur de changer le monde et te contenter de la monotonie de ta vie ? Mais si tu n'es pas prête à tout pour repousser les murs de ton quotidien, alors peut-être que tu ne veux pas être heureuse.

— Tu es irrésistiblement sexy quand tu t'énerves, Josh, et il n'y a rien de sexiste à dire à un homme qu'il est sexy quand c'est vrai.

Hope plaqua fougueusement ses lèvres sur celles de Josh et l'embrassa avant de lui faire l'amour. Elle resserra ses jambes autour de ses reins, s'accrocha à ses épaules tandis qu'il allait et venait entre ses cuisses. Ils jouirent ensemble et se laissèrent tomber sur les oreillers. Hope attendit que son souffle se calme.

— Ta grande tirade sur le bonheur était d'une naïveté pathétique, bourrée de préjugés à la con sur ce que je fais de ma vie, mais c'est la plus jolie déclaration d'amour que j'ai entendue.

Puis elle sauta du lit, attrapa son T-shirt sur le sol pour cacher sa poitrine encore perlée de sueur, fit de même avec son jean pour cacher son sexe et se précipita vers la salle de bains où elle s'enferma.

— Je te conseille d'aller t'acheter un journal parce que je vais prendre un bain qui va durer un temps fou, cria-t-elle à travers la porte.

*

Ils oublièrent leurs cours, les appels de Luke, ils oublièrent même qu'ils avaient besoin d'argent pour finir le mois. Ils s'offrirent une grasse matinée, un vrai déjeuner, puis chacun l'un pour l'autre un T-shirt arborant le nom de la ville au-dessus du dessin d'une sorcière pendue à un arbre, une tasse à crayon d'aussi mauvais goût pour Luke, et deux gaufres avant de prendre le chemin du retour.

La circulation était dense aux abords de la ville.

— Tu m'en dis un peu plus sur ce que vous traficotez, avec Luke ? demanda Hope.

— Il y a un mois une équipe de scientifiques a réussi à recréer sur ordinateur une partie du cerveau d'un rat. Une intelligence artificielle va s'unir à celle de ce petit mammifère, s'enrichir de ses capacités cognitives, mémorielles, d'apprentissage, de prise de décisions, d'adaptabilité…

— Génial, et ça donne quoi ? Un Mac qui va manger du gruyère ?

Josh resta de marbre et enchaîna.

— Cela ouvre le champ des possibles.

— Et quel est votre rôle dans tout ça ?

— Nous, nous réfléchissons à l'étape d'après.

— Recréer artificiellement le cerveau humain ? ricana Hope.

— Ce n'est pas pour demain, mais c'est en effet là-dessus que nous planchons, enfin pour être un peu plus modeste, ce à quoi nous collaborons.

— Mais à part vous, qui pourrait être assez dérangé pour vouloir transférer sa mémoire dans une machine ?

— Tous ceux qui rêvent d'une forme d'immortalité… Imagine que la pensée d'Einstein ne se soit pas éteinte avec lui.

— On lui doit la bombe atomique et tu voudrais qu'une intelligence artificielle dispose de son génie créatif ?

— Il a surtout élaboré la théorie de la relativité.

— D'accord, mais duquel des deux pans de son cerveau ton intelligence artificielle décidera de faire usage ?

— Ce n'est pas le sujet ! L'homme est confronté à sa propre fin. La plupart des religions aspirent à la réincarnation ou imaginent que mourir c'est libérer l'esprit du corps. L'humanité a évolué dans le cadre de cette lutte perpétuelle avec le néant, avec pour seul recours la vénération des défunts, la commémoration de leur existence. Comment accepter la précarité de la vie si nous devions totalement disparaître avec la mort. La technologie pourrait offrir un jour à l'homme la possibilité que la mémoire de son vécu ne soit plus transmise par ses seuls descendants, mais par lui-même.

— Attends… votre projet consiste à faire en sorte que chacun d'entre nous consigne sa vie sur un disque dur ?

— Non, ça, d'une certaine façon, beaucoup de gens le font déjà en publiant leur vie sur les réseaux sociaux. Je te parle d'établir la carte de toutes les connexions du cerveau, comme d'autres ont imaginé un jour établir le séquençage complet de l'ADN, ce qui semblait une tâche impossible. Lorsque nous aurons enfin compris comment agissent ces connexions, alors oui, nous pourrons transférer notre mémoire, non pas sur un support digital, ce qui ne serait jamais qu'un enregistrement figé à un instant T, mais au sein d'un réseau de neurones artificiels, pour obtenir un véritable clone de notre cerveau.

— Et donc continuer d'exister dans ton réseau informatique, sans corps, c'est-à-dire sans plaisir, sans nourriture et sans sexe ? Vous êtes fous !

— Avant de juger, s'emporta Josh, essaie de penser au-delà du cadre défini par la science, ou par notre ignorance. Je t'en prie, accorde-toi la liberté d'esprit, ou la naïveté comme tu le disais, d'un Jules Verne quand il a écrit *De la Terre à la Lune*, d'un Orwell quand il a publié *1984*, de ces doux dingues qui présageaient qu'un jour nous voyagerions dans l'espace, ceux qui sous les quolibets de la communauté scientifique évoquaient la possibilité qu'existent d'autres univers que le nôtre ; ou encore que l'on grefferait un cœur, des poumons, des reins, que l'on pourrait opérer des fœtus dans le ventre de leur mère pour réparer des malformations congénitales. Qui au siècle dernier aurait pu croire que nous serions capables de régénérer des organes à partir de cellules souches ? Alors, pourquoi ne pas imaginer que dans les temps à venir nous puissions transférer un esprit condamné par un corps vieillissant ou malade vers un autre organisme, ne serait-ce que le temps de le réparer ?

— J'ignorais qu'une telle ferveur t'animait, d'une certaine façon c'est touchant, mais ce que tu dis me semble terrifiant.

— Tu ne trouves rien de choquant à ce que la science nous permette de vivre avec des membres ou des organes artificiels, alors pourquoi pas un cerveau s'il était la copie conforme de l'original ?

— Parce qu'on ne pense pas avec nos bras ou nos jambes, que je sache.

— Notre corps n'est pas étranger à ce que nous sommes ni à notre personnalité. Et puis encore une fois, là n'est pas le sujet. Ce que j'essaie de te dire c'est que je ne suis pas le seul à imaginer que ce siècle, ou le suivant, pourrait voir le jour où l'homme aura enfin éradiqué le vieillissement et la mort.

— Et si notre mort était justement la condition nécessaire au développement de l'humanité, à sa survie ?

— Va dire cela à des parents dont l'enfant est atteint d'une maladie incurable. Et si je te suis, il aurait fallu renoncer aux antibiotiques, à la chirurgie, à la neurologie, à la recherche en général, à avoir tant œuvré pour allonger notre espérance de vie… Parce qu'il faudrait décider d'un âge auquel nous devrions mourir pour laisser la place aux générations suivantes ?

Les dernières lueurs du jour se faufilaient entre les gratte-ciel. Ils entrèrent dans la ville comme au retour d'un grand voyage, le leur pourtant n'avait pas duré bien longtemps.

— Je n'aurais jamais imaginé ressentir cela, confia Josh en garant la voiture.

Hope attendit, curieuse de savoir où il voulait en venir.

— Tu dormiras dans ta chambre, et moi, dans la mienne, je ne cesserai de me remémorer notre soirée à Salem. Je ne sais pas bien dire ces choses-là, mais je n'aime pas l'idée que nous ne dormions pas ensemble cette nuit.

Hope ne lui répondit pas, ses pensées étaient ailleurs. Si leur escapade avait comblé tous ses espoirs, leur conversation sur le chemin du retour lui laissait un drôle de vague à l'âme. Elle qui se targuait d'avoir l'esprit ouvert ne pouvait accepter sans réserve l'idée que l'homme dont elle s'était éprise mène des recherches dont la finalité lui paraissait obscure.

— Toi qui me traitais de séducteur… J'aurais mieux fait de me taire, grommela Josh.

— Je pourrais te rejoindre, à condition que tu te débarrasses de ton colocataire. D'ailleurs, qu'est-ce que tu vas lui dire ?

— Que voudrais-tu que je lui cache ?

— J'ai cru comprendre que le fait que nous sortions ensemble ne le réjouissait pas.

— J'ai cru comprendre que nos travaux ne t'emballaient pas, alors je ne vois pas en quoi notre relation le concerne.

Hope embrassa Josh sur la joue et s'en alla.

Il la regarda s'éloigner. Quand elle disparut derrière la porte de son immeuble, il tapa rageusement sur le volant avant de redémarrer.

3.

Josh jeta les clés sur la table basse, se laissa choir sur le canapé et annonça sans détour à Luke qu'il n'avait pas pu remplir le réservoir de la voiture. Il promit de laisser trente dollars dans le tiroir de la cuisine lorsqu'il en aurait les moyens, ce qui lui semblait très généreux étant donné qu'il n'avait pas roulé bien loin. Luke, allongé sur son lit, ne releva pas les yeux de sa lecture.

Josh s'était préparé à une litanie de reproches, mais pas à ce que son ami l'ignore. Il ne se laisserait pas entraîner dans ce petit jeu. Il prit une part de la pizza achetée en route et qui commençait à refroidir et attrapa un journal au passage.

— Tu feras le plein toi-même ce soir, je ne suis pas ton larbin, lâcha enfin Luke.

— Ce soir ?

— J'ai bossé figure-toi, pendant que tu effeuillais les marguerites…

Josh comprit que quelque chose s'était produit en son absence.

— Tu as obtenu un résultat ? demanda-t-il en se levant d'un bond.

— Peut-être…

— Ça va, je ne suis parti que quelques heures !

— Tu as disparu une journée, une nuit, et la journée suivante, pendant que je me coltinais tout le boulot.

— Non, pendant que tu mettais en application une idée que je t'avais soumise.

— Si tu as fini de t'intoxiquer avec cette nourriture immonde, nous pourrions aller faire un tour au Centre, dit Luke en emportant une part de la pizza.

Une demi-heure s'était écoulée depuis qu'ils avaient quitté le campus, Luke n'avait pas dit un mot durant le trajet. Il abandonna l'autoroute pour s'engager dans le tréfonds d'une banlieue lointaine.

La Camaro déboucha dans une ruelle déserte bordée d'entrepôts sinistres. Luke ralentit en approchant d'un bâtiment aux bardages blanchâtres. Il le contourna avant de s'arrêter devant un portail coulissant le long d'une clôture rehaussée de fils barbelés. Il abaissa la vitre, sortit un badge de sa poche et l'inséra dans la fente d'un lecteur. Une caméra pivota sur son axe avant que le portail ne s'ouvre.

Luke alla garer la voiture. Les deux compères se dirigèrent à pied vers une lourde porte métallique, sécurisée par un lecteur d'empreintes digitales. Ils y posèrent la main à tour de rôle avant de pénétrer, *via* un sas, à l'intérieur du bâtiment.

Le Centre, ainsi qu'on le nommait, était un laboratoire privé, propriété de la société Longview, elle-même propriété d'une nébuleuse économique.

La centaine de scientifiques qui fréquentaient ce lieu y œuvraient en quasi-autonomie. Une autre des particularités du Centre résidait dans la diversité de ses domaines de recherches. Nanotechnologie, biotechnologie, biologie moléculaire, informatique, robotique, intelligence artificielle, neurosciences, pour n'en citer que quelques-uns. Hormis le personnel d'encadrement, tous les chercheurs avaient deux choses en commun. Aucun n'avait passé la trentaine et tous étaient des étudiants au cursus universitaire financé par Longview. Mais l'originalité la plus notable du Centre était d'avoir sélectionné exclusivement des projets de recherche que toute autre instance scientifique aurait qualifiés d'utopies, ou de pures fictions. La philosophie de ceux qui détenaient et finançaient Longview tenait à l'adage inscrit sur les murs des salles de repos : « Rien n'est plus imminent que l'impossible. »

Josh et Luke, à l'instar de tous ceux qui collaboraient au Centre, n'avaient jamais rencontré leur employeur, seulement l'intermédiaire qui les avait contactés pour leur annoncer que leur candidature avait été retenue. Le professeur Flinch les avait accueillis le premier jour, leur avait fait signer le règlement, un contrat de confidentialité et l'acte de prêt qui finançait leurs études, scellant leur destin pour au moins dix ans.

Et tandis que Josh suivait Luke vers leur poste de travail, il eut une pensée pour Hope, il lui sembla presque l'entendre lui murmurer : « Luke aussi a vendu son âme ? »

Luke ouvrit une armoire autoclave, dont le contenu était maintenu à une température constante de 37,2 degrés, en sortit plusieurs rangées de porte-tubes sur le devant de la clayette pour atteindre une boîte en verre, cachée derrière eux. À l'intérieur de celle-ci se trouvait une plaque recelant quatre-vingt-seize réceptacles.

Il la posa sur une table, s'empara d'une pipette à succion et soutira délicatement le contenu d'une dizaine d'alvéoles qu'il répartit de façon égale sur des lamelles. Après avoir préparé ses échantillons, il les plaça sur la platine d'un microscope, se pencha au-dessus des tubes porte-oculaires, effectua quelques réglages et céda la place à Josh.

— Je te laisse constater par toi-même.

Josh resta un long moment les yeux plaqués sur les optiques avant de se relever.

— Tu peux regarder autant que tu veux, reprit Luke, je n'ai fait que cela durant ton absence et j'ai vérifié cent fois, aucune n'est identique. On ne s'emballe pas, nous n'en sommes qu'aux balbutiements, mais tu avais vu juste, les neurones que j'ai extraits du cerveau de notre rat se sont agrégés sur chacune des puces de silicium et ont formé spontanément un réseau[1].

— C'est colossal ! souffla Josh en prenant Luke dans ses bras. Est-ce qu'elles sont actives ?

— Je ne connais encore rien de leurs propriétés, je voudrais laisser la culture se poursuivre quelques jours, ensuite nous les essaierons toutes et nous verrons bien.

— Tu en as parlé à quelqu'un ? s'inquiéta Josh.

— Bien sûr que non, pourquoi crois-tu que je te harcelais au téléphone.

1. Cette expérience a été réalisée par Thomas DeMarse à l'université de Floride.

— Et demain, à la réunion hebdomadaire ? questionna Josh en lançant un regard vers l'une des caméras qui filmaient la salle.

Les salles de réunion, les espaces de travail et les laboratoires étaient reliés par un réseau intranet, permettant à chacun d'enrichir ou de consulter les comptes rendus des expériences menées par l'ensemble des chercheurs. Mais aucun équipement ne disposait d'une connexion avec le monde extérieur. Le mardi soir, un comité sélectionnait les avancements jugés les plus intéressants pour les soumettre à la communauté des chercheurs qui avaient pour obligation de les consulter sans tarder.

« Il n'est pas de progrès scientifique aujourd'hui qui ne soit collectif et interdisciplinaire », avait expliqué le professeur Flinch, seul « patron » auquel ils devaient rendre compte. « Ce que vous découvrirez ne sera peut-être d'aucun intérêt pour vous, mais pourra apporter quelque chose d'essentiel aux travaux de l'un de vos collègues. La contrepartie aux moyens et à la liberté qui vous sont accordés ici, celle d'oser tout imaginer, est de ne laisser aucune place à votre ego. Longview est une équipe, nous n'inventons pas le futur, nous l'explorons. Cette chance exceptionnelle qui vous est offerte exige de vous la plus grande humilité. Celui ou celle qui dérogera à cette règle n'a pas sa place ici, ne l'oubliez jamais. »

Josh, les yeux rivés sur la diode rouge de la caméra, croyait l'entendre encore.

— Ne sois pas parano, soupira Luke. Je ne pense pas qu'on épie tous nos faits et gestes. Et puis nous ne dissimulons rien, je veux juste nous donner le temps de vérifier que nous avons réellement accompli une prouesse. Je préfère ce risque-là à celui de me ridiculiser devant les autres.

— Nous avons désagrégé par le froid quatre mille neurones prélevés dans le cerveau d'un rat, réussi à les faire adhérer à des microplaques de silicium, nous les avons ramenés à la vie selon un cycle de réchauffement d'une minutie exemplaire, leur avons fourni des nutriments essentiels à leur réveil et à leur survie, et ces neurones se sont spontanément reliés les uns aux autres pour communiquer entre eux, et tu as peur de te ridiculiser ?

— Dans le labo voisin, chuchota Luke, six de nos camarades ont reproduit l'expérience de Mussa-Ivaldi, mais cette fois avec des sondes acoustiques. Lorsqu'ils émettent certaines fréquences sonores, leur petit robot avance, ils le font tourner à droite, à gauche ou reculer. Leur androïde a pour seul processeur le cerveau d'un batracien maintenu dans une solution nutritive. Ils vont annoncer cela demain, je ne veux pas que l'on se fasse piquer la vedette, c'est tout.

— Je crois que tu as un vrai problème de confiance en toi. Enfin, nous ferons comme tu préfères. Ils ont vraiment réussi ce coup-là, les zozos d'à côté ?

— Je les ai entendus se congratuler dans le couloir.

— C'était peut-être juste pour te faire enrager.

— Non, je t'assure que dans mon entourage, tu es le seul à adorer faire chier les autres.

Josh entraîna Luke vers l'angle mort de la caméra.

— Demain nous intégrerons dix de ces puces sur une plaque plus large et nous les relierons entre elles. On leur balancera un algorithme simple et on regardera ce qu'elles exécutent. Il faut que nous puissions mesurer leur puissance de calcul et surtout découvrir si, lorsqu'elles sont interconnectées, celle-ci croît de façon linéaire, logarithmique ou exponentielle.

— Et ensuite ? questionna Luke.

— Nous essayerons de copier ce que nous leur aurons appris à faire sur de simples composants électroniques. Maintenant, rentrons, je suis épuisé, j'ai peu dormi la nuit dernière.

Dès que la voiture fut hors de portée des brouilleurs de fréquences dont le complexe était équipé, Josh consulta son portable. Hope n'avait pas laissé de message.

— Tu as couché avec elle ? demanda Luke en s'engageant sur l'autoroute.

Josh rangea son téléphone dans la poche de son blouson et baissa la vitre.

— Donc tu as couché avec elle, conclut Luke.

— Qui te dit que j'étais avec Hope ?

— Tu viens de te trahir, et puis vous n'étiez ni l'un ni l'autre en cours.

— Sois rassuré, elle ne veut pas travailler avec nous, finit par confier Josh.

— Nous étions convenus que c'était moi qui devais lui en parler, qu'est-ce que tu lui as dit ?

— Rien de précis, juste une conversation d'ordre général sur mes centres d'intérêt.

— Vous n'avez parlé que de sexe ?

— Parfois, t'es con, Luke ; non, en fait, assez souvent.

— Si tu n'as rien balancé, alors à quoi a-t-elle dit non ?

— Elle n'a pas dit non, j'ai simplement senti une hostilité de sa part, question d'éthique, je suppose.

— Parce que tu t'y es pris comme un manche. Si tu m'avais laissé faire…

— Eh bien convaincs-la puisque tu es plus malin que moi. Et puis je croyais qu'il fallait que je choisisse entre notre projet et mes sentiments.

— Enfin, on y arrive !

— À la vitesse à laquelle tu te traînes, ça m'étonnerait qu'on arrive où que ce soit.

— Je savais qu'une fois que je t'aurais imposé cette condition tu n'aurais d'autre idée en tête que de l'enfreindre. Maintenant les choses sont claires.

— Pour toi peut-être, pour moi c'est assez flou. Je pensais qu'elle m'aurait laissé un message… Attends une seconde, tu m'as manipulé ?

— Hope a des sentiments pour toi, ce n'est pas possible d'être crétin au point d'en douter. Si vous avez passé la nuit dernière ensemble, je présume que ce n'était pas parce qu'elle avait juste envie de s'envoyer en l'air.

— Qu'est-ce que tu en sais ?

— Parce que c'était ton intention ?

— Mais non, s'emporta Josh. Pour une fois, je suis sérieux, vraiment sérieux.

— C'est bien ce que je disais, enfin on y arrive ! Je me réjouis de voir que je ne suis pas le seul à avoir progressé ces dernières vingt-quatre heures.

— Je t'ai déjà dit que parfois tu me tapes vraiment sur le système ?

— Souvent, et ça ne me gêne pas du tout.

— Ne change pas de sujet, cette condition c'était seulement pour… ?

— Combien de temps t'aurait-il fallu avant de prendre le risque de t'inviter dans son lit si je n'avais pas mis mon grain de sel ? Et maintenant que tu ne peux plus douter de mes talents, tu vas me laisser la manipuler elle aussi pour lui donner envie de se joindre à nos travaux. Nous avons besoin de renfort si nous voulons gagner du temps.

— C'est maladif chez toi cet esprit de compétition.

— Tu crois que Longview continuera de payer les études de tous ceux qui sont au Centre ? À ton avis, quel pourcentage d'entre nous restera l'an prochain ? Je vais te le dire, parce que moi j'ai eu l'intelligence d'interroger les plus anciens. Au terme de la première année, la moitié des entrants laisseront leur place à des talents plus prometteurs, à la fin de la deuxième, une autre moitié ne verra pas son contrat renouvelé. Alors oui, nous avons besoin de résultats concrets et vite, avant que les autres ne fassent aboutir leurs projets.

— D'accord, je te laisse tenter de rallier Hope à notre cause, mais je t'interdis de te servir de moi dans tes combines.

— Moi, je t'interdis de la faire souffrir, si tu la trompes je ne te le pardonnerai pas ! Et range ce portable, laisse-la un peu souffler.

Luke se gara au pied de l'immeuble et n'attendit pas Josh pour monter se coucher.

4.

Hope déjeunait d'un sandwich à la cafétéria en lisant une revue. À l'extérieur, Josh l'observait depuis un bon moment, feignant de consulter ses mails jusqu'à ce qu'un texto s'affiche sur l'écran.

> Tu vas rester planté devant la vitrine encore longtemps ?

Il releva la tête et Hope s'amusa lorsque leurs regards se croisèrent. Il entra pour la rejoindre.

— Ça va ? demanda-t-il en s'asseyant.
— C'est tout ce que tu as trouvé ?
— Tu as bien dormi ?
— De mieux en mieux…
— Bon, qu'est-ce que je suis censé dire ?
— « Bonjour » serait un bon début, un baiser une jolie façon de poursuivre, et…
— Toi aussi tu as mal dormi, on dirait.
— Non, au contraire. Presque huit heures d'affilée, cela faisait longtemps que ça ne m'était pas arrivé.
— Ah, soupira Josh.

— C'était bien, Salem. C'est ce que tu voulais entendre ?

— Oui. Je peux savoir ce qui te chiffonne ?

— Rien, à part une sale migraine, et puis j'ai eu mon père au téléphone, il débarque vendredi soir.

— Et ce n'est pas une bonne nouvelle ? Je croyais que tu adorais ton père ?

— Je l'adore quand il ne vient pas me présenter sa nouvelle petite amie.

— Je vois.

— Non, tu ne vois rien du tout.

— Jalousie de fille unique ?

— Ça n'a rien à voir, je n'ai jamais été jalouse, c'est juste que depuis la mort de Maman, il a un don pour ne fréquenter que des pétasses.

— Si les pétasses le rendent heureux, qu'est-ce que ça peut faire ?

— Si encore elles le rendaient heureux, mais ce n'est jamais le cas.

— Attends de la connaître, laisse-lui une chance.

— Comme si j'avais le choix… Tu as parlé à Luke ? Je pensais que tu m'enverrais un texto cette nuit.

— J'en attendais aussi un de toi.

— Comment a-t-il pris la chose ?

— Bien, il est heureux pour nous.

— Vraiment ?

— Ton père reste tout le week-end ?

— Probablement, pourquoi ?

— Parce que je suppose que l'on ne se verra pas et ça va être long. Je sais qu'il est encore tôt pour dire ce genre de choses, Luke me l'a même déconseillé, mais je suis trop crevé pour jouer à faire semblant.

— Remarque, puisque mon père veut me montrer à sa nouvelle conquête, je ne vois pas pourquoi je ne lui rendrais pas la pareille.

— Tu voudrais que je sois ta pétasse, en quelque sorte…

Hope recracha la gorgée du thé qu'elle venait de porter à ses lèvres.

— Luke n'a pas pu te déconseiller de m'avouer que le week-end serait long sans moi…

— Il est comment ton père ?

— Un peu vieux jeu, mais formidable, et ne fais pas cette tête, il ne va pas te manger.

Hope regarda sa montre et se leva.

— J'ai réfléchi à notre conversation. Je ne crois pas que ce soit une bonne idée qu'on travaille ensemble.

— Si je te montrais quelque chose de vraiment incroyable, tu me laisserais une dernière chance de te convaincre ?

— Essaie toujours.

— Tu dois d'abord me promettre de n'en parler à personne, je pourrais avoir de sérieux ennuis.

— Vous synthétisez de la drogue ?

— Je suis touché de l'estime que tu me portes.

— Luke avait raison sur un point, l'humour n'est pas ta qualité première.

— Parce que vous parlez de moi derrière mon dos ?

— Tout comme nous parlons de lui en ce moment. Bon je t'écoute, puisque c'est la semaine où je dois donner une chance à tout le monde.

Josh se pencha vers Hope et l'embrassa.

— Tu devras attendre ce soir, et je ne suis pas tout le monde, dit-il en s'en allant.

*

Au même moment, Luke sortit de l'immeuble et se dirigea vers le parking. Il s'installa à bord de sa voiture, passa la main sous son fauteuil pour en extraire un petit carnet à l'intérieur duquel il se hâta de rédiger quelques lignes, avant de le remettre en place. Il referma la portière sans la verrouiller, releva l'antenne fichée dans l'aile avant et fila rejoindre le grand amphithéâtre.

Le professeur Flinch y dispensait son cours depuis une demi-heure quand Luke poussa la porte.

— Tu es en retard, chuchota Josh en relevant les genoux pour le laisser passer.

Il s'assit sur le banc et sortit sa tablette.

— J'ai raté quelque chose ?

— Non, pas vraiment.

— Où est Hope ?

Un bras se leva dans la rangée devant lui.

— J'ai eu du mal à me réveiller, ajouta Luke.

Hope se retourna et lui lança un regard incendiaire. Luke lui fit un sourire avant de se concentrer sur Flinch qui pianotait sur le clavier d'un terminal relié à un projecteur.

— Maintenant que nous sommes au complet, et au calme, dit le professeur en tançant vertement celui qui venait de perturber son cours, je voudrais vous présenter une expérience aussi remarquable que prometteuse, réalisée récemment par six de mes étudiants. Ils ont équipé la tête d'un petit singe d'électrodes afin qu'un ordinateur enregistre les impulsions électriques de son cerveau. En particulier quand il se sert de son bras droit.

Une photographie du ouistiti apparut sur l'écran situé derrière Flinch. Il avait l'apparence de ces primates que l'on envoyait dans l'espace au XXe siècle.

— À tous ceux qui s'inquiéteraient pour Mako, c'est le prénom de notre charmant candidat, soyez tout à fait rassurés, comme vous pouvez le constater, les électrodes se situent sur un casque amovible et ne le font en aucun cas souffrir.

Un murmure de satisfaction parcourut la salle. Flinch arbora un large sourire avant de faire claquer sa langue sur son palais et de poursuivre son exposé.

— Nous avons pu ainsi apprendre ce que faisait le cerveau de Mako, pour qu'il bouge son bras de différentes manières…

Une nouvelle image montra une série de graphiques correspondant à l'encéphalogramme du singe.

— L'étape suivante consista à connecter ce même ordinateur à un bras prothétique.

Nouvelle image, cette fois d'un bras mécanique et de sa main articulée.

— Nous avons installé cette prothèse dans une autre pièce. Très vite, l'ordinateur a appris, en lisant les ondes émises par le cerveau du singe, à contrôler ce bras mécanique, ou plutôt, devrais-je dire, à lui faire reproduire les mouvements que Mako effectuait avec son vrai bras.

Derrière le professeur, l'écran se scinda verticalement pour laisser apparaître deux films simultanés. À gauche, Mako agitait sa main ; à droite, la prothèse électronique l'imitait à la perfection. Les applaudissements fusèrent dans la salle. Flinch, la mine enjouée, fit signe aux étudiants de patienter encore un peu avant de s'extasier.

— Du calme, s'il vous plaît, le meilleur reste à venir. Nous avons équipé la pièce où se situait notre ouistiti d'un écran qui lui permettait de voir ce bras prosthétique et Mako a été fasciné.

L'air intrigué du singe provoqua un rire général. Sauf chez Hope qui ne trouvait rien d'amusant à ce que l'on faisait subir à cet animal.

— Mako n'a pas tardé à comprendre que tout ce qu'il faisait avec son bras, le robot le faisait aussi. Et ce jeu l'a beaucoup amusé. Comme vous pouvez le constater sur les images qui vous sont projetées, Mako n'a eu de cesse d'agiter son bras pour piloter le robot. Après tout, n'est-ce pas ce que petits et grands s'amusent à faire avec des jouets radiocommandés ?

Nouveau gloussement dans l'assemblée, mais soudain, Mako se figea et toute la salle se figea aussi lorsque sur la partie gauche de l'écran le bras articulé continua de gesticuler alors que le singe, lui, restait parfaitement immobile.

— Absolument, vous avez bien vu ! s'exclama Flinch, dans un râle de satisfaction. Notre ouistiti réussit à actionner un bras prosthétique à distance, à l'aide de ses seules ondes cérébrales.

Les étudiants se levèrent et se mirent à applaudir.

— Je vous laisse deviner ce que nous pouvons escompter des résultats d'une telle expérience, poursuivit Flinch d'une voix tonnante.

Cette fois, la salle l'ovationna.

— Pensez au nombre de nos soldats ayant perdu un membre sur les champs de bataille et qui un jour prochain pourront retrouver une vie normale, vociféra-t-il.

Hope se retourna vers Josh et Luke.

— À ce train-là, ce con bouffi d'arrogance va bientôt nous demander de voter pour lui à la présidentielle, lâcha-t-elle le visage serré.

Et tandis que Flinch invitait ses étudiants à lire le rapport détaillé de l'expérience qui serait distribué par ses assistants à la fin du cours, Hope ramassa ses affaires et se dirigea vers la sortie de l'amphithéâtre. Les deux amis échangèrent un regard étonné avant que Josh lui emboîte le pas.

Il la rejoignit sur le parvis et dut la retenir par le bras.

— Qu'est-ce qui t'a pris ?

— Je ne peux pas croire que tu aies applaudi.

— C'est tout de même époustouflant ce qu'ils ont accompli ! Et tu ne peux pas nier que ce soit prometteur. Tu penses aux personnes handicapées qui un jour bénéficieront de ces recherches ?

— On lui a demandé son avis à Mako avant de lui greffer un membre en plus ? Tu viens de voir de tes propres yeux le premier mammifère à trois bras. Tu penses qu'ils s'arrêteront où ? Tu crois que le fait que Flinch voie dans les soldats les premiers bénéficiaires de ses recherches, comme tu dis, soit une pure coïncidence ? Qui finance ce genre de travaux à ton avis ?

— La faculté, je suppose, peut-être des labos privés, qu'est-ce que ça peut bien faire, seul le résultat compte, non ?

— Des labos commandités par la médecine ou par l'armée ? Pour soigner ou pour disposer à profusion de chair à canon ? Tu crois que c'est l'envie de réparer leurs dégâts qui les motive ? Allez dézinguer la planète les enfants, si vous perdez une jambe on vous en offrira une toute neuve. On pourrait même vous en greffer une avant que vous ne partiez au combat, vous seriez encore plus efficaces, bientôt même invincibles.

— Pourquoi fais-tu des études scientifiques si le progrès te fait peur à ce point ?

— Pas pour ça, Josh. Pour guérir les maladies, oui, mais pas pour que nous transformions les hommes en des machines surhumaines, pas pour que nous torturions des animaux qui accompliront ce que nous ne voulons plus faire. Dis-moi que Flinch ne t'inspire pas entièrement confiance, dis-moi que je ne suis pas la seule à entrevoir les excès de ce futur.

— D'accord, Flinch n'est pas le type le plus sympathique que je connaisse, il s'aime beaucoup, mais tu dois reconnaître que c'est un sacré précurseur. Ne vois pas le mal partout, ce à quoi nous venons d'assister peut vraiment bénéficier à l'homme, il faut juste donner un cadre éthique à la recherche. C'est à nous de le définir.

— Et à l'heure où le moindre de nos mails est épié par la NSA, dans un monde où la voix des marchands d'armes est toujours plus puissante que celle des parents dont les enfants se font flinguer au fusil-mitrailleur dans leurs écoles, tu vas monter sur une estrade et leur dire halte-là, il faut qu'on définisse un cadre éthique ! Je te souhaite bonne chance. Mais bon, je t'aime encore plus d'être naïf à ce point.

— Tu m'aimes ?

— Merde Josh !

Hope se tut, son regard fut alerté par un mouvement sur le parking derrière eux.

— Qu'est-ce qu'il y a ? demanda Josh.

— Là-bas, on dirait que le type avec un casque est en train de lorgner la voiture de Luke. C'est bien la sienne, non ?

La Camaro se trouvait à bonne distance.

Josh confia ses affaires à Hope et se mit à courir.

— Ne fais pas l'idiot, il a peut-être une arme ! hurla-t-elle en se précipitant derrière lui.

Elle essaya de le rattraper, mais avec les bras chargés, la partie était inégale.

Josh se rapprochait quand l'homme enfourcha sa moto et disparut.

— Alors ? dit Hope en le rejoignant à bout de souffle.

Josh fit le tour de la Camaro et ne trouva aucune trace d'effraction.

— Rien, tout est normal. Décidément, tu vois le mal partout.

— Je t'assure qu'il avait l'air louche, on l'a fait fuir avant qu'il agisse.

— Il allait probablement voler la caisse pourrie de Luke et laisser sa belle moto à la place.

Hope ouvrit la portière de la Camaro.

— Qu'est-ce que je disais, elle est déverrouillée !

Josh passa devant elle pour s'asseoir au volant. L'autoradio était en place, le désordre de la boîte à gants pareil à celui qu'il connaissait et les cassettes de Luke, toujours là.

— Il ne manque rien, il a dû oublier de la fermer à clé.

Josh sortit de la voiture sans repérer le petit carnet qui dépassait sous le siège.

Hope haussa les épaules, lui rendit ses affaires et reprit le chemin du campus.

— Si on se faisait un film ce soir ? proposa-t-il.
— Pourquoi pas, ça me changerait les idées.
— On pourrait aller revoir *Terminator*.

Hope lui balança un coup de coude. Josh la serra dans ses bras et l'embrassa.

— OK, je t'accompagnerai à ce dîner avec ton père. On fait la paix ?

— Il faut que l'on ait un endroit où se retrouver le soir. On ne va pas jouer aux ados qui se voient en cachette. Et puis j'ai envie de dormir avec toi.

— Maintenant que Luke est au courant, rien ne t'empêche de venir dormir dans ma chambre quand tu le souhaites. Notre studio n'est pas si loin que ça, il n'y a pas de règlement qui interdise la mixité dans notre immeuble.

— Et Luke va la tolérer, cette mixité ? Demande-le-lui quand même.

Hope embrassa Josh et s'en alla.

*

Josh rejoignit Luke à la bibliothèque et s'assit face à lui.

— Tu as quelque chose à me dire ? questionna Luke.

— Tu devrais fermer ta voiture. Je sais, tu penses à juste titre que personne à part toi ne voudrait d'une telle poubelle, mais enfin tout de même.

— De quoi tu parles ?

— Je viens de piquer un sprint derrière un type qui rôdait près de ta Camaro. C'est Hope qui l'a repéré.

— La serrure débloque, je suis certain de l'avoir verrouillée, merci en tout cas.

— Tu ne veux pas savoir si on t'a volé quelque chose ?

— Que veux-tu qu'on vole dans une poubelle ? Rappelle-le-moi d'ailleurs la prochaine fois que tu voudras me l'emprunter.

— Mais qu'est-ce que vous avez tous à être d'aussi mauvais poil ?

— Je suis d'excellente humeur. Mais en ce qui concerne Hope, après le numéro auquel nous avons eu droit dans l'amphi, ce n'est pas gagné pour qu'elle nous rejoigne.

— Je l'ai invitée à passer la nuit chez nous ce soir.

— Tu as fait quoi ? demanda Luke en relevant enfin la tête.

— Souviens-toi que tu lui dois d'avoir encore une bagnole.

*

En guise de dîner en tête à tête, Hope dut se contenter de partager le repas chinois que Luke avait commandé par téléphone. Tous trois étaient installés dans la pièce qui faisait office de bureau, de salon et séparait les deux petites chambres de leur appartement.

— Comment faites-vous pour vous offrir un tel palace ? demanda Hope.

— Comme tu peux le constater, on économise sur la nourriture, répondit Josh, la bouche pleine.

— On se débrouille, coupa Luke avant que son ami n'en dise plus.

— Elle est au courant, poursuivit Josh.

— Elle est au courant de quoi exactement ? insista Luke en posant ses baguettes sur la caisse qui servait de table basse.

— Rassurez-moi, intervint Hope, vous vous êtes bien aperçus que j'étais là ?

— Que nous bossons pour une boîte qui finance nos études ainsi que ce sublime appartement de trente-huit mètres carrés, enchaîna Josh.

— Et Hope est aussi au courant qu'elle doit garder cela pour elle ? questionna Luke.

— Hope aime beaucoup qu'on parle d'elle à la troisième personne et Hope te dit d'aller te faire voir parce que Hope n'est pas une balance et que tu devrais déjà t'en être rendu compte. Hope pense aussi que Luke et Josh ont le droit de faire ce qu'ils veulent de leur vie, comme de leurs nuits… Finalement c'est assez marrant, on pourrait continuer à parler comme ça, ou ne pas se parler du tout de peur de trahir de grands secrets, ajouta-t-elle pour mieux se moquer de lui.

Luke récupéra ses baguettes et poursuivit son repas en silence.

— D'accord, je n'aurais pas dû m'imposer, ne t'inquiète pas Luke, je ne resterai pas dormir, merci pour l'invitation à dîner, la prochaine fois, c'est moi qui régale.

— Mais qu'est-ce que vous avez tous les deux ? Vous allez arrêter de vous chamailler ! s'emporta Josh.

Luke soupira avant de tendre la main à Hope en signe de réconciliation.

— Pardon, j'ai manqué de tact.

— Excuses acceptées, mais je me passerai d'une poignée de main à la sauce soja.

— En attendant, dit Luke en s'essuyant la bouche, ce petit manège ne peut plus durer. Ou tu te joins à nous, ou tu acceptes, quelle que soit la relation que tu entretiens avec Josh, de te tenir à l'écart de nos travaux.

— Par moments tu me fais peur, Luke, qu'est-ce que vous traficotez de si secret ?

— Rien d'illégal, mais le monde dans lequel nous évoluons est suffisamment compétitif pour que nous ne prenions pas le risque de voir nos efforts profiter à d'autres à cause d'une indiscrétion.

— Je sais tenir ma langue.

— Tu la tiendras d'autant mieux si tu ne sais rien.

Hope alla ouvrir la fenêtre, les relents de cuisine chinoise lui soulevaient le cœur.

— Vous allez me traiter de paranoïaque, chuchota-t-elle, mais la moto qui rôdait autour de ta voiture est garée dans la rue.

Josh se leva et la rejoignit.

— C'est un modèle assez courant, dit-il, mais je reconnais que c'est intrigant. Viens voir, Luke.

— Voir quoi, un deux-roues en pleine ville ? Je suis certain que c'est fascinant. Je vous laisse jouer aux espions, j'ai du boulot, je me retire dans ma chambre.

Josh et Hope firent le guet encore quelques instants avant de refermer la fenêtre, presque déçus. Il y avait bon nombre de grosses cylindrées sur le campus et le motard n'était peut-être qu'un nouvel occupant du quartier.

*

Hope se glissa sous les draps et se serra contre Josh.

— Il est jaloux. Pour être à ce point sur la défensive, c'est qu'il est jaloux, répéta-t-elle.

— Je ne pense pas que Luke soit amoureux de moi, si c'est la question que tu te poses, ricana Josh.

— J'envahis son espace, je m'immisce dans votre amitié, ça ne doit pas être évident pour lui, chuchota-t-elle. Pourquoi est-ce qu'il est seul ?

— Luke a eu des aventures, mais il a toujours été seul, c'est dans sa nature.

— La nature n'a rien à faire là-dedans, c'est une question de rencontre, toi aussi tu as eu des aventures et tu étais seul avant de me connaître.

— Pas comme lui et pas toujours. J'ai eu une histoire qui a duré.

— Ce n'est pas une bonne idée que je reste, dit Hope, la mine renfrognée.

— Si, c'est une excellente idée, répondit-il en lui embrassant les seins.

Sa langue descendit vers son nombril, effleura son sexe et ses cuisses avant de poursuivre, encore plus aventureuse.

— Excellente… C'est le mot juste, gémit Hope.

*

Le lendemain soir, Josh et Hope allèrent au cinéma. Luke rentrait seul lorsqu'une moto ralentit avant de se ranger à sa hauteur. Le conducteur lui tendit un casque. Luke grimpa derrière lui et la cylindrée s'échappa dans la nuit.

Elle s'arrêta vingt minutes plus tard devant un restaurant huppé à l'autre bout de la ville.

Luke descendit de l'engin, rendit le casque à son propriétaire et entra dans la salle.

Il reconnut la silhouette assise au comptoir et prit place sur un tabouret.

Flinch, d'un claquement de doigts, pria le barman de servir son invité.

— Votre coursier devrait se faire plus discret, souffla Luke.

— Vu ce que vous m'avez rapporté, je ne suis pas sûr d'être celui qui doive recevoir des leçons de discrétion. Je n'aime pas cette histoire, vous savez que j'attache autant d'importance au dévouement de mes équipes qu'à leur discrétion.

— Que voulez-vous que j'y fasse ? Ils sont amoureux. Je n'ai jamais vu Josh aussi fragile.

— Fragile ?

— Il est sous sa coupe.

— Vous n'avez pas l'air de la porter dans votre cœur. À moins que ce ne soit tout le contraire… Mais j'ai d'autres préoccupations que de me soucier d'amourettes étudiantes, grommela Flinch en sirotant son Martini blanc.

— Je voulais attendre quelques jours pour vous en parler, mais nous avons fait des progrès… remarquables.

— C'est amusant, votre façon de changer de sujet de conversation. Mais qui vous a laissé entendre qu'il vous revenait de décider quand faire ou ne pas faire état de l'avancement de vos travaux ? Dois-je vous remémorer les obligations auxquelles vous vous êtes engagés ?

Luke ne toucha pas au verre que le barman venait de lui servir.

— Je vous écoute ! ordonna Flinch dont la curiosité avait pris le pas sur la condescendance.

Luke, la voix calme, presque trop calme, lui révéla comment les neurones qu'il avait désagrégés après les avoir prélevés dans le cerveau d'un rat s'étaient réassemblés spontanément sur des plaques de silicium.

— Remarquable ! siffla Flinch.

— Demain, le réseau neuronal sera suffisamment densifié pour que nous commencions à instruire des commandes.

Flinch tapota de l'ongle son verre vide afin que le barman le resserve, geste qu'il trouvait probablement plus adapté à son rang qu'une simple formule de politesse.

— Si cela fonctionne, votre deuxième année parmi nous vous sera acquise.

— Si cela fonctionne, c'est la totalité de notre cursus universitaire que vous devrez nous garantir, et à tous les deux.

— Je vous savais présomptueux, mais à ce point…

— D'ici un mois, reprit Luke, nous procéderons à une première tentative de duplication des données vers de simples coprocesseurs.

— Vous êtes sérieux ?

— Je vous ai déjà déçu ?

— Admettons… Enfin, à ceci près que vous n'avez pas la moindre idée de la nature des données que vos originaux contiendront. Que pense votre ami ?

— La même chose que moi, répondit Luke, s'efforçant de masquer à quel point la question de Flinch l'irritait. Si l'expérimentation vient confirmer notre théorie, nos composants biologiques devraient mémoriser les instructions que nous leur aurons fournies. Une fois le transfert réalisé, leurs équivalents électroniques permettront à l'ordinateur de reproduire ces mêmes instructions. Exactement comme dans l'expérience que vous nous avez présentée, mais sans avoir recours au bon vouloir d'un singe. Nous nous contentons des cellules prélevées dans le cerveau d'un rat, enfin pour l'instant, conclut-il fièrement.

— Ne brûlez pas les étapes, je vous prie. Espérons déjà que cela fonctionne avec un rat. Pour le reste, nous verrons. Il est d'ailleurs hors de question que vous tentiez d'aller plus loin sans mon aval. À compter de ce jour, je veux un rapport quotidien, et pas *via* l'intranet du Centre, vous continuerez d'utiliser le carnet.

— Et comment expliquerais-je à Josh que nous ne publions pas nos résultats ainsi que votre règlement nous y oblige ?

Flinch se tut un instant, songeur, les yeux fixés sur le liquide sirupeux qu'il s'amusait à faire tournoyer dans son verre. Il le reposa lentement et se mit à sourire.

— Prétendez que vous voulez faire un coup d'éclat, attendre d'être arrivé au terme de votre expérience pour tenter de négocier avec moi deux années de financement contre ce résultat.

— Je compte négocier bien plus que cela.

— Pourquoi pas ! Vous pouvez toujours expérimenter aussi de ce côté-là, ricana Flinch en lui tapotant sur l'épaule. En attendant, veillez à ce que sa petite amie ne vienne pas troubler le bon ordre des choses. Je n'ai rien contre le fait qu'il s'amuse un peu, vous non plus d'ailleurs, cela vous ferait le plus grand bien, mais que rien ne le distraie de ses travaux. Nous savons tous les deux que son talent est… bref, je suppose que vous le savez mieux que moi.

Luke siffla son Martini et se leva.

— S'il est vraiment sous la coupe de cette fille, il finira tôt ou tard par lui parler du Centre. Je n'aime pas ça, reprit Flinch.

— Nous pourrions lui proposer de travailler avec nous ?

— Ce n'est pas idiot, lâcha Flinch en observant finement Luke.

— Je ne pensais pas que cette idée vous séduirait, je présageais même du contraire.

— Mais si, c'est même une excellente idée. Les trios sont toujours source de rivalités. Un contre deux, deux contre un, chacun pour soi, mais rarement trois cœurs battant à l'unisson et encore moins trois esprits. La rivalité est rageuse, source de créativité, d'énergie augmentée. Bien sûr, si cette charmante jeune femme acceptait, nous pourrions lui offrir les mêmes avantages qu'à vous. Ceci, en plus des sentiments qu'elle éprouve pour votre ami, pourrait la motiver.

Flinch retint Luke en posant sa main sur la sienne.

— Un conseil et j'ai de la bouteille. Si l'initiative vient de vous, ce sera tout à votre avantage, et sa reconnaissance vous sera acquise. Vous mènerez l'équipe au lieu de suivre le mouvement. Maintenant, laissez-moi, on m'attend à dîner. Ah, et encore bravo, je suis impressionné par ce que vous m'avez appris, et je ne suis pas facile à impressionner. J'espère que vous estimerez ce compliment à sa juste valeur.

— Je rentre comment chez moi ?

Flinch fouilla sa poche et posa quelques billets froissés sur le comptoir.

— En taxi, je suppose.

Luke retraversa la ville, l'esprit aussi sombre que le ciel. Il demanda au chauffeur de s'arrêter alors qu'il se trouvait encore à une centaine de mètres de chez lui. Il les parcourut sous l'averse qui venait d'éclater et entra dans l'immeuble trempé des pieds à la tête. La seule satisfaction de sa soirée fut de trouver l'appartement vide. Il abandonna ses affaires dans sa chambre et alla se réchauffer sous une douche brûlante. Il venait d'éteindre la lumière quand il entendit des pas, suivis de gloussements. Josh et Hope se frayaient un chemin à tâtons vers leur lit, à travers l'obscurité du salon.

Le lendemain matin, quand ils se levèrent, Luke avait déjà quitté les lieux.

*

En sortant de cours, Josh trouva un message de Hope sur son portable :

Je vais dîner avec Luke,
ne m'attends pas.

Auquel il répondit aussitôt :

C'est moche de faire
bande à part.

Ce à quoi elle répliqua :

Je crois que c'est nous qui faisons
bande à part depuis quelque temps.
Et tu as raison, c'est moche.

Josh rangea son téléphone dans sa poche et haussa les épaules. Hope n'avait pas tort, il délaissait Luke depuis le week-end à Salem et leur amitié s'en ressentait. Il s'en voulut que ce soit Hope qui ait eu l'idée de faire le premier pas, ou peut-être qu'elle lui montre ainsi être plus généreuse que lui.

5.

Elle l'attendait, assise sur une marche, au pied de leur immeuble.

— Josh ne t'a pas encore confié une clé ? demanda Luke.

Hope lui tendit la main pour qu'il l'aide à se relever.

— Je ne suis pas ton ennemie, Luke. Je n'ai aucune intention de te le voler.

— C'est très gentil de me le préciser et nous ne sommes plus au jardin d'enfants. Vous faites ce que vous voulez, la seule chose que je te demande c'est de ne pas accaparer tout son temps libre. Depuis deux semaines, Josh n'en fiche pas une, en dehors des cours j'entends, quoique je ne l'aie jamais vu faire grand-chose en cours. Nos avenirs sont liés et je ne peux pas continuer à me taper tout le boulot à sa place pour le couvrir.

— J'y veillerai, répondit Hope. Tu acceptes une invitation à dîner ?

Luke hésita et l'entraîna vers sa voiture.

— J'ai quelque chose à te montrer, dit-il. Monte.

Hope hésita à son tour et lui lança un drôle de regard. Elle s'installa sur le siège passager et s'étonna qu'il ne démarre pas.

— Rassure-toi, je ne vais pas te conduire dans un sous-bois.

— Ça ne m'avait pas traversé l'esprit. Alors ?

— Je vais essayer de te faire comprendre quelque chose, reprit Luke en lançant le moteur.

La Camaro les emmena hors de la ville. Lorsqu'elle s'enfonça dans la banlieue, Hope demanda à Luke où il la conduisait. Il n'avait pas dit un mot depuis leur départ et resta silencieux jusqu'à leur arrivée.

Il s'arrêta devant le portail à l'entrée du Centre. Hope tenait toujours son portable en main et eut envie d'envoyer un message à Josh.

— Pas de réseau, dit-elle un peu inquiète.

— Non, le bâtiment est équipé de brouilleurs. Impossible de communiquer avec quiconque dans un périmètre de cinq cents mètres.

— Qu'est-ce que nous fichons là, Luke ? Pourquoi tant de mystères, et quel est cet endroit ?

— Le futur, et le futur peut faire peur, répondit-il en se tournant vers elle.

— Pourquoi ferait-il peur ?

— Imagine un instant que toutes les bonnes volontés et talents de ce monde, chercheurs, médecins, artistes, artisans et bâtisseurs, s'unissent pour le rendre meilleur, plus beau, moins cruel, moins injuste. Quelle serait la première condition nécessaire à la fondation d'un tel espoir ?

— Je ne sais pas, braver la peur de l'utopie ?

— Non, il faudrait d'abord les protéger pour qu'ils puissent travailler sans être menacés. Leur trouver un endroit à l'abri des politiques, de la bureaucratie, des intérêts particuliers, des lobbies, des puissances qui n'ont ni intérêt ni envie que le monde change.

— Et ce bâtiment est…

— Oui, le Centre est un lieu autonome, coupé de tout, et surtout des contingences du présent. Aucun de ceux qui y travaillent ne sait s'il en existe d'autres et encore moins où ils se trouvent. Question de sécurité.

— À ce point ? s'enquit Hope.

— Il est très difficile d'avoir des idées novatrices et très facile de renoncer à les mettre en œuvre devant l'ampleur de la tâche. Crois-tu que l'on découvre seulement maintenant les effets du réchauffement climatique ? Le monde occidental les connaît depuis des décennies, mais pour des raisons économiques, l'homme veille plus facilement à son intérêt immédiat qu'à son avenir.

— Tu ne noircis pas un peu le tableau ? Il y a plein de gens de bonne volonté qui s'opposent aux dérives des puissants.

— Je voudrais te raconter une petite histoire. Il y a trente ans, dans la ville où je suis né, des bébés se mirent à souffrir d'une étrange infection pulmonaire. Un certain nombre d'entre eux périrent avant d'avoir eu un an, les autres connurent de graves difficultés respiratoires. Devant ce qui prenait la tournure d'une épidémie, on dépêcha un médecin, un brave médecin de campagne à qui l'on confia la tâche de trouver le virus ou la bactérie qui contaminait les nouveau-nés. Le toubib s'attela au boulot, avec les moyens du bord. Il chercha partout, dans l'eau, le lait, la nourriture, allant même jusqu'à analyser les biberons, les couches et les layettes. Et puis un soir, désespéré de ne rien trouver, il sortit fumer une cigarette sur le perron de la petite maison qu'on lui avait prêtée. Il avait cessé de fumer depuis longtemps et la première bouffée le fit tousser comme un charbonnier ; c'est cette cigarette qui le mit sur la piste. Il acheta une carte du patelin et de ses environs et commença à y tracer des croix. Bleues là où vivaient les bébés malades, rouges là où avaient habité les enfants décédés. Très vite, les croix formèrent deux cercles, le bleu d'un diamètre plus grand que le rouge qu'il entourait.

— Qu'est-ce qu'il y avait au centre ? demanda Hope.

— L'usine d'extraction de méthane. En forant trop profondément, on avait laissé s'échapper du monoxyde de carbone qui remontait dans le sol. Insuffisamment pour que les adultes en souffrent, mais assez pour asphyxier des bébés.

— Ils ont fermé l'usine ?

— Deux jours après que le toubib a fait cette découverte, on retrouva son corps dans la rivière. Officiellement, il picolait beaucoup et se serait noyé après être allé se baigner en état d'ébriété. Nous étions en décembre… Mais l'usine était le poumon économique de la région et surtout de la ville, la plupart des familles en dépendaient. Qui aurait pu parler aux ouvriers de ce patelin de reconversion, d'énergies propres en leur demandant de commencer par perdre leurs emplois ? Tu vois, constater un problème est une chose, le résoudre en est une autre, surtout quand les intérêts économiques des uns se trouvent sur le chemin des autres. Voilà pourquoi les enjeux du futur sont si souvent prisonniers des contingences du présent, sauf à l'intérieur de ce bâtiment. Maintenant la question est de savoir si tu veux ou non y entrer avec moi, si tu veux participer à ce futur.

— Alors c'est ici que Josh se rend quand il disparaît la nuit, c'est là que vous complotez ?

— Il n'y a aucun complot, c'est absurde de voir les choses ainsi.

— C'était juste une façon de parler. Je suis flattée que tu me proposes de m'associer à vous, mais j'ai besoin de réfléchir avant de me décider.

— À cause de votre relation ?

— Je n'en sais rien. Tu veux bien me reconduire sur le campus ? Cet endroit me fiche le bourdon.

— Pas avant de t'avoir fait visiter les lieux : je ne suis pas venu jusqu'ici pour me contenter d'une petite discussion, répondit Luke en actionnant l'ouverture du portail. Une fois à l'intérieur, ne parle à personne, et pour toutes les questions que tu voudrais me poser, tu les gardes en tête et tu attends que nous soyons ressortis.

Hope cherchait à comprendre ce qui la freinait, elle d'ordinaire si téméraire et curieuse. Elle ouvrit la portière et se força à faire bonne figure en se dirigeant vers le Centre.

Luke la suivit de très près. Il posa la main sur le lecteur d'empreinte, et poussa brusquement Hope en avant quand la porte s'ouvrit.

Elle pénétra médusée dans le sas. Luke lui fit signe de se taire. Lorsqu'une diode verte s'alluma devant eux, il quitta le sas et lui ouvrit le chemin.

La dimension et la modernité des lieux la fascinèrent. Du couloir, elle admirait les vastes salles, richement dotées en équipements. Celles et ceux qu'elle voyait travailler derrière les baies vitrées appartenaient tous à sa génération. À sa droite, un petit groupe menait une conversation animée devant un tableau numérique, un peu plus loin, deux jeunes chercheuses manipulaient un robot à l'apparence humaine. Si la plastique de son visage n'aurait abusé personne, les mouvements de ses yeux étaient saisissants d'humanité. À gauche, quatre autres jeunes chercheurs actionnaient une étrange imprimante. Hope allait ouvrir la bouche quand le regard de Luke la convainquit de n'en rien faire. Elle sursauta lorsqu'une main se posa sur son épaule :

— Vue d'ici, dit Flinch, on dirait une imprimante à jet d'encre des plus banales. Figurez-vous qu'il n'en est rien. J'ai toujours considéré, ajouta-t-il, qu'on ne pouvait espérer obtenir la confiance de quelqu'un si on ne lui accordait pas la sienne. Je présume que vous ne me contredirez pas. Suivez-moi.

Hope ne songea pas à discuter cet ordre. L'autorité du professeur qu'elle n'avait jusque-là fréquenté que dans l'amphithéâtre où il dispensait ses cours se voyait renforcée par une proximité à laquelle elle n'était pas habituée. Elle lui trouva d'ailleurs beaucoup plus de présence de près que de loin.

Il entra dans la pièce et s'approcha de la table où les chercheurs effectuaient des réglages.

— Elle ressemble en tout point à un vulgaire périphérique de bureau, je vous l'accorde, mais elle n'est pas conçue pour reproduire de jolies photographies sur papier glacé, ricana-t-il. Vous allez voir, c'est assez remarquable. Dans un premier temps, un scanner, comme ceux que vous utilisez pour numériser des documents, balaye les lésions directement sur le corps d'un blessé.

Sur un écran encastré dans le mur, Hope découvrit en situation réelle ce que lui décrivait Flinch. Un homme, le bras droit brûlé au troisième degré, reposait sur son lit d'hôpital. Un médecin scannait le membre blessé à l'aide d'un appareil identique à celui qu'elle voyait devant elle. À la suite de quoi, une image en trois dimensions de la lésion se formait sur le terminal informatique. Flinch attendit que le petit film s'achève pour continuer :

— L'appareil analyse la plaie, détaille les profondeurs et contours des structures endommagées, tissus osseux, musculaires, vasculaires, nerveux, et bien sûr les couches épithéliales de la peau. Ces informations sont envoyées à l'ordinateur qui les traite et les relaye vers notre fameuse imprimante. Puisqu'elle ne contient pas d'encre, que contient-elle ? me demanderez-vous. Eh bien chacune de ses cartouches est remplie de cellules saines que nous avons prélevées chez notre patient et mises en culture. Ces cellules saines, l'imprimante les projette, les pulvérise devrais-je dire, exactement là où chacune doit aller s'implanter pour se reproduire et finir par combler la lésion. En gros, nous imprimons directement des couches de cellules différenciées dans la blessure de notre patient. Remarquable, non ? C'est encore un prototype, mais les premiers résultats sont extrêmement encourageants[1]. Là-bas, enchaîna Flinch d'un ton grave en désignant

1. Ce scanner-imprimante est en cours de tests au Wake Forest Institute for Regenerative Medecine sous la direction du professeur Anthony Atala.

une autre salle, nous travaillons à l'impression en trois dimensions d'organes entiers. Si vous saviez le nombre de personnes qui décèdent chaque année seulement parce que nous manquons de donneurs compatibles. Je ne vous dis pas que nous finirons par pouvoir imprimer un rein en 3D dans notre salon, mais, à l'hôpital, un jour viendra où…

Flinch se tourna vers Hope et plongea ses yeux bleus dans les siens. Il inspira profondément, l'air empreint d'une certaine affectation.

— Vous voyez mademoiselle, s'il m'arrive parfois d'être un peu trop arrogant au goût de certains de mes élèves, pas au vôtre j'en suis sûr, ce n'est que par excès de passion pour ce que nous entreprenons ici. Ce complexe s'étale sur plus de trente mille mètres carrés, je vous laisse imaginer la variété des disciplines sur lesquelles nous travaillons. Luke va vous raccompagner et, la nuit portant conseil, vous lui direz demain si vous avez envie de vous joindre à nous. Dans le cas contraire, maintenant que vous connaissez les raisons de notre existence, nous comptons sur votre silence. Bien que rien de ce que je vous ai montré ce soir ne soit particulièrement secret.

— Et ce que vous ne m'avez pas montré ?

— Cela, ma chère, vous ne le découvrirez qu'après avoir pris votre décision. Mais croyez-moi, c'est encore plus extraordinaire.

*

— Tu ne dis rien ?

— Je réfléchissais.

— C'était bien ton dîner avec Luke ?

— Oui… Je crève de faim, il y a quelque chose dans ton frigo ?

— Ah ! dit Josh en se levant du canapé.

Il fouilla la kitchenette à la recherche de ce qui pourrait plaire à Hope ; vu ce que contenait le réfrigérateur, ce n'était pas gagné. Josh prit les deux yaourts qu'il trouva, un restant de salade de fruits acheté la veille, peut-être même l'avant-veille, se demanda-t-il avant de se raviser et de le jeter à la poubelle, et alla piocher dans sa réserve de céréales et de tablettes de chocolat entamées. Il disposa le tout sur un plateau et regagna la chambre. Hope, assise en tailleur sur le lit, se jeta sur la boîte de corn-flakes.

— Comment Luke et toi vous êtes connus ?

— D'abord, tu enfiles un T-shirt. Les hommes ont déjà un mal fou à faire deux choses à la fois, si tu penses qu'avec tes seins à l'air je serai capable de te parler de quoi que ce soit…

— Tu ne serais pas un peu obsédé ?

— En fait non… oublie le T-shirt. Mon adolescence avec Luke peut attendre.

Josh plaqua Hope sur l'oreiller et l'embrassa.

— Arrête, grogna-t-elle en se soustrayant à son emprise. J'aimerais vraiment savoir.

Elle attrapa la chemise de Josh au pied du lit, qu'elle revêtit, avec un sourire narquois.

— Nous nous sommes connus au collège. Qu'est-ce que ça peut faire ?

— Il était comment ?

— Un peu fêlé, c'est ce qui m'a tout de suite plu chez lui.

— On a tous des fêlures, c'est par elles que la lumière entre.

— Alors il était très éclairé. Luke et moi étions voisins. Nous avons grandi dans une banlieue où les coups pleuvaient dès la tombée du jour. Le quartier était organisé en bandes, et à nous deux, nous en formions une.

— Tu étais bagarreur ?

— Non justement, c'est bien pour ça que je n'avais rejoint aucun groupe. Mais Luke était plutôt grand pour son âge et comme il se sentait très responsable de son petit frère, il avait appris à se faire respecter. On a fait pas mal de conneries ensemble jusqu'à ce qu'un prof de sciences nous sorte de là.

— Vous aviez quel âge ?

— Onze ans. Katzenberg, il se faisait appeler Katz, était un type passionnant. Grâce à lui, nous avons découvert un autre univers, enfin pas exactement, car cet univers on le côtoyait déjà, mais nous le trouvions terne. Mon père travaillait dans une usine de composants électroniques, il triait les bons des mauvais. Le père de Luke, ingénieur de formation, faisait de la maintenance de climatiseurs. Autant te dire que l'idée d'embrasser une carrière scientifique nous paraissait aussi attirante que d'embrasser ma cousine.

— Pourquoi, elle était moche ?

— Elle l'est toujours. Katz nous a donné le goût de la lecture, et l'attention qu'il nous accordait a stimulé notre appétit de connaissances. C'était un drôle de bonhomme. Quelle que soit la saison, il portait une veste en velours côtelé couleur caca d'oie. Je me demande encore comment quelqu'un d'aussi fin pouvait avoir un aussi mauvais goût vestimentaire. Et sa voiture… une vieille Datsun, d'une saleté repoussante. Étrangement, tout était vieux chez lui… sauf lui.

Son esprit était d'une modernité incroyable. À la fin de ses cours, il se livrait parfois à un rituel qui nous faisait hurler de rire. Quand l'envie lui prenait, il invoquait un mage, le grand Koudaïe, pour qu'il nous protège d'une tribu maléfique qu'il avait baptisée la secte des « Impossibles » ! Il nous rebattait les oreilles, à nous jurer que nous rencontrerions énormément de gens dévolus à ce culte et il nous suppliait de ne jamais les écouter, de toujours leur donner tort. Un jour il est arrivé avec un petit citronnier dans la salle de classe. Il s'était mis en tête de faire pousser des citrons. Bien sûr, il avait fait en sorte que tout le monde soit au courant et tout le monde s'était moqué de lui, parce que les seuls citrons qu'on trouvait à Baldwin, c'était au supermarché et ils arrivaient de Floride. Bref, il nous a fait construire une petite serre et nous avons découvert l'existence des lampes à rayonnement solaire… la luminothérapie, tu connais ?

— Non, j'ai réussi à intégrer l'une des meilleures facs de sciences, mais je suis totalement idiote.

— Désolé. Donc, on a passé l'année à bichonner son citronnier et huit mois plus tard, nous faisions une vente de citronnade à l'école. C'est lui qui a détecté notre vocation pour la science. Luke et moi passions notre temps libre à chaparder des pièces détachées dans le fourbi de nos paternels, juste pour l'amusement et les frissons que cela nous procurait. Un jour, nous en avions tellement volé que nos pantalons avaient des airs de culottes de cheval. M. Katzenberg nous a fait vider nos poches et nous avons dû lui avouer la provenance de notre trésor. Contre la promesse de ne pas nous dénoncer à nos parents, il nous a forcés à en faire quelque chose. Alors, nous nous sommes mis à assembler et bricoler ces composants. Notre première invention consista à transformer un vieux climatiseur en un humidificateur qui s'allumait automatiquement sous un certain degré hygrométrique. Évidemment, le modèle d'origine, comme la sonde, provenait du stock de pièces défaillantes… Donc il a plutôt bien fonctionné les premières vingt-quatre heures avant de prendre feu dans la remise du père de Luke. Heureusement qu'on était là pour limiter les dégâts. Un peu plus tard, toujours avec la complicité de notre prof, nous avons mis au point un système qui déclenchait les essuie-glaces à la première goutte de pluie. On l'a installé sur la voiture du père de Luke, certains qu'on allait prendre la rouste de notre vie. Ce fut tout le contraire. Le lendemain soir, il nous attendait près de sa remise et ce moment a décidé de notre avenir. Il nous a félicités, et nous a dit que si notre invention était géniale, elle existait déjà en bien plus perfectionnée. Nos cellules déclencheuses d'essuie-glaces avaient le défaut d'occulter un bon tiers de son pare-brise. Il a ajouté que la prochaine fois que l'on se servirait dans son atelier, ce serait pour inventer quelque chose d'original. Peu lui importait quoi, du moment que l'on n'ait jamais à réparer de climatiseurs pour gagner nos vies. Luke et moi avons vu dans les yeux de son père une lueur d'espoir qui ressemblait aussi à un appel au secours. Le père de Luke était tellement important pour nous qu'on ne pouvait pas le décevoir. La suite, tu la connais, on a bossé comme des malades et aujourd'hui encore on continue à bricoler des trucs pas très conventionnels, mais beaucoup plus prometteurs que des essuie-glaces intelligents.

— De la culture d'un citronnier sous serre à celle de cellules nerveuses sur des puces de silicium, c'est tout de même un sacré bout de chemin.

— On peut voir les choses comme ça. Donc, Luke t'a parlé de nos recherches ?

— Il m'a même fait visiter votre hangar secret. J'y ai rencontré Flinch, encore plus allumé qu'en cours. En fait, j'avais décidé de ne pas me joindre à vous, et je viens de changer d'avis. Je ne sais pas si cela se fait de toper entre amants, dit Hope en tendant la main, mais l'intention y est.

— À mon avis, c'est plutôt faire l'amour qui est indispensable pour sceller une telle alliance. Attends une seconde, tu as visité le Centre et c'est moi qui t'ai convaincu avec mon histoire de citronnier ?

— Toi non, mais ton professeur avec sa veste en velours côtelé, un peu, et le père de Luke, beaucoup, ajouta Hope en ôtant sa chemise.

*

Le lendemain, Hope convoqua Luke et Josh à la cafétéria et leur fit part de ses conditions. Elle participerait à leurs recherches, mais refusait l'aide financière de Longview, comme de signer tout contrat, hormis un engagement de confidentialité, et conserverait la liberté de mettre un terme à sa collaboration quand elle le voudrait. Autre disposition, elle ne dormirait plus dans la chambre de Josh que les week-ends et le mercredi, afin de préserver leur amitié. Josh voulut aussitôt s'opposer à cette clause, mais Hope fut intraitable.

Le soir, ils allèrent tous trois fêter cette union sacrée dans un bar de la ville.

Hope en ressortit si éméchée que Josh et Luke durent la porter jusque chez eux. Elle dérogea à sa règle en y passant la nuit, c'était un jeudi.

6.

Hope se resservait pour la troisième fois ; elle reposa la carafe, but son verre d'eau et soupira.

— Respire et détends-toi, je suis certain qu'il ne va plus tarder.

— Qu'ILS ne vont plus tarder, rectifia-t-elle. Et puis qu'est-ce que tu en sais, tu ne connais pas mon père, tu ne l'as jamais vu et…

… et elle se tut alors que la porte du restaurant s'ouvrait.

Une créature aux formes généreuses, perchée sur des talons, la taille engoncée dans une jupe droite fit une entrée remarquée dans le petit restaurant.

— Il est d'amples poitrines qui, pour respirer à l'aise, n'auront pas assez de l'univers, lâcha Hope.

— Comment ? questionna Josh, hypnotisé.

— Rien, un vers de poésie que j'avais appris en cours de langues étrangères vient de me revenir à l'esprit, va savoir pourquoi.

— Tu crois que c'est elle…

— Oh, sans aucun doute. Papa doit être en train de se garer pour nous permettre de faire connaissance, sans lui. Il a toujours brillé par son courage dans ce genre de situation.

— Ce n'est pas la première fois ?

— Numéro 6…

La femme scrutait la salle. Son regard se posa sur Hope et elle afficha un grand sourire.

— L'élégance incarnée… ça va être très long ce déjeuner, chuchota Hope à Josh alors que sa nouvelle belle-mère se dirigeait vers elle. Si tu restes avec moi jusqu'au dessert, je t'épouse.

— Amelia, déclara la belle plantureuse en tendant une main aux ongles éclatants. Tu dois être Hope, n'est-ce pas ? Tu es beaucoup plus jolie en vrai qu'en photo.

Hope resta coite. Amelia se pencha pour l'embrasser, offrant à Josh une vue plongeante sur son décolleté et, par ricochet, un coup de pied de Hope sous la table pour s'y être noyé.

— Ton père est en train de garer la voiture, il arrive tout de suite.

— Ah oui ? répondit Hope.

— Tu ne peux pas savoir comme je suis contente de faire ta connaissance, il me parle tant de toi que j'ai parfois l'impression que tu vis avec nous.

— Parce que vous vivez déjà ensemble bien sûr…

— Il ne te l'a pas dit ? À nos âges, tu sais, nous n'avons plus de temps à perdre.

— Et ça vous fait quel âge ?

Cette fois, ce fut Hope qui reçut un coup de pied sous la table.

— Josh ! annonça-t-il en tendant ses joues vers Amelia. Je suis enchanté.

Autre coup de pied de Hope sous la table.

— Quel beau jeune homme ! s'exclama Amelia. Vous êtes tellement mignons tous les deux. Je dis toujours qu'un couple doit être bien assorti.

— C'est très aimable de votre part, répondit Josh d'un ton bienveillant.

— Je dois dire que vous êtes très assortie à mon père.

— Vraiment ? répondit Amelia, la voix perchée. Tu me fais plaisir. Entre nous je peux te l'avouer, je me demande parfois si ton papa n'est pas un peu trop sérieux pour une femme comme moi.

— Qu'est-ce qui vous fait penser une chose pareille ? Mon père médecin, vous infirmière, si ça, ce n'est pas bien emboîté…

— Mais je ne suis pas infirmière, je travaille dans le marketing de produits pharmaceutiques !

Silence consterné de Hope.

— J'ai compris, dit Amelia en riant de bon cœur, tu me taquinais. Ton père m'a dit que tu avais beaucoup d'humour.

— Moins que lui, mais je me défends.

— Et toi Josh, qu'est-ce que tu fais dans la vie ? interrogea Amelia en se tournant vers lui.

Troisième coup de pied qui força Josh à reconsidérer l'altitude de sa ligne d'horizon.

— Je suis… étudiant en neurosciences.

Hope griffonna quelques mots à la va-vite sur un bout de papier qu'elle glissa discrètement sous le coude de Josh. Il baissa les yeux et lut : « Bégaye pendant que tu y es ! »

— Qu'est-ce que c'est ? questionna Amelia qui avait vu le message passer de l'un à l'autre.

— Rien, Hope me rappelait que j'avais cours dans un quart d'heure.

— Mais tu vas le sécher ce cours, hein ? dit-elle en lui serrant le poignet si fort que sa main blanchit.

— Je ne serais pas étonnée que ton père traîne volontairement pour nous laisser faire connaissance, dit Amelia en regardant par la vitrine.

— Bravo, vous venez de marquer un point, vous le connaissez mieux que je ne l'imaginais.

— Je ne cherchais pas à marquer des points. Je sais qu'il n'y a aucune raison qu'une jeune femme de ton âge apprécie celle qui fréquente son père.

— Jeune femme, vraiment ?

— Le mien aussi était divorcé et je haïssais par principe toutes celles qui tournaient autour de lui. Je ne te demanderai pas de m'aimer, ni même que nous devenions amies, mais si au moins on pouvait bien s'entendre, ce serait…

— Mon père est veuf !

— Et en quoi consiste le marketing de produits pharmaceutiques ? enchaîna Josh.

— Eh bien, je rends visite aux médecins pour leur présenter les nouveaux médicaments développés par le laboratoire pour lequel je travaille. Je leur explique les miracles de nos nouvelles molécules.

— Et leurs effets secondaires…, ajouta Hope.

— Également. D'ailleurs, c'est souvent dans leur atténuation que les nouveaux médicaments se distinguent. C'est comme cela que j'ai rencontré Sam, reprit Amelia.

— Les effets secondaires…, lâcha Hope.

Son père arriva enfin.

— Impossible de trouver une place dans ce quartier, dit-il en s'asseyant. Pourquoi as-tu choisi un restaurant aussi éloigné du campus ?

— Pour rien, répondit Hope en fixant Amelia.

Sam considéra Josh et se raidit.

— Tu ne me présentes pas ton ami ?

— Mais si, papa, je te présente ton gendre !

Sam avala de travers et toussa, manquant de s'étouffer.

— Josh, dit ce dernier en tendant la main. Et rassurez-vous, je ne suis que son petit ami.

— Petit comment ? interrogea le père de Hope.

— Enfin Sam ! intervint Amelia. Où sont passées tes manières ?

Sam accepta la poignée de main de Josh et se plongea dans le menu.

— Qu'est-ce qu'il y a de bon ? J'espère que la cuisine vaut le déplacement, dit-il.

— En plat du jour, il y a de la poitrine de porc, elle est délicieuse, lâcha Hope.

La vacherie de Hope échappa à Amelia qui regretta de ne pouvoir y goûter, elle était végétarienne, par amour des animaux, précisa-t-elle.

— Comme je vous comprends, j'aime tellement mon père que je n'ai jamais voulu en manger, enfin, *a priori*… certains font des entorses à leur régime.

— J'ai une idée, lança Josh.

— Une seule ? rétorqua Sam.

Josh se tourna vers Amelia pour ne plus s'adresser qu'à elle.

— Hope et son père ne se sont pas revus depuis des mois, nous pourrions les laisser seuls un moment.

Que diriez-vous d'aller visiter la ville pendant une petite heure ? Le zoo est juste à côté.

Amelia regarda tour à tour Hope et Sam, et se leva.

— J'en dis le plus grand bien.

Josh se pencha vers Hope pour l'embrasser. Elle lui fit une grimace redoutable, bien qu'en son for intérieur elle pensait n'avoir jamais été aussi amoureuse de lui qu'à cet instant. Au point même d'éprouver une pointe de jalousie à l'idée qu'il passe une heure en la seule compagnie de « pétasse numéro 6 ».

Sam ne savait quoi dire, mais le regard de sa fille mit fin à toute hésitation.

— Si cela ne te dérange pas mon garçon.

— Je m'appelle Josh, monsieur, reprit-il avant d'escorter Amelia vers la porte.

Père et fille, un peu gênés, les observèrent sortir du restaurant.

— Je sais, tu ne l'aimes pas, dit le père.

— Je ne vois pas pourquoi tu penses ça, répondit sa fille d'un ton faussement innocent.

— Ça suffit Hope, cette manie que tu as de juger les gens sans les connaître est insupportable.

— Pas les gens, tes nanas, ce n'est pas pareil.

— Amelia a le cœur sur la main.

— Avec le poids de ses seins, pas étonnant qu'il soit tombé si bas.

Sam observa sa fille, elle éclata de rire et il ne put résister plus longtemps à l'envie de la prendre dans ses bras.

— Ma fille, ton rire est un remède à tous les maux.

— On pourrait proposer au labo de ta fiancée de le métaboliser pour en faire un médicament.

— Il est bien ?

— Le rôti de porc ?
— Non, ton Jason.
— Josh ! Définis-moi « bien ».
— Il te rend heureuse ?
— Ça ne se voit pas ?
— Si, c'est bien ce qui m'inquiète.
— Pourquoi ?
— Pour rien, je me sentais obligé de jouer au père jaloux. Enfin, peut-être parce que je le suis un peu. Tu ressembles tellement à ta mère.
— Ne dis pas n'importe quoi, je te ressemble comme deux gouttes d'eau. C'est bien ma veine !
— Je parlais de ton caractère.
— Et Amelia, est-ce qu'elle te rend heureux ?
— Autant que possible.
— Alors je suppose qu'elle est bien.

Sam interrogea Hope sur ses études, ses projets, sa vie au quotidien. Ses réponses furent évasives et elle le questionna à son tour.

Sam s'accoutumait chaque année un peu plus à sa vie en Californie. San Francisco était une ville au climat agréable. Il partageait son travail entre son cabinet et l'hôpital. Il y avait d'ailleurs fait la connaissance d'une jeune et brillante neurochirurgienne et s'était promis de la présenter à Hope. Elle pourrait certainement l'épauler dans ses études. À condition qu'elle renonce un jour à cette idée saugrenue de ne faire que de la recherche au détriment de la vraie médecine.

— Mais bon sang, qu'est-ce que tu peux être vieux jeu parfois. Je n'ai pas envie d'être au contact des malades. Je ne sais pas comment tu fais pour rentrer le soir sans les ramener avec toi. Je ne pourrai pas, l'empathie tu comprends ? Je serais malade avec eux, je souffrirais de toutes les pathologies dont ils souffrent…

— Hope, ce qui est arrivé à ta mère n'est pas héréditaire. Mets-toi cela en tête une fois pour toutes et soigne ton hypocondrie.

— Alors, là, c'est le monde à l'envers, moi hypocondriaque ? Qui est-ce qui me faisait passer des batteries d'examens dès que j'avais 38,2 ?

— Et alors ? Tu verrais un cordonnier ne pas ressemeler les chaussures de sa fille ?

— J'aime passionnément ce que je fais, Papa. Mais j'ai trouvé ma voie, et je voudrais tellement que tu l'acceptes.

— Tu crois que je financerais tes études si ce n'était pas le cas ? Je prends juste plaisir à te taquiner.

— C'est sérieux avec Amelia ?

— Je n'en sais rien, c'est un peu trop tôt pour le dire.

— Mais vous vivez quand même ensemble.

— C'est plus pratique ainsi. Et puis je n'ai jamais supporté la solitude. Et toi, c'est sérieux avec ce Jason ?

— Tu le fais exprès ?

— Il a l'air convenable, enchaîna Sam, il a de l'allure.

— Oui, c'est sérieux, enfin, si s'aimer est considéré comme sérieux, mais on ne vit pas sous le même toit. Tu m'as loué une chambre dans un dortoir où la mixité est interdite, tu t'en souviens ?

— Vraiment, j'ai fait ça ? Bizarre, ça ne me ressemble pas. Bon d'accord, si vous êtes toujours ensemble après l'été, tu pourras te chercher un autre logement. Je suppose qu'il n'a pas les moyens de t'héberger.

— Eh bien si figure-toi, c'est ce qu'il fait d'ailleurs. Mais il partage son appartement avec un copain, pour notre intimité ce n'est pas idéal.

— Je ne suis pas sûr de vouloir entendre autant de détails. Et toi, tu ne veux rien savoir sur Amelia ?

— Non, mais si ça te fait plaisir…

— Elle est divorcée, elle a une fille très gentille, Helena, qui a dix-huit ans.

— Elle vit aussi avec toi ?

— Tu ne vas pas être jalouse ?

— Vous restez longtemps ?

— Non, nous sommes attendus à un congrès ce soir, à Boston, et nous repartons demain en fin de journée.

— Je croyais que tu étais là pour moi.

— Je n'ai accepté l'invitation que pour trouver un prétexte de fuir l'hôpital et de venir te voir.

— Tu me manques.

— Toi aussi tu me manques, ma fille, à chaque moment de ma vie. Ta photo est sur mon bureau, sur le manteau de la cheminée, même sur ma table de nuit.

— J'espère que tu la retournes quand Amelia et toi faites des galipettes.

— Tu sais ce qu'il y a de plus beau et de plus terrible dans la vie d'un père ?

— D'avoir une fille comme moi ?

— De la voir partir vivre sa vie.

Au cours du déjeuner le temps remontait son cours, les ramenant tous deux à une époque où, dans la cuisine d'une maison à Cape May, chacun racontait à l'autre sa journée. Hope avait l'impression d'avoir revêtu ses habits d'écolière, alors, elle parla à son père de ses études, de son espoir de découvrir un jour un remède à la maladie de l'oubli, mais elle ne mentionna pas ses projets avec Josh et Luke.

Sam, comme il avait coutume de le faire jadis, lui parla de ses patients, de ses après-midi à l'hôpital, de ce poste de chef de service qu'il n'était pas seul à briguer, mais pour lequel il nourrissait de grands espoirs, et puis aussi parfois d'Amelia quand l'aiguille du temps reprenait sa marche en avant alors que Hope évoquait Josh.

Ce moment complice fila sans qu'ils s'en aperçoivent, même si Hope pensa une ou deux fois à Josh, peut-être parce qu'elle aurait voulu qu'il soit là.

Ils choisissaient un dessert quand Sam reçut un message d'Amelia. Elle avait envie de faire des courses et le laissait tout entier à sa fille. Ils se retrouveraient à leur hôtel en fin d'après-midi, le congrès ne débutait qu'à dix-huit heures.

— Tu sécherais tes cours ? demanda Sam.

— C'est une question piège pour tester mon assiduité ?

— Non, pour tester ton envie de passer un moment avec ton père et pour te dévergonder un peu.

— Je n'ai cours que le matin.

— Alors, allons nous promener, je ne le fais plus jamais, et tu me raconteras comment tu as rencontré Jason.

Hope se mordit les lèvres, et emmena son père marcher le long de la rivière. Assis sur un banc, ils évoquèrent son enfance, et firent revivre une femme qui leur manquait. Il est des souvenirs que les années n'effacent pas.

— Lorsque Maman est morte, j'ai nourri en moi le chagrin de son absence, je le nourris encore. Je ne voulais pas qu'il m'abandonne aussi, cela aurait été comme la perdre une deuxième fois. Je n'avais plus que cette douleur pour me rattacher à elle, confia Hope à son père.

Il se tourna vers sa fille et l'observa attentivement.

— Tu sais, à l'hôpital, avec quelques collègues, nous avons ouvert une clinique pour ceux qui n'ont pas les moyens de se faire soigner. Enfin, clinique est un grand mot, c'est une sorte de dispensaire. Cette année, nous avons une nouvelle clientèle, des réfugiés, comme on les appelle à la télévision. Ceux qui pour fuir la violence des cartels abandonnent tout et franchissent la frontière.

— Pourquoi tu me racontes ça ?

— Parce qu'il est des endroits de ce monde où la mort emporte tant de gens que le temps du deuil ne dure pas plus d'un jour, parfois seulement une heure. Et puis la mort est oubliée, parce qu'une autre lui succède et une autre encore, et si l'on ne donne pas tout ce que l'on a en soi pour survivre, c'est vous qu'elle emporte. C'est le quotidien de ceux qui subissent la guerre, de ceux qui meurent de faim ou sous les balles des tyrans, alors j'ai fini par penser que c'était un privilège que ta mère nous manque encore autant.

Ils poursuivirent leur promenade jusqu'au déclin du jour. Hope promit à son père de lui rendre visite à l'été. Sam promit à sa fille de revenir au printemps, enfin, dès qu'il le pourrait. Ils se séparèrent à un carrefour. Sam avait offert de la raccompagner, mais Hope avait prétendu préférer rentrer par ses propres moyens. C'était un fier mensonge. Et dès que la silhouette de son père disparut au loin, Hope prit son téléphone pour appeler Josh.

— Tu viendrais me chercher ? lui demanda-t-elle d'une voix pâle.

*

Sam retrouva Amelia au bar de l'hôtel. Elle l'attendait, vêtue d'une robe du soir.

— Elle te va bien, tu viens de l'acheter ?

— Cette robe est une vieille chose et tu m'as vue la porter au moins trois fois. J'ai passé l'après-midi à appeler mes clients depuis la chambre.

— Tu n'es pas allée faire du shopping ?

— Sam, ne me sous-estime pas à ce point. C'était bien avec Hope ?

— Oui, c'était très bien.

— Tu vas détester ce que je vais te dire, mais ce Josh est un garçon formidable.

— Confidence pour confidence, Hope t'a trouvée délicieuse.

— Je n'en crois pas un mot, mais c'est un joli mensonge, de ta part… ou de la sienne.

*

Hope était retournée s'asseoir sur le banc. Un taxi vint se ranger le long du trottoir. Josh lui fit un signe de la main pendant qu'il réglait la course. Puis, il se pressa de la rejoindre.

— Tu as pris un taxi pour venir ?

— Ça avait l'air urgent.

— Je te fais faire n'importe quoi, un taxi n'est vraiment pas dans nos moyens.

— Tout dépend des moyens que l'on se donne, et puis n'exagérons rien.

— C'était comment le zoo ?

— Il y avait des éléphants, des girafes, des lions, des tigres, et même des zébufflons.

— C'est quoi un zébufflon ?

— C'est quand un zèbre a couché avec un bufflon. Nous ne sommes pas allés au zoo. Je l'ai emmenée dans un fast-food végétarien près du campus. C'était abject, mais elle a fait semblant d'aimer. Amelia est une chic fille.

— Tu n'as pas trop reluqué ses seins ?

— Tu es triste, Hope ?

— Je ne peux pas me plaindre, il y a plus malheureuse que moi.

— Penser qu'on n'a pas le droit d'être triste parce qu'il y a bien plus malheureux que soi est aussi stupide que de s'interdire d'être heureux parce qu'il y a bien plus joyeux.

— Mon père m'a demandé si c'était sérieux entre nous.

— Et qu'est-ce que tu lui as dit ?

— Que si je t'aime c'est justement parce que tu n'es pas quelqu'un de sérieux.

— Tu lui as dit que tu m'aimais !

— Et toi, tu m'aimes ?

— Je vais te confier quelque chose, Hope, quelque chose que je n'ai encore jamais dit, pas même à Luke. Je suis une imposture. Si tu savais tous les efforts que je fais pour ne pas devenir adulte. Je veux rester émerveillé comme quand j'avais douze ans, par un père et sa fille qui échangent le regard que j'ai aperçu dans ce restaurant tout à l'heure, par un couple qui s'embrasse…

— Qui s'embrasse comment ? interrompit Hope.

— Comme ça, répondit-il en l'embrassant. Je veux être touché en voyant des vieux comme ceux qui sont assis sur le banc là-bas et qui sourient encore à la vie, ou devant un chien qui a une bonne tête et qui te regarde comme si tu étais l'incarnation même du bonheur. Je t'ai déjà parlé de ce bâtard qui fut mon compagnon d'enfance ?

— Non, mais continue.

— Je veux rester émerveillé par un secret que l'on échange dans le silence d'un regard au milieu de tous, comme ceux que nous échangeons souvent en cours, être emporté par ces fous rires qui vous submergent quand il ne faut surtout pas rire, ta spécialité, et même par la peur d'être abandonné, parce que j'ai toujours peur que tu te lasses de moi et que tu t'en ailles. Je crois que l'on reconnaît parmi mille autres ceux qui aiment comme nous, ceux qui voient le monde avec la même innocence, ceux qui entretiennent l'espoir, ceux qui doutent d'eux-mêmes, mais pas de ceux qu'ils aiment. C'est un privilège de te connaître, Hope.

Elle se pencha à son oreille et murmura qu'elle avait envie de lui, maintenant.

Josh ne se fit pas prier et, fauché pour fauché, il siffla un taxi qui passait par là.

*

Le lendemain, ils retrouvèrent un Luke d'humeur maussade. À l'intercours, c'est à peine s'il adressa la parole à Josh et il fallut à Hope déployer tout son humour pour l'amadouer alors qu'ils partageaient une bière un peu plus tard dans l'après-midi. Luke finit par avouer que les premiers résultats de ses expériences au Centre n'étaient pas concluants. Quelque chose ne fonctionnait pas et il en ignorait la cause.

Hope proposa d'y passer la soirée et qu'ils revisitent tous ensemble le protocole. Luke accueillit favorablement cette idée, ou plutôt le fait qu'elle force Josh à se consacrer enfin à leurs travaux.

*

Les journées s'enchaînèrent, laborieuses, entre les cours, les révisions des examens et les soirées qu'ils passaient au Centre, reprenant leur expérience à zéro chaque fois qu'elle échouait. Ils grappillaient à tour de rôle quelques heures de sommeil, parfois au hasard d'un coin de table ou, quand la nuit se prolongeait, à même le sol du labo.

Les examens approchaient. Hope avait le visage émacié et les yeux cernés. Josh avait renoncé à la moindre cigarette, Luke ne touchait plus à une goutte d'alcool, mais cela ne suffisait pas à les maintenir en forme. Le seul dimanche qu'ils s'accordèrent fut entièrement consacré à dormir, dormir et dormir encore.

Pour survivre à la semaine des examens, ils se gavèrent de boissons énergisantes améliorées par les talents de chimiste de Hope. Ils réussirent à passer brillamment leurs épreuves, non sans avoir connu trois crises de tachycardie mémorables dont l'une les conduisit aux urgences où ils passèrent la nuit avant que leur cœur ne daigne se calmer et qu'un médecin leur administre un sérieux savon.

Leur diplôme leur ouvrait les portes de l'année universitaire à venir, mais il restait encore à Luke comme à Josh à en assurer le financement. Pour cela, il fallait poursuivre leurs expériences au Centre et surtout rassurer Flinch qui commençait à douter sérieusement de leur projet.

Hope, qui n'avait pas ce problème, ne manqua pourtant pas à l'appel et tous trois s'y dévouèrent corps et âme.

Deux étapes avaient été franchies, les neurones continuaient de se relier les uns aux autres sur les plaques de silicium, et les processeurs ainsi formés répondaient de façon satisfaisante aux programmes simples que Josh leur soumettait. Ils avaient ainsi réussi à commander un interrupteur, à faire se mouvoir un petit robot et même à lui faire transporter un morceau de sucre qu'il saisissait à la demande à l'aide d'une pince articulée assemblée par Luke. On était encore loin d'une intelligence artificielle, mais comme le rappelait constamment Josh, tout cela était réalisé à partir de neurones prélevés dans le cerveau d'un rat.

La prouesse restant à accomplir était de faire communiquer ces composants avec ceux d'un ordinateur.

Une nuit, alors que la climatisation excessive dans la pièce la faisait frissonner, Hope réchauffa ses mains sur le ventilateur d'un des serveurs informatiques. Ses doigts engourdis retrouvèrent leur couleur rosée. Elle se retourna subitement vers Josh qui s'évertuait à faire converser ses petits protégés avec leurs cousins électroniques.

— Ils sont frigorifiés. Nos têtards sont paralysés par le froid, cria-t-elle.

C'est ainsi que Hope appelait les puces organiques. Il lui arrivait même d'attribuer des prénoms à certaines d'entre elles.

— Quand elles se relient, elles consomment de la chaleur et perdent de leur énergie. Il faut que nous les réchauffions au-delà des 37,2.

— Toute l'industrie cherche à refroidir ses composants, et toi tu veux faire le contraire ? objecta Luke.

— Les nôtres sont vivants ! rétorqua Hope, sans être totalement convaincue du bien-fondé de son raisonnement.

Mais elle pensa que si Fleming avait découvert la pénicilline après avoir oublié des cultures dans son laboratoire alors qu'il partait en vacances, des nuits entières passées à se geler dans une pièce trop climatisée méritaient bien un coup de pouce du destin.

Josh et Luke échangèrent un regard dubitatif et Hope vit qu'elle avait réussi à les faire douter.

— Après tout, pourquoi pas ? lança Josh.

— Parce qu'on risque de les tuer, c'est une bonne raison, non ? objecta Luke.

— Alors nous recommencerons les étapes un et deux, répliqua Hope.

— Et nous perdrons deux à trois semaines. Je doute que Flinch nous en accorde autant.

— Justement, tentons le tout pour le tout, enchaîna Josh, poussé par l'énergie du désespoir.

— Une minute ! lança Hope, levant le bras. Nous sommes bien d'accord que si ça foire, ce sera la conséquence d'une décision collégiale ?

— Et si cela marche, ce sera aussi le fruit d'une idée collégiale ? demandèrent Luke et Josh de concert.

— Je n'avais pas pensé à ça, mais… une fois que vous m'aurez tous les deux amplement remerciée… offert un dîner royal… et deux jours de vacances… c'est d'accord !

— Dis-moi, Fleming, balança Luke goguenard en lui posant la main sur l'épaule, selon toi à quelle température devrions-nous faire grimper les plaques ?

Hope fit semblant de réfléchir, sachant pertinemment qu'elle n'en avait pas la moindre idée. Elle évalua à trois degrés l'écart thermique qui avait ramené ses phalanges à la vie, ses petits têtards devraient certainement se contenter de moins, sous peine de s'offrir un coup de chaud fatal. Elle joua à compter sur ses doigts, mima une soustraction imaginaire et s'exclama :

— Trente-huit degrés ! Non, 37,8, corrigea-t-elle aussitôt.

— Tu dis ça au pif ! lâcha Josh en se moquant d'elle.

— Cette petite remarque est d'une rare goujaterie, mais puisque tu l'as deviné, j'en suis soulagée.

— Alors, commençons à 37,5, si tu le veux bien.

Josh déposa un échantillonnage de leurs « têtards » sur une plaque chauffante et essaya de contrôler tant bien que mal l'élévation de leur température à l'aide d'une sonde. Ils eurent une grosse frayeur lorsqu'elle grimpa d'un coup au-delà des trente-huit degrés avant que Luke n'ait pu retirer les puces organiques et se précipite pour les connecter aux câbles qui pendaient de l'ordinateur. Tous trois retenaient leur souffle.

*

À six heures du matin, Luke, Josh et Hope faisaient la fermeture d'un bar après avoir dignement célébré le premier transfert d'informations entre des processeurs organiques et leurs homologues électroniques.

Flinch n'en fut informé par Luke que le surlendemain. Non parce qu'ils avaient voulu reproduire l'expérience pour la confirmer, ce qu'ils firent néanmoins après avoir annoncé leur succès, mais parce que avant cela aucun des trois n'aurait pu articuler une phrase intelligible.

Loin de représenter en soi un apport substantiel au domaine de l'intelligence artificielle, leur réussite résidait dans la globalité du processus. Aussi petite soit-elle, une infime partie du vivant avait été transférée sur une machine. Ce qui avait été accompli à moindre échelle pourrait l'être aussi un jour dans des dimensions bien plus conséquentes.

Raisonnement qui n'échappait pas à Flinch lorsqu'il fit régler sur-le-champ par Longview les frais universitaires de Josh et Luke pour les deux années suivantes.

*

À la mi-juillet, Hope et Josh se séparèrent pour la première fois. Hope tenait sa promesse et partait rendre visite à son père à San Francisco.

Josh sacrifia une grande part de son budget mensuel dans l'achat d'un forfait téléphonique, qu'il épuisa en huit jours. Luke vint à sa rescousse et offrit de le recharger contre la promesse d'un peu plus de retenue. Ce n'était pas tant le nombre d'appels qu'ils se passaient qui avait dilapidé le forfait. Le soir, Hope et lui se racontaient leur journée et s'endormaient, le portable posé sur l'oreiller, ne coupant la communication qu'après s'être dit bonjour au matin, et il en fut ainsi toutes les nuits.

Lorsque le père de Hope partait à l'hôpital, elle sortait découvrir la ville, et San Francisco lui plaisait un peu plus de jour en jour. Elle aimait flâner dans le quartier de Castro, se promener le long de la marina, chiner dans les petites boutiques d'Union Street, et quand le brouillard ne venait pas draper la pointe nord de la péninsule, se prélasser sur le sable noir de Marshall's Beach.

Hope, qui s'était d'abord résignée à la présence d'Amelia, finit par s'y accoutumer. À table, elle avait le mérite de combler les silences qui avaient si souvent terni les soirées de son adolescence. Amelia avait toujours de bonnes histoires à raconter. Anecdotes épiques tirées de ses voyages, portraits de clients qu'elle imitait à merveille, ou récits de ses bévues qui s'avéraient fameuses. Hope lui découvrit une drôlerie insoupçonnée qui la toucha, peut-être plus encore une sincérité à l'égard de son père, et lorsque Amelia leur annonça devoir repartir en tournée aux quatre coins de l'État, elle regretta presque son départ.

Amelia s'en alla un matin. Hope et Sam l'aidèrent à charger sa voiture et restèrent côte à côte sur le perron jusqu'à ce qu'elle disparaisse au coin de la rue.

Sam retourna le premier dans la maison et appela Hope du haut des marches.

— Ne me dis pas qu'elle va te manquer, en tout cas pas avant que je n'aie pris un bon café.

— Je n'irai pas jusque-là, mais je ne serais pas contre un bon café. On va le prendre en ville ?

— Je n'ai pas le temps, Hope, j'ai du travail, répondit Sam en enfilant sa gabardine.

Il attrapa sa sacoche dans l'entrée et, une fois installé au volant de son break, il abaissa la vitre et salua sa fille d'un geste de la main.

Était-ce la vieille Ford ou ce geste qui avait soudain ravivé de lointains souvenirs ?

Hope se précipita vers le bureau de son père. Profitant de son absence, elle allait vider placards et armoires jusqu'à ce qu'elle mette la main sur ce qu'elle cherchait.

Où pouvait-il avoir rangé les reliques de son enfance ?

Elle revoyait son père, alors qu'elle s'apprêtait à quitter la maison de Cape May monter les remiser au grenier dans une boîte en carton, comme s'il avait voulu lui montrer que lui aussi saurait tirer un trait sur leur vie. Elle avait souri tendrement, devinant que c'était la seule chose qu'il avait trouvée pour masquer son émotion.

Ici, il n'y avait ni combles ni garage et elle avait déjà fouillé le bureau, le salon et les deux chambres. Elle regrimpa à l'étage et fila vers le dressing. Les affaires d'Amelia occupaient déjà les deux tiers des penderies. Hope repoussa les vestes de son père, se hissa sur la pointe des pieds, maudissant la nature de ne pas l'avoir faite plus grande, écarta une pile de pull-overs sur une étagère et étouffa un cri de joie.

La boîte se cachait sous de vieux draps pliés. Elle la reconnut instantanément et emporta son trésor dans les bras.

Elle s'assit en tailleur, souleva le couvercle et s'attela, fiévreuse, à démêler l'imbroglio de souvenirs qui s'offraient à elle. Parmi quelques peluches, un faux tube de rouge à lèvres, des bijoux de pacotille, des cahiers de dessins et un étui à crayons, un livre pour enfant capta son attention. Elle le posa sur ses genoux. Le conte illustré relatait l'histoire d'un petit singe qui découvrait émerveillé les lumières de la ville. Hope en tourna les pages, se remémorant les intonations de sa mère lorsqu'elle le lui lisait. Elle l'approcha de son visage et respira l'odeur du papier, espérant y retrouver un parfum oublié. Une trace infime lui aurait suffi, mais le livre resta muet.

Hope étudia longuement chaque objet avant de les ranger, remit la boîte à sa place et ne conserva que le livre qu'elle enfouit aussitôt dans sa valise.

*

Le jour de son départ, elle fut pour une fois levée avant son père. Le temps était venu de rejoindre la côte Est. Elle n'avait plus de nouvelles de Josh depuis que son forfait avait expiré deux jours plus tôt et sa voix lui manquait. Elle avait tenté de le joindre par l'intermédiaire de Luke, sans succès, laissant à tout hasard sur sa boîte vocale un message indiquant son horaire d'arrivée.

Sur le trottoir de l'aéroport, alors qu'un agent ordonnait à Sam de déplacer son véhicule, elle jura à son père qu'elle avait passé un merveilleux séjour. Sam promit de faire tout son possible pour lui rendre visite à Noël.

— Tu ne m'en veux pas de te laisser seul ?

— Amelia rentrera bientôt. Je l'embrasserai de ta part.

— Si tu veux.

— Tu as trouvé ce que tu cherchais ?

Hope prit un air étonné.

— Dans mes affaires… Tu aurais pu remettre les choses comme tu les avais trouvées.

— Je t'ai volé un vieux pull que tu ne mets plus jamais. Je le porterai cet hiver en pensant à mon papa, fétichisme de fille.

— Alors tu as bien fait. Prends soin de toi, tu vas me manquer.

Hope se jeta au cou de son père et lui dit qu'elle l'aimait. Sam lui fit promettre de l'appeler quand elle serait arrivée.

— Promis, cria-t-elle en s'engouffrant dans le terminal.

Elle marcha vers l'escalator, fit demi-tour et se blottit contre la baie vitrée pour regarder la silhouette de son père grimper dans le vieux break.

*

Ce soir-là, Sam découvrit sur sa table de nuit un dessin d'enfant, au crayon de couleur.

Il le regarda longuement, alla chercher un cadre dans son bureau et ôta la photo où on le voyait recevoir un prix pour l'y glisser.

— Pourquoi es-tu devenue adulte, murmura-t-il en reposant le cadre.

7.

Hope invoqua saint Chien, saint Dromadaire, saint Lion, sainte Baleine et saint Mortimer (un nuage qui ressemblait à feu l'un de ses professeurs d'anglais) pour que Josh l'attende à l'arrivée.

Elle avait depuis longtemps la conviction que lorsqu'un nuage prenait l'apparence d'un être vivant, il était habité par son âme. Cette douce folie était née un soir de cafard où elle avait aperçu dans le ciel de Caroline du Sud les formes d'un visage qui lui avait laissé croire que sa mère venait à sa rescousse.

En sortant de la passerelle, elle pensa que les hublots d'avions étaient hermétiques aux vœux et s'aventura déçue dans la coursive. Une paire de bras l'enserra et la souleva de terre, elle poussa un hurlement qui fit se retourner deux policiers en faction.

— Tu es venu ?

— Ben non, tu vois, c'est mon hologramme.

— Il sent drôlement bon, ton hologramme, dit-elle en plongeant son visage dans la nuque de Josh.

— J'ai deux grandes nouvelles à t'annoncer, dit-il après qu'ils eurent échangé un long baiser.

— Tu es enceinte !

— Très drôle, répondit Josh.

Hope l'entraîna vers le tapis à bagages.

— Alors, quelles sont ces nouvelles extraordinaires ?

— Flinch nous a octroyé un labo plus grand et mieux équipé.

— En quel honneur ?

— La deuxième nouvelle ! Nous avons beaucoup progressé depuis ton départ. Non seulement des programmes plus complexes fonctionnent, mais je crois que nous avons réalisé une vraie prouesse. J'ai eu une idée de génie.

— Si la brigade de la modestie passe par là, tu prends perpète, mon Josh.

Josh lui promit qu'il n'exagérait pas, il mourait d'impatience de l'emmener au Centre pour le lui prouver. L'idée ne sembla pas emballer Hope.

— Je n'ai pas dit que nous devions y aller dès ce soir, reprit Josh.

— Menteur, tu en crèves d'envie, mais je vais d'abord récupérer ma valise.

— Je crève d'envie de faire l'amour avec toi ! s'écria-t-il.

Autour du tapis à bagages, les passagers relevèrent les yeux de leurs smartphones.

— C'est réciproque ! répondit-elle sur le même ton.

Sa voisine la dévisagea, l'air interdit… ou peut-être envieux.

Josh avait emprunté la voiture de Luke. Arrivés à l'appartement, ils gravirent l'escalier en courant et se ruèrent vers la chambre.

La douceur de Hope le surprit, à moins que ce fût de se découvrir à son tour capable d'une tendresse qu'il n'avait encore jamais exprimée.

Il lui en fit l'aveu, bras derrière la tête, un pétard au bord des lèvres.

— Tu ne comptes pas allumer ce truc-là dans ma chambre ? dit-elle en se tournant vers lui.

— Aux dernières infos, c'était la mienne.

— Pas quand je m'y trouve, mon Josh. D'ailleurs, jusqu'à ce que nous emménagions dans un lieu rien qu'à nous, je veux payer ma part de loyer.

— Pas question, objecta Josh. Tu veux vraiment qu'on prenne un appartement ensemble ?

— Vu nos moyens, un studio serait déjà pas mal.

Josh se leva pour aller inspecter le contenu du réfrigérateur et elle l'entendit lui dire depuis la kitchenette.

— On va au Centre ?

*

À cette heure tardive, la plupart des salles du Centre étaient éteintes. En parcourant le couloir, Hope jeta un œil au robot humanoïde qui semblait dormir sur son socle. Son visage en latex était encore plus réaliste que la fois précédente et cette vision la fit frémir.

— Où est Luke ? demanda-t-elle en entrant dans leur labo.

— Tyla.

— Tyla ?

— La fille avec laquelle il passait la soirée… et la nuit aussi, on dirait.

— Nous parlons du même Luke ? Comment l'a-t-il rencontrée ? Tyla, c'est bizarre comme prénom, non ?

— Il te le dira lui-même, et non je trouve ça plutôt joli.

— On dirait un nom de poisson. Deux filets de Tyla, s'il vous plaît !

— Tu ne serais pas jalouse ?

— De Luke ? Tu débloques complètement.

— Non, de Tyla. Jusqu'à ce jour, tu étais la seule fille de la bande.

— N'importe quoi, protesta Hope qui savait bien que Josh ne s'était pas trompé. L'arrivée d'une intruse l'agaçait.

— Alors je débloque ! Tu ne veux pas que je te montre notre prouesse ?

— Et c'est déjà sérieux avec cette fille ? Je ne suis partie que deux semaines.

— Pour nous, ce n'était pas sérieux dès le premier soir ?

— Bon d'accord, je suis peut-être un peu jalouse, mais pas de Luke.

— Puisque tu le dis, concéda Josh en se penchant sur l'écran pour attirer son attention.

Les premières images montraient des coupes d'un cerveau, que Hope devina provenir d'un PET scan. Des zones de couleur s'animaient sur l'écran, dans un angle les mots « actions » et « cognition » se succédaient.

— À qui appartient ce cerveau ? demanda Hope.

— Tu me trouves comment ?

— C'est le tien ? Je comprends, enchaîna-t-elle. Tu t'ennuyais sans moi et pour te changer les idées, tu as passé un scanner… c'est la dernière fois que je te laisse seul si longtemps.

— Nous n'avons pas le droit à un cobaye humain, il fallait bien que l'un de nous s'y colle, mais tu te trompes, je n'ai passé aucun scanner.

Hope resta perplexe.

— Nous avons placé des centaines d'électrodes sur mon crâne, et durant des heures, nous avons enregistré l'activité électrique de mon cerveau alors que Luke stimulait ma mémoire en faisant appel à des souvenirs communs. Nous avons ensuite codifié ces données et les avons envoyées à un calculateur qui a reconstitué ce que tu vois sur cet écran.

— Ce sont des représentations numériques de ta mémoire ? interrogea Hope époustouflée.

— Oui, encore très imparfaites. Comme je te le disais, des heures d'enregistrements pour seulement quelques secondes retranscrites, mais le résultat est bien là. Des fragments de ma mémoire sont stockés sur un disque dur et nous pouvons les émuler en images. Un jour, nous pourrons les décrypter complètement, recréer ce que j'ai vu, reproduire les sons que j'ai entendus, restituer mes sensations et pourquoi pas mes émotions ?

— Et je suis où dans cet arc-en-ciel de couleurs ? demanda Hope en se penchant vers l'écran.

— Là, dit Josh en désignant une zone. Regarde, c'est tout chamarré.

Hope se tourna vers Josh, et lui jeta ses bras au cou avant de l'embrasser.

— Vous êtes deux beaux salauds d'avoir réussi ça sans moi.

— La caméra ! chuchota Josh en relevant les yeux vers la diode rouge qui clignotait sur le mur.

Hope brandit son majeur et l'embrassa encore plus fougueusement.

— Alors comme ça, tu me vois chamarrée ?

*

L'arrivée de Tyla dans la vie du trio posa tout de suite un problème de logement. Même si un petit salon séparait les deux chambres, il était difficile d'envisager une quelconque intimité à quatre dans un trente-huit mètres carrés.

Selon Luke, Josh et Hope avaient eu leur quota de soirées et il revendiqua son tour. Dès lors, Hope occupa ses matinées à éplucher les petites annonces immobilières. Elle réussit à traîner Josh dans des visites qui restèrent infructueuses. Aux annonces aguichantes correspondait toujours une réalité décevante.

Josh se résolut à donner plus d'heures de cours particuliers pour qu'ils puissent s'offrir un loyer plus élevé. En attendant, Hope dormait avec lui les jours pairs, et Tyla avec Luke les jours impairs… Et l'ambiance n'était pas au beau fixe.

Il émanait de Tyla une volupté exubérante qui, pour Hope, frisait la vulgarité. Que ce soit par ses tenues vestimentaires ou ses attitudes, elle était l'érotisme même et Hope se demandait vraiment ce qu'un homme aussi brillant que Luke pouvait trouver à cette fille. La limpidité de la réponse la crispait encore plus.

Un matin, Hope réveilla Josh.

— Tu te sens capable de lui troquer l'appartement tout le week-end contre sa voiture ?

— Luke ! cria Josh, ça te dirait de garder l'appartement pour vous deux tout le week-end ?

— Oui, ça me dirait ! entendit-on de l'autre côté de la cloison.

— Alors, c'est OK, répondit Josh, nous prendrons la voiture. Voilà, c'est fait, dit-il en se retournant vers Hope, et où va-t-on ?

— À Cape May.

— Qu'est-ce qu'il y a à Cape May ?

— Je cherche depuis deux semaines le nom du parfum de ma mère et ça me rend dingue.

— Tu as songé à le demander à ton père ?

— Sujet tabou, hors de question.

— Et on ne le trouve que là-bas ?

— Mes souvenirs d'enfance sont là-bas, et j'aimerais les partager avec toi.

Luke était à peine réveillé que Hope entendait déjà Tyla gémir, et le regard qu'elle lança à Josh fut sans appel. Ils préparèrent un sac à la hâte, passèrent chez Hope pour qu'elle y glisse quelques affaires et la route s'ouvrit devant eux.

Ils arrivèrent à Cape May au milieu d'une journée où la chaleur était écrasante. Leur voyage s'acheva au pied d'une dune qui dominait l'Atlantique. La plage presque déserte s'allongeait à perte de vue.

Hope et Josh se disputèrent les vagues, et l'océan roulant sa houle les ramenait chaque fois sur le sable.

Alors que les heures chaudes laissaient enfin place à la douceur du soir, ils récupérèrent leurs vêtements et Hope conduisit Josh vers le quartier où elle avait grandi.

Les rues ensablées par endroits étaient bordées de maisonnettes en bois, les plus modestes coiffées d'une toiture en goudron, les autres de tuiles en Shingle.

À l'avant de ces maisons s'étalaient des carrés de pelouse, piqués de bosquets fleuris dont les couleurs tranchaient avec l'ocre du ciel.

Hope s'arrêta près d'une clôture au croisement de Swan et de Wenoha Avenue et pointa du doigt un pavillon.

— Derrière cette fenêtre à l'étage, c'était ma chambre.

— Tu veux qu'on sonne ? Les gens qui habitent là nous laisseront peut-être la visiter, suggéra Josh.

— Non, j'aime mieux la préserver telle que je l'ai connue.

— De quoi est morte ta mère, Hope ?

La question la surprit, elle hésita un instant et tira Josh par la main.

— Viens, lui dit-elle.

Ils remontèrent Michigan Avenue à pied et longèrent le lac qui s'étendait entre la route et les terrains de tennis publics de Cape May.

— Elle n'a pas vu une camionnette qui débouchait de cette rue, expliqua Hope en s'arrêtant à l'intersection.

Elle avait dit cela d'un ton aussi détaché qu'un policier qui aurait fait son rapport à ses supérieurs. Elle s'en étonna elle-même et poursuivit pourtant avec cette même froideur. Sous l'impact du choc, la voiture avait fait une embardée et s'était couchée sur le flanc pour terminer sa course folle en s'enfonçant rapidement dans l'eau saumâtre du plan d'eau.

— Je suis désolé, Hope.

— Ne le sois pas, tu n'y es pour rien. Et puis je ne veux pas d'un homme désolé dans ma vie. Pourquoi tu ne me parles jamais de tes parents ?

— Je les adore, mais nous n'avons rien à nous dire.

— Qu'est-ce qu'il s'est passé l'année de tes douze ans ?

— De quoi tu parles ?

— La seule fois que tu as évoqué ton enfance, tu m'as dit vouloir rester toujours émerveillé comme quand tu avais douze ans.

— ... C'était le soir de mon anniversaire. Mon père me regardait dans le blanc des yeux, l'air un peu paumé, alors je lui ai demandé ce qui n'allait pas. Il m'a dit : « Quand est-ce que j'ai perdu cette lumière que je vois en toi ? » J'ai eu envie de ne jamais vieillir. Il a fait de son mieux, mais ce n'était pas suffisant pour ma mère. Je crois qu'elle a cessé de l'aimer très jeune. Moi non plus, je n'ai pas su la retenir.

— Moi, mes parents étaient fous l'un de l'autre, reprit Hope en s'éloignant du lac. De les avoir vus s'aimer autant place la barre très haut. Et il aura suffi d'un moment de faiblesse pour tout ficher en l'air.

— C'était un accident, tu ne peux pas lui en vouloir.

— Je parlais de moi. J'étais en classe de sports, je me suis mise à saigner, j'ai paniqué et j'ai demandé à ce que l'on appelle ma mère pour qu'elle vienne me chercher. Allons-nous-en d'ici, c'est son parfum que je suis venue chercher, pas l'odeur de la mort.

Le soir tomba vite et l'obscurité les surprit en chemin. Ils retrouvèrent la Camaro à la lueur de leurs téléphones portables. Hope indiqua à Josh la direction du petit port de Cape May.

Après le dîner, ils sillonnèrent la ville à la lumière des phares et choisirent un petit motel qui semblait avoir poussé entre deux dunes sur le bord de la route.

La chambre, au confort rudimentaire, ne comportait qu'un lit et une salle de douche, mais ils n'avaient besoin de rien de plus.

*

Cette échappée à Cape May marqua un tournant dans leur histoire. Alors que la lumière du matin se posait sur le lit, Hope eut la certitude en regardant Josh dormir qu'elle ne voudrait plus jamais d'autre homme que lui à ses côtés.

Josh éprouva le même sentiment, un peu plus tard dans la journée.

Hope était heureuse, elle dansait sur le sable et riait, comme si tous les secrets du monde n'étaient connus que d'elle.

Ils s'aimaient, mais plus encore, ils s'étaient choisis.

Hope, en sortant des vagues, lui dit :

— Tu sais quoi mon Josh, les petits moments de la vie, eh bien ils ne sont pas petits du tout.

*

Le lendemain, Josh partit tôt faire des courses à l'épicerie du coin. Lorsqu'il revint, les bras chargés de paquets de chips, d'un cake bon marché et d'un pack de bières, il trouva Hope, assise en tailleur, un livre sur les genoux et son portable en main.

— Un message de Luke ?

— Non, je cherche un truc sur Internet.

— Quel truc ?

— La façon dont s'altèrent les molécules de parfum, ou plutôt si un solvant quelconque peut les réactiver. J'espérais que ce serait à ma portée, mais je suis moins douée que je ne le croyais.

Josh observa le livre et posa ses paquets.

— Tu as essayé de mouiller le papier avant de te compliquer la vie ?

Hope releva les yeux, en se demandant s'il se moquait d'elle. Sans le quitter du regard, elle humecta son index et l'appuya sur le coin d'une page avant d'y coller son nez.

Elle inspira profondément et, les yeux pleins d'émotion, s'imprégna de la plus belle histoire que contenait l'ouvrage. Hope avait reconnu le parfum des soirs où elle s'endormait, la joue posée au creux de la main de sa mère.

Elle referma le livre et le rangea dans son sac.

Le but de ce voyage était atteint, après une dernière promenade sur la plage, ils reprirent la route.

*

Le retour à l'appartement les ramena brusquement à la réalité. Luke les accueillit en caleçon et Tyla dans le peignoir de Hope.

Le lendemain matin, à peine levés, ils installaient leurs quartiers dans un Starbucks. Pendant que Hope épluchait les annonces immobilières sur Internet, Josh parcourait celles des journaux locaux.

Les visites s'enchaînèrent tout au long de la semaine. Josh se décida à élargir le périmètre de leurs recherches et ils finirent par jeter leur dévolu sur un loft spacieux et lumineux, ce qui contrastait en tout point avec le quartier où ils l'avaient déniché. Mais au prix qu'ils avaient négocié, il n'était pas question d'être trop regardants.

Un appel à son père, au cours duquel il lui confia vouloir emmener Amelia en voyage à Noël, permit à Hope d'obtenir sa caution.

Le bail fut signé et ils emménagèrent le surlendemain.

*

La fin de l'été fut happée par la rentrée universitaire. Josh quittait la faculté dès la sortie des cours et rejoignait son élève, toujours aussi peu doué. Puis il réenfourchait le vélo que Hope lui avait offert un dimanche passé à chiner dans les brocantes pour meubler leur loft et filait au Centre où l'attendait Luke. Hope les y rejoignait dès qu'elle le pouvait et tous trois consacraient la plupart de leurs soirées à des recherches qui animaient bien des conversations.

Tyla se lassa vite de cette situation et rompit avec Luke à la mi-octobre, lui préférant le capitaine de l'équipe de basket. Luke encaissa le coup et noya son chagrin en passant encore plus de temps au Centre.

À la mi-novembre, Flinch lui attribua un poste d'assistant. Luke fut flatté de la confiance que lui accordait son professeur et savourait d'être récompensé de cette relation privilégiée.

Tyla n'était plus qu'un souvenir et le trio se reforma comme aux premiers jours.

Sans la charge de travail excessive, sans les problèmes d'argent auxquels Josh et elle étaient confrontés, sans les migraines à répétition qui l'obligeaient à porter des lunettes dès qu'elle posait les yeux sur un écran (lunettes qu'elle trouvait si moches qu'elle les mettait seulement lorsqu'elle avait l'impression que son crâne allait exploser), sans l'absence de son père qui ne quittait plus Amelia, la vie n'aurait pu être plus belle et l'avenir plus prometteur.

Et les avancées de leurs expériences au Centre l'étaient tout autant. Grâce à une intervention de Flinch auprès du directeur de l'hôpital universitaire, ils avaient obtenu le droit d'utiliser un scanner deux fois par semaine, une heure avant que l'équipe de maintenance n'arrive pour en vérifier les réglages.

Cette autorisation devant rester confidentielle, une procédure avait été mise en place afin que son utilisation reste la plus discrète possible.

Ainsi, les jeudis et dimanches, la fine équipe entrait dans le CHU par la morgue à 22 h 55, parcourait un couloir qui débouchait sur la chaufferie, accédait depuis là à un monte-charge à bord duquel les trois adultes remontaient à l'étage supérieur entre des wagonnets emplis de linge. Ne leur restait plus qu'à franchir une porte de service pour atteindre les installations du centre d'imagerie médicale, fermé à cette heure-là. En respectant scrupuleusement ce protocole, ils avaient à leur disposition des équipements de pointe pendant cinquante-cinq minutes avant de devoir s'éclipser tout aussi discrètement. Cette petite heure permettait à Luke de comparer les images reconstruites par ordinateur à celles obtenues par le scanner où il soumettait Josh aux mêmes stimulations.

Au bout d'un mois, Hope s'opposa fermement à ce que Josh, même au nom de la science, continue de s'exposer deux fois par semaine au champ magnétique d'une machine dont Luke ne maîtrisait le fonctionnement que depuis peu de temps. La recherche d'un autre cobaye fut jugée préférable, mais il restait encore à le trouver.

Au début de l'hiver, Hope décida de profiter de temps en temps des installations du Centre à d'autres desseins que ceux auxquels se vouaient ses amis.

Dès qu'elle le pouvait, elle les abandonnait discrètement pour aller se réfugier dans la première salle vide qu'elle trouvait et se pencher sur ses propres recherches.

Un soir, alors qu'elle s'offrait une pause à la salle d'attente, elle fit la connaissance de deux étudiantes, l'une allemande, l'autre japonaise. Elles œuvraient au clonage de cellules cérébrales. Un courant de sympathie s'installa entre elles et elles prirent l'habitude de se retrouver quand le besoin d'une boisson caféinée se faisait sentir.

Soir après soir, Hope leur posa mille questions et finit par entrevoir une possible complémentarité dans leurs travaux. Tout du moins entre les leurs et son domaine de prédilection : les maladies neurodégénératives.

Elle suscita leur intérêt en émettant l'idée que l'on puisse cloner un jour des cellules saines et les réinjecter pour traiter certaines pathologies de la dégénérescence cérébrale. Pour étayer son raisonnement, elle se servit des résultats obtenus par Josh et Luke. Les deux étudiantes ne tardèrent pas à comprendre ce que Hope pouvait leur apporter.

Ainsi, il lui arriva de plus en plus fréquemment de délaisser les garçons pour rejoindre ses nouvelles amies.

Si Luke et Josh mirent un certain temps à s'en rendre compte, ce qui conforta Hope dans sa démarche, ce changement d'équipe n'échappa pas à Flinch. Tout d'abord, il ne sembla guère s'en inquiéter, mais alors que Noël approchait, il convoqua Hope. Puisqu'elle avait trouvé un véritable centre d'intérêt, elle devrait se soumettre aux mêmes règles que les autres, tout du moins si elle voulait continuer à bénéficier des avantages de Longview. Sa présence à la réunion hebdomadaire ne serait plus facultative, elle devrait rendre compte régulièrement de son travail, et en faire bénéficier la communauté, faute de quoi elle n'aurait plus accès au Centre.

Hope demanda un sursis pour y réfléchir. Flinch lui imposa une réponse avant la fin de l'année.

Lorsqu'elle décida d'en parler à Josh, elle s'irrita qu'il ne l'écoute que d'une oreille distraite.

Ce soir-là, Hope avait recouvert la caisse en bois qui faisait office de table basse d'une jolie nappe blanche, achetée elle aussi au cours d'une expédition dominicale aux puces, dressé un couvert, un peu baroque puisque aucune assiette n'était assortie, et servi à Josh son plat préféré et le seul qu'elle savait à peu près cuisiner.

Mais pendant le dîner, Josh l'interrompit chaque fois qu'elle essayait de prendre la parole pour revenir sur ses travaux.

— Ce que Luke a accompli cette semaine est prodigieux, s'exclama-t-il en refusant qu'elle le resserve.

— Autant que mon plat ?

— Écoute bien ça Hope, nous avons presque mappé le tiers de mon cerveau et stocké vingt téraoctets de ma mémoire.

— Et toi, tu m'écoutes, Josh ?

— Oui, c'est délicieux, mais là je n'ai vraiment plus faim.

— Tu sais que nous ne sommes pas encore mariés ?

— Tu veux qu'on se marie ?

— Je ne crois pas, non… Tu me prends déjà pour ta bonniche !

— Mais qu'est-ce que j'ai dit ?

— C'est plutôt ce que je n'ai pas réussi à te dire ! Tu ne parles que de toi, de Luke, de vos foutues recherches et tu ne me poses pas la moindre question. On dirait que depuis un mois je n'existe plus. Est-ce que tu t'es rendu compte que je ne passe plus jamais mes soirées avec vous, que je travaille dans un autre labo, que j'ai une vie en dehors de notre couple ?

— Tu as un problème ? demanda Josh surpris par cet accès de colère.

— En dehors de ces migraines qui me rendent dingue, du fait que nous n'avons pas dix dollars en poche pour nos cadeaux de Noël… Tu sais que c'est après-demain ou ça aussi tu l'as oublié ? En dehors du fait que tu passes tout ton temps avec Luke, que tu rentres dans la nuit si épuisé que tu en oublies de te serrer contre moi…

— Ton père ne vient plus passer Noël avec nous ? interrompit Josh d'un air avisé.

— Il est parti avant-hier avec Amelia à Honolulu, je te l'ai dit, mais ça aussi tu ne l'as pas entendu.

Josh se releva et se tint droit comme un soldat de bois, arborant un large sourire…

— Puisqu'on en parle, est-ce que tu crois encore au père Noël ? Ne me regarde pas comme ça, je ne voudrais en aucun cas t'influencer.

— T'es con parfois, mon Josh.

— Bon, j'en conclus que tu n'y crois plus, dommage, mais au moins ce que je vais faire ne sera pas la cause d'une désillusion dont tu me tiendrais responsable.

Il se rendit vers l'armoire (une cantine métallique équipée d'étagères au prix d'un laborieux bricolage qui l'avait occupé tout un samedi après-midi), passa la main sous une pile de vêtements et en sortit une petite boîte enrubannée.

— Joyeux Noël, dit-il fièrement en l'offrant à Hope.

Elle resta de marbre, défit le nœud, souleva le couvercle et découvrit une paire de lunettes. Hope se souvenait très bien l'avoir vue dans la vitrine d'un antiquaire, près des docks où se tenait la brocante du dimanche. Elle s'était émerveillée de la légèreté de cette monture en écaille véritable.

— Tu es fou, dit-elle en les posant sur son nez, elles étaient hors de prix.

— Demain, nous irons voir un ophtalmo. Adieu les migraines et je retrouverai la femme que j'aime, celle qui est toujours de bonne humeur.

— Et moi, est-ce que je retrouverai mon Josh ? Je l'ai perdu depuis des semaines et je n'arrive pas à remettre la main dessus.

— Avec de bonnes lunettes, ce sera plus facile.

Hope passa ses bras autour de son cou et l'embrassa.

— Je n'ai pas de cadeau pour toi.

— Ça n'a aucune importance. Pardon d'avoir été absent ces derniers temps. Je veux y arriver, je veux pouvoir t'offrir une autre vie que celle-là, un appartement où nous ne serons pas obligés de porter deux pull-overs quand il fait froid, une vie où nous pourrons aller au restaurant quand nous en aurons envie et partir en voyage sans avoir à choisir entre un plein d'essence et un repas. C'est pour cela que je bosse comme un fou.

— Mais mon Josh, je ne veux rien de tout ça. Enfin si, peut-être un jour, mais aujourd'hui, ce dont j'ai envie, c'est de dîner en face de toi, même assise par terre, même avec trois pulls sur le dos. C'est toi mon plus beau voyage.

Ses bras pesaient sur sa nuque et Josh sentit combien elle était épuisée. Il la porta jusqu'à leur lit.

— Tu travailles trop, Hope, c'est aussi à cause de cela que tu as ces foutues migraines. Le docteur que j'aurais pu devenir te prescrit une bonne nuit de repos.

Il la déposa doucement et s'allongea près d'elle.

— Alors, de quoi voulais-tu me parler ?

— De ce qui fait que je ne dors plus, dit-elle en fermant les yeux. Je dois faire un choix et je n'arrive pas à me décider. J'ai besoin de tes conseils.

— Quel choix ?

— Ce soir, je vais écouter mon médecin, même si c'est un faux toubib, nous en reparlerons demain.

Elle bâilla longuement, se retourna et s'endormit presque aussitôt.

Josh épia son sommeil. Le visage de Hope se crispa. Elle devait faire un cauchemar. Elle en faisait fréquemment depuis quelque temps, le réveillant parfois au milieu de la nuit. Il lui caressa le front et sa présence finit par l'apaiser. Demain elle ne se souviendrait de rien. Et demain, c'était la veille de Noël.

*

Une tempête se leva dans la nuit, le vent secouait la baie vitrée du loft où la température avait chuté. Hope vit son souhait exaucé quand Josh frigorifié se blottit contre elle.

Lorsqu'ils se réveillèrent, elle se précipita à la fenêtre. Des flocons, gros comme des houppes de coton, virevoltaient avant de s'agglutiner au manteau neigeux. La ville était déjà blanche et pour Hope rien n'était plus joyeux qu'un Noël enneigé.

Puisque la nature s'était donné du mal, il n'était pas question d'être en reste et Hope chercha comment célébrer dignement la soirée.

— Ce qu'il nous faut, dit-elle, c'est un vrai repas de fête.

— Et un radiateur d'appoint, ajouta Josh en enfilant un autre pull.

— Ça aussi !

Il vida la poche de son jean et compta les billets froissés.

— Vingt-cinq dollars, dit-il, c'est tout ce que j'ai. Mon élève est en vacances…

— Et pendant que sa fille se gèle, il emmène Amelia à Honolulu ! grommela Hope.

— Ce n'est pas la faute de ton père si nos hivers sont glacials.

— Question de point de vue, répondit-elle en allant ouvrir le tiroir d'un vieux meuble à clapets datant des années quarante, la meilleure affaire qu'ils avaient faite.

— Qu'est-ce que tu cherches ?

— Ça ! dit fièrement Hope en montrant une carte de crédit. Il m'a dit en me la confiant : « À utiliser en cas d'urgence. » Quand sa fille a froid, c'est une urgence !

— On ne peut pas faire ça, Hope.

*

Ils commencèrent par louer une camionnette et prirent la direction d'un grand centre commercial de la banlieue. Hope acheta deux radiateurs à huile. Elle s'arrêta chez l'opticien, qui diagnostiqua un léger astigmatisme et lui commanda les verres correcteurs pour les lunettes que Josh lui avait offertes. Elle offrit ensuite à Josh un manteau long et une écharpe en laine. Ils dévalisèrent un traiteur, faisant réserves de provisions pour le soir et la semaine à venir.

— On achète aussi un cadeau à Luke ? demanda-t-elle en passant devant une librairie.

— Tu ne crois pas que tu exagères ? répondit Josh qui avait renoncé à calmer sa frénésie dépensière.

— Huit nuits dans un hôtel luxueux, les billets d'avion, les cocktails sur la plage, les restaurants… non, je pense qu'on est encore loin du compte.

— Que tu le veuilles ou non, dès que je le pourrai, je lui rembourserai toutes les folies que tu as faites aujourd'hui.

— Avec ce que l'on gagne, ce n'est pas pour demain. En attendant, joyeux Noël, Papa. On rentre ?

*

Ils passèrent l'après-midi à préparer la soirée dont Hope avait rêvé. Elle avait convié ses deux amies du Centre, et Josh avait invité Luke.

Ce fut un beau soir de fête. Avant minuit, la tempête de neige fit un retour remarqué, les bourrasques redoublaient de force. Depuis la baie vitrée, on distinguait à peine les voitures garées dans la rue en contrebas. Hope sortit des couvertures pour ses invités qui dormiraient là.

8.

Le matin du 25 décembre, un événement d'apparence anodine plongea Josh dans une réflexion qui serait déterminante pour son avenir.

La petite bande d'amis s'évertuait depuis une heure à libérer la voiture de Luke de l'épaisse couche de neige qui la recouvrait. Il en était tombé abondamment au cours de la nuit et le passage d'une déneigeuse qui propulsait sur les trottoirs ce qu'elle ôtait à la rue avait empiré les choses.

Josh et Luke pelletaient sans relâche pendant que Hope et ses deux amies creusaient autour des roues avec des outils de fortune.

Josh glissa sur une plaque de verglas et tomba face contre terre. Tandis que Luke s'esclaffait, il s'essuya le visage avec son gant. Soudain, l'odeur de neige, le rire de Hope et la voix de Luke qui le priait de se remettre au travail firent surgir un souvenir du fond de sa mémoire.

L'hiver de ses onze ans, son père l'avait emmené dans le Connecticut. Ils y passaient leurs premières vacances depuis que sa mère était partie faire des courses sans être revenue…

Son père avait loué une maison modeste mais confortable, proche de l'estuaire de la rivière Saugatuck.

— Gray Creek, murmura Josh. Elle se trouvait à Gray Creek, au bout de Quentin Road.

Et les images continuèrent de défiler sous ses yeux.

Il revit la moustiquaire devant la porte d'entrée, l'unique pièce au rez-de-chaussée, sa kitchenette et les deux fauteuils au cuir patiné qui faisaient face à une télévision. À l'étage, deux petites chambres se partageaient une salle de douche. La maison sentait le vieux bois et la cire. Une guirlande électrique se promenait sur la corniche du toit. Josh aimait sa faible lumière qui grignotait l'obscurité et la solitude de sa chambre.

Le soir, avec son père, ils se rendaient à pied jusqu'à une épicerie, où Elvira, la patronne, enfournait des pizzas dans un grand four. Josh regardait la pâte dorer sous ses yeux.

Un matin, il avait dû aider son père à dégager leur voiture de la neige qui était tombée au cours de la nuit.

Ce qui avait commencé comme un jeu avait viré au cauchemar. Son père se moquait de lui parce qu'il ne pelletait pas avec assez de vigueur, et plus il riait plus Josh se sentait diminué, humilié. En lui arrachant la pelle des mains pour lui montrer comment faire, son père avait glissé et s'était blessé…

« Tu comprends pourquoi ta mère ne m'aime pas. Je fais tout de travers. » Puis son père s'était excusé de l'avoir engueulé.

Ce matin-là, Josh avait compris que sa mère ne reviendrait jamais.

— Comment ai-je pu oublier cela ? se demanda-t-il.

Et il pensa aux éléments qui, en s'assemblant, avaient fait resurgir ce souvenir. Sa chute, l'odeur de neige et les moqueries de Luke, trois éléments s'alignant comme une combinaison de chiffres qui aurait ouvert la porte d'un coffre-fort.

Hope n'avait pas tort en disant que les petites choses de la vie n'étaient pas si anodines que ça.

Il songea immédiatement aux expériences qu'il menait depuis plusieurs mois. Jusqu'à ce jour, tout ce qu'il avait réussi à stocker sur le serveur de Longview provenait de sa mémoire immédiate. Il était arrivé que Luke lui rappelle quelques souvenirs de leur adolescence au cours des séances d'enregistrement, mais ils n'avaient encore jamais eu l'idée d'aller plus loin.

Et pour aller plus loin, il lui fallait accéder à la mémoire profonde, celle enfouie dans l'inconscient. Mais comment faire pour la stimuler ?

— Ça va, Josh ? Josh ?

La voix de Hope était lointaine. Il emplit ses poumons d'air et lui sourit.

— Oui, tout va bien.

— Tu t'es fait mal ? demanda Luke en l'aidant à se relever.

Et il profita de cette main tendue pour lui glisser discrètement à l'oreille de le retrouver ce soir au Centre.

*

Josh quitta le loft en fin d'après-midi, prenant toutes les précautions pour ne pas réveiller Hope qui s'était endormie. Il lui laissa un petit mot sur la caisse du salon et sortit sur la pointe des pieds.

Il enfourcha son vélo et eut toutes les peines du monde à arriver jusqu'au bout de la rue. Le macadam était gelé et les roues patinaient dangereusement dès qu'il appuyait sur les pédales. En tournant au carrefour, il fit une glissade phénoménale et se rattrapa de justesse sous l'œil éberlué d'un passant qui promenait son chien. Trois rues plus loin, il avait gagné un peu d'assurance. Le froid lui mordait les joues, mais rien n'aurait pu l'arrêter dans sa course. Il changea de braquet et accéléra, gagné par un sentiment de liberté.

Il arriva juste à temps à la gare routière, accrocha son vélo à un lampadaire et sauta dans un bus.

Luke avait accepté de venir le chercher à l'arrêt qui se trouvait à dix minutes du Centre.

Il l'attendait dans la Camaro.

— Le jour de Noël, on avait vraiment besoin de bosser ?

— Tu as déjà rêvé de faire un casse ?

— Non, pas que je me souvienne, répondit Luke.

— Eh bien moi si. Quand j'étais gosse, j'y pensais chaque fois que j'entendais mon père râler en ouvrant ses factures et me dire qu'il n'arriverait pas à boucler la fin du mois.

— Rassure-moi…

— Non, je ne suis jamais passé à l'acte, je n'aurais pas autant de problèmes de fric sinon.

— Tu m'as donné rendez-vous pour quoi exactement ?

— Tu vois, je ne pensais pas à un braquage à main armée, la violence n'a jamais été mon truc. Ce qui m'excitait, c'était l'idée d'un hold-up à l'ancienne, comme dans les films de gangsters que mon père regardait à la télé. Ceux où les truands passaient par les égouts ou des gaines de ventilation pour accéder à la salle du coffre enfouie au tréfonds de la banque, là où le vrai magot se trouve, celui qui peut changer à jamais la vie des braqueurs.

— Où tu veux en venir ?

— Depuis des mois, nous ne faisons que des petits larcins. Je crois que j'ai trouvé le moyen de faire le casse du siècle.

— Tu as encore fumé ?

— Je n'ai pas touché à un joint depuis que je suis avec Hope ! Enfin si, une fois, mais c'était avec elle pour lui faire essayer. Elle a passé la nuit au-dessus des toilettes et moi à la soutenir, depuis nada. Mais ce n'est pas pour te parler de cela que nous sommes là.

— Tu me rassures.

— Alors écoute, l'information qui se trouve dans la mémoire lointaine n'est pas accessible à tout moment. C'est un peu comme le caissier de la banque qui t'explique l'air désolé que le coffre est programmé pour ne s'ouvrir qu'à une heure bien précise.

— Tu pourrais oublier ton caissier, tes banques et tes truands pour revenir au domaine qui nous concerne ?

— D'accord. Mais tu verras que mon caissier va nous être utile dans quelques instants. Faire remonter nos lointains souvenirs demande certains efforts. Et plus nous possédons d'indices contextuels, plus le rappel devient facile. La mémoire fonctionne grâce à trois processus : l'encodage, le stockage et la récupération. L'encodage est influencé par la concentration. Mais à quoi sert de stocker une information si on oublie qu'elle existe. Notre cerveau utilise plein de stratégies pour rendre une mémoire durable, ou plutôt pour garder trace de ce qu'il a mémorisé. Par exemple, toi qui n'arrives jamais à te souvenir du prénom des gens que tu croises, quel était celui de ta dernière petite amie ?

— C'est malin comme question, tu crois que j'ai déjà oublié Talya ?

— Tyla pas Talya, andouille, et dire que ça ne fait que quelques semaines qu'elle t'a largué !

— Ma langue a fourché, c'est tout. Et pour ta gouverne, nous nous sommes séparés d'un commun accord.

— Commun accord mon œil, mais là n'est pas la question. Est-ce que tu te souviendras encore de son prénom dans vingt ans ?

— Je n'en sais rien, Josh, tu m'énerves avec ça, qu'est-ce que tu lui veux à Tyla ?

— En ce qui concerne son QI j'ai toujours eu des doutes, elle n'était pas l'intelligence incarnée, mais on doit reconnaître qu'elle avait une poitrine magnifique. Avec Hope, nous l'avions baptisée Betty.

— Pourquoi Betty ?

— Ben parce que Betty Boop.

— Je ne peux pas croire que vous soyez tombés si bas.

— Je n'aurais pas dû utiliser l'imparfait, parce que ses seins ne sont pas perdus pour tout le monde, je connais un basketteur…

— Tu veux finir la route à pied ? s'énerva Luke en appuyant sur la pédale de frein.

— Roule, ordonna Josh. Tu vas comprendre. En t'énervant, j'ai créé un événement particulier et inscrit dans ton cerveau une série de codes qui sont désormais liés à Tyla. J'ai associé son prénom à sa poitrine, évoqué le sportif qui en est maintenant l'heureux amant et je me suis moqué d'elle. Il suffira un jour que tu assistes à une partie de basket, ou que repasse à la télé un dessin animé de Betty Boop, ou encore que l'on se moque des formes d'une femme pour laquelle tu éprouves des sentiments, et tu repenseras à notre conversation, alors je suis certain que tu te souviendras qu'elle s'appelait Tyla.

— Ton raisonnement est consternant.

— Attends que j'arrive à sa conclusion. Les éléments contextuels sont autant de sources d'information permettant de mémoriser durablement un événement, comme des codes d'accès, des clés grâce auxquelles nous pourrons plus tard rouvrir des portes. Sans ces indices, il nous serait impossible de nous souvenir de quoi que ce soit d'important. Mais pour qu'un souvenir se forme, il doit être racontable, nous devons être capables d'adopter un point de vue extérieur, de nous raconter une histoire. Et d'histoire en histoire, notre mémoire façonne notre identité.

— Mais où veux-tu en venir, bon sang ?

— Même si l'hippocampe joue un rôle d'archiviste dans notre cerveau, reprit Josh imperturbable, ce n'est pas lui qui stocke l'information. Parce qu'il n'existe pas un lieu unique de stockage. Nos différentes mémoires se situent partout, elles circulent, sous la forme de millions d'impulsions électriques. Pour qu'un souvenir nous revienne, il faut que ces impulsions reproduisent une combinaison précise à un instant donné. L'hippocampe n'est jamais que l'aiguilleur. Depuis des semaines, nous passons nos nuits au Centre à enregistrer des fragments de mémoire, mais nous sommes à côté de la plaque.

— Soit tu es sous l'emprise d'une drogue dure, ce qui expliquerait pas mal de choses, soit c'est moi qui suis à côté de la plaque.

— Ni l'un ni l'autre, j'ai simplement toujours fait preuve d'une intelligence plus brillante que la tienne.

— Et de la modestie qui va avec.

— Tu vois, c'est exactement ce que je suggérais ! Tu viens de me rappeler un souvenir avec Hope, alors que nous ne parlions pas d'elle.

— Bon, tu vas me dire ce que nous sommes venus faire au Centre !

— Nous allons affoler l'aiguilleur, mon vieux. Le bombarder de stimulations qui vont l'obliger à lâcher tous les codes qu'il contient.

— Tu veux perturber le cerveau ?

— Autant que lorsque tu pelotais les seins de Tyla, peut-être un peu plus, rigola Josh en sortant de la voiture.

Luke n'eut d'autre choix que de le suivre. Ils regagnèrent leur salle de travail et Josh lui expliqua ce qu'il avait en tête.

La première étape de son projet consistait à mettre au point un casque très différent de celui qu'ils avaient utilisé jusque-là pour capter les influx nerveux du cerveau. Le nouveau modèle ne serait plus seulement paré d'électrodes, mais proprement composé d'un tissu neuronal.

— Nous ferons proliférer nos neurones non plus sur des plaques de silicium, mais dans un liquide conducteur. Ce qui est à l'intérieur de la boîte crânienne, nous allons le reproduire à l'extérieur. Dans un premier temps, expliqua Josh possédé par son sujet, nous allons ponctionner le liquide céphalorachidien de nos rats. Puis nous répandrons ce liquide entre de fines membranes.

— Quel genre de membranes ? demanda Luke qui commençait à comprendre ce que Josh avait en tête.

— Des méninges ! Nous mettrons en culture des cellules de tissus méningés et les laisserons se développer jusqu'à ce qu'elles s'agglomèrent. Puis, nous y déposerons nos neurones et les laisserons se reconnecter en réseau. Lorsque nous aurons obtenu un maillage d'une densité suffisante, nous aurons développé une interface parfaite entre l'ordinateur et le cerveau. Une connexion point à point. Des millions de microélectrodes organiques qui assureront une communication entre le serveur du Centre et mon cortex. Ce qui reviendra à passer du modem de ton grand-père à la fibre optique.

— Tu sais combien de temps cela prendrait de réaliser une telle prouesse ? Si nous y arrivons un jour.

— Est-ce qu'il y a seulement deux ans tu aurais cru cela possible ! s'exclama Josh en lui montrant les plaques de silicium où scintillaient dans la lumière les puces biologiques dont Luke était si fier.

— OK, ce que tu racontes prouve à quel point tu es dingue, mais admettons, pour le seul plaisir de l'exercice intellectuel. Et ensuite ?

— Ensuite, nous façonnerons ce casque pour lui faire épouser la forme exacte d'un crâne. Le mien en l'occurrence. Et une fois que je le porterai, tu me soumettras à des séances de stimulations intenses. Je m'équiperai de lunettes de réalité virtuelle et tu feras défiler en accéléré devant mes yeux des milliers d'images provenant de banques de données, en même temps que tu me soumettras au travers d'écouteurs à une multitude de sons, tous les sons possibles, le bruit du vent, de la pluie, de l'herbe ou du gravier que l'on foule, le claquement d'une porte, un grincement de gond, le bois qui craque, une gomme qui glisse sur le papier, etc., bref les sons que l'on entend au cours d'une vie sans y prêter attention, mais qui sont autant de codes qui agissent sur notre mémoire.

— Et nous les trouverons où ?

— Les bruiteurs au cinéma utilisent des banques de sons depuis des années, elles sont illimitées et on les trouve sur Internet.

— Tu réalises que tu pourrais te faire griller le cerveau.

— Sans aller jusque-là, c'est tout de même un peu ce que je compte faire. En confrontant l'aiguilleur à ces milliers de stimulations à une vitesse effrénée, j'espère bien qu'il perdra les pédales.

— Tu veux faire dérailler ton hippocampe ? Tu es totalement fou, Josh.

— Dérailler non, mais l'obliger à ouvrir toutes les portes d'un coup, oui.

— Et alors ?

— Alors ce sera le plus grand casse de la science, nous pourrons pénétrer enfin dans l'antre de la mémoire profonde et recopier entièrement son contenu avant de nous en aller. Tu seras Bonnie, et moi Clyde.

Luke soupira, dérouté par la théorie de Josh au point d'avoir envie de rentrer chez lui. Mais il entendit des applaudissements dans son dos et se retourna.

Flinch venait d'entrer dans la pièce.

— Ne croyez pas que je vous espionnais. Je travaillais juste à côté, j'ai entendu du bruit et je me suis demandé qui pouvait être là un soir comme celui-ci.

— Un fou, répondit Luke, et un autre fou pour l'avoir écouté jusqu'au bout.

— Ah, je ne partage pas votre opinion, jeune homme. Ce que je viens d'entendre est au-delà de la déraison, mais c'est exactement pour susciter ce genre de folies que nous finançons vos études. Votre théorie est aussi lumineuse qu'improbable et c'est d'ailleurs pour cela qu'elle a une chance d'être géniale. Ne dit-on pas que rien n'est plus imminent que l'impossible ?

— Je vous remercie, lâcha Josh, sans cacher sa satisfaction d'avoir été enfin compris.

— Pour votre casque, nous avons peut-être ici de quoi vous faire gagner du temps. Une de nos équipes a mis au point un matériau qui pourrait vous être fort utile. Je vous mettrai en relation avec eux dans les plus brefs délais. La collaboration interdisciplinaire est l'essence même de notre organisation, n'est-ce pas ?

*

— Ne fais pas cette tête, on ne pouvait pas deviner que Flinch rôderait dans les parages.

— Et moi, je ne crois pas une seconde qu'il se trouvait là par hasard, objecta Josh.

— Qu'est-ce que tu sous-entends ?

— Que contrairement à ce qu'il prétend, nous sommes espionnés.

— Tu penses qu'il y a un micro dans le labo ?

— Je n'en serais pas étonné.

— Pose-lui la question, répliqua Luke alors que la Camaro quittait l'autoroute.

Il déposa Josh en bas de chez lui et promit de réfléchir à leur conversation. Rendez-vous fut pris le lendemain au Centre.

— Tu crois que j'ai fait une connerie en laissant partir Tyla dans les bras d'un autre ? demanda Luke alors que Josh ouvrait la portière.

— Ce n'est pas la question que tu dois te poser, en tout cas pas comme ça.

— Alors comment ?

— Est-ce que tu l'aimais vraiment ?

— J'étais bien avec elle et j'avoue que depuis son départ la solitude me pèse un peu.

— Je suis désolé, Luke.

— C'est le temps que je passe au Centre qui a bousillé notre histoire. Tu n'y es pour rien.

— Ce n'est pas pour ça que je suis désolé. Je pense que tu as laissé partir Tyla parce que ce n'est pas elle que tu aimes.

Et avant que Luke n'ait le temps de répondre, Josh descendit de la voiture et s'engouffra dans son immeuble.

*

Hope était assise en tailleur à même le sol, un livre posé sur les genoux. Absorbée dans sa lecture, elle n'avait pas entendu Josh entrer et il en profita pour l'observer. S'il avait dû la dessiner, c'est exactement ainsi qu'il l'aurait représentée. Hope révisait toujours ses cours assise par terre, un crayon entre ses lèvres comme une cigarette, enroulant de sa main gauche une mèche de cheveux autour de ses doigts.

— J'ai cru que tu ne rentrerais jamais, dit-elle sans relever la tête.

Josh passa dans son dos et l'embrassa avant de s'asseoir en face d'elle.

Hope lui jeta un regard malicieux.

— Qu'est-ce que tu as encore trouvé ?

— Pourquoi dis-tu ça ?

— Tu files à l'anglaise pendant que je dors, tu reviens trois heures plus tard et j'entends la voiture de Luke dans la rue. Tu as l'air d'un enfant à qui on aurait promis une semaine à Disneyland, et puis Luke et toi vous arrangez toujours pour faire une découverte quand je ne suis pas là. Je crois qu'en sciences on appelle cela un faisceau d'éléments convergents. Maintenant tu m'en dis un peu plus ou tu préfères aller dormir chez Luke ?

Josh savait à quoi il s'exposait en racontant son projet à Hope et sa réaction fut conforme à ses attentes. D'abord elle le félicita. Son raisonnement était théoriquement brillant, et elle insista sur ce point. Si brillant que seul un esprit génial aurait pu l'élaborer. Elle exprima d'ailleurs son admiration pour une telle intelligence, enfin… une partie de cette intelligence, précisa-t-elle avant d'ajouter :

— Parce que la mise en pratique d'une telle idée ne peut relever que d'un esprit dérangé. Tu as perdu la tête, Josh ? Tu te rends compte des risques que tu cours ? Et si tu te brûlais le cerveau en jouant aux apprentis sorciers ?

Josh s'efforça de la rassurer. Il faudrait des mois pour mettre au point le prototype du casque, et puis il avait déjà songé à quelques règles de sécurité. Les séances de stimulation seraient progressives, elles ne dureraient au début que quelques minutes, peut-être même quelques secondes, seraient espacées le temps nécessaire à l'évaluation d'éventuels effets secondaires, et si l'électroencéphalogramme de contrôle affichait la moindre anomalie, il y mettrait tout de suite fin.

— La seule chose qui pourrait me rassurer serait que tu n'arrives jamais à mettre au point ce foutu casque, râla Hope en replongeant dans sa lecture.

Josh se garda bien de mentionner l'aide que Flinch leur avait proposée.

*

Le lendemain, en retournant au Centre, Luke réfléchissait aux différentes étapes nécessaires à l'élaboration de leur casque. De son côté, Josh avait commencé à compiler les banques d'images et de sons dont ils auraient besoin. Il en avait déjà téléchargé bon nombre sur son ordinateur portable.

Flinch passa dans la salle et les pria de le suivre. Il les conduisit à travers le Centre jusqu'à une porte qu'ils n'avaient encore jamais franchie.

Ils découvrirent alors une aile du bâtiment où les espaces de travail étaient plus vastes, les équipements bien plus impressionnants.

— Vous vous installerez bientôt ici, annonça Flinch. Considérez cela comme une promotion, seuls ceux de nos chercheurs œuvrant à des projets estimés primordiaux ont accès à cette partie du Centre. Il va de soi que la sécurité y est renforcée. Ici l'information reste en vase clos.

— Qu'entendez-vous par « primordiaux » ? demanda Josh.

Flinch s'arrêta et se tourna vers lui.

— Vous aimez lire ?

— Oui, enfin quand j'en ai le temps.

— C'est le point faible de votre génération, vous n'avez plus le temps de vous poser devant un bon roman, et pourtant, si vous saviez comme souvent la littérature présage les destinées de la science. Je me demande parfois si les romanciers ne mettent pas plus d'entrain à user de leur imagination que les scientifiques, à moins que ce ne soient les scientifiques qui ne lisent plus suffisamment pour stimuler leur imaginaire. Enfin, les choses sont ainsi. Voyez-vous, il y a un peu moins de soixante ans, un jeune homme qui répondait au nom de Kerouac écrivit un livre qui devint culte pour toute une génération, *Sur la route*. Vous l'avez lu ?

— Non, avoua Josh.

— Vous devriez. Kerouac mettait en scène un univers qui célébrait la vitesse et la liberté. Des jeunes de votre âge traversaient l'Amérique, étreignant la vie de toutes leurs forces, n'ayant pour raison d'être que la volonté d'aimer. Ce roman fut le livre de chevet de mon adolescence. Je sais ce que vous pensez, je n'ai pas l'air d'avoir voué une admiration effrénée à des beatniks, mais méfiez-vous des apparences... Il y a quelques années, un autre grand écrivain publiait à son tour un roman intitulé *La Route*. Cormac McCarthy.

— J'ai vu le film adapté de ce livre, annonça Josh, soulagé de ne pas paraître plus ignorant.

— Bien en dessous du roman, mais bon, là n'est pas le sujet. En fait de route, celle de McCarthy est une autoroute post-apocalyptique, ses personnages survivent dans un monde recouvert de poussière, ils s'entre-tuent et pour tout moyen d'évasion, le héros pousse un caddie de supermarché déglingué. Vous vous demandez où je veux en venir ? En cinquante ans, l'espoir en l'avenir a disparu. Je ne peux plus compter les récits et films qui nous prédisent la fin du monde, des démocraties, de l'humanité. Quand ce ne sont pas les guerres menées par des fanatiques, c'est un virus ou des robots qui nous anéantissent. Ici, nous entretenons une autre vision de demain, et nous travaillons à la mettre en œuvre. Alors, considérez cette zone du Centre comme une antichambre du futur. Un futur plein d'espoir.

Flinch se remit en marche, Luke et Josh échangèrent un regard intrigué.

Ils pénétrèrent dans une salle où il les présenta à une équipe de six chercheurs. Luke remarqua tout de suite la complicité qui régnait entre Flinch et ces scientifiques.

L'un d'eux leur exposa leur projet.

— Neurolink, expliqua-t-il, avait pour objectif de développer une interface à hautes performances entre des microélectrodes et le cortex, afin d'effectuer des mesures électriques profondes dans le cerveau. La composition biochimique de nos électrodes nous a permis d'obtenir une liaison avec les signaux neuronaux d'une précision inégalée jusque-là. Les concepts développés dans notre programme sont validés depuis plusieurs mois sur le cortex d'un singe. Et depuis plusieurs mois, nos électrodes souples, dont les performances se révèlent supérieures à toutes nos espérances, ont établi une véritable interface cerveau-ordinateur. Ici, nous l'appelons ICO.

— Vous avez réalisé un clone informatique de l'encéphale d'un singe ? demanda Josh abasourdi.

Le chercheur adressa un regard à Flinch avant de répondre. Et comme ce dernier acquiesçait de la tête, il se tourna vers Josh.

— Exactement. Notre ordinateur est capable de simuler son cerveau. L'écran devant vous est, pour ainsi dire, une sorte de primate électronique redoutablement intelligent.

— Je crois que vous avez matière à bien vous entendre, s'exclama Flinch plus satisfait que jamais. Vous pourrez collaborer à Neurolink d'ici une à deux semaines, le temps que j'officialise vos accréditations.

Un échange de poignées de main scella la promesse de cette coopération. Luke en évaluait déjà les bénéfices et, pour premier d'entre eux, le temps qu'elle leur ferait gagner. Il ressentait une délicieuse exaltation que seul un sentiment de jalousie venait contrarier.

De son côté, Josh eut une pensée pour Hope. Il jugea préférable qu'elle ignore pour l'instant cette nouvelle situation. Lorsqu'elle viendrait au Centre, il lui faudrait trouver le moyen d'être discret. Il en parla à Luke sur le chemin du retour, et quand celui-ci lui en demanda la raison, Josh lui fit part des craintes de Hope quant aux effets de leurs recherches sur sa santé mentale. Luke ne sembla pas s'en inquiéter outre mesure et il promit de garder le silence.

*

Hope reçut un appel de son père. Il voulait savoir si elle avait égaré la carte de crédit qu'il lui avait confiée.

— J'avais besoin d'une paire de lunettes, répondit-elle penaude.

— Et les verres de ces lunettes ont été montés dans un magasin de vêtements et d'ameublement ?

— Il fait chaud à Honolulu ? répondit-elle.

— Je ne vois pas le rapport !

— On gèle ici, nous avions besoin de manteaux et aussi de radiateurs.

— Tu aurais pu me demander, Hope.

— Je ne voulais pas te déranger pendant que tu roucoulais avec Amelia.

— Ne trahis pas ma confiance en toi, nous sommes bien clairs ?

— On ne peut plus, grommela Hope.

— Nous rentrons à la fin de la semaine, je te téléphonerai quand nous serons à la maison. À part ça, tu vas bien ?

— Oui, pourquoi ?

— Parce que tu as une drôle de voix.

— Je suis juste fatiguée.

— Eh bien repose-toi !

Sam raccrocha et Hope resta quelques instants immobile le combiné collé à l'oreille.

Elle pensa à tout ce qu'elle avait acheté avec l'argent de son père et se sentit soudain terriblement coupable. Elle avait envie de quitter le loft, de retrouver Josh pour se blottir dans ses bras. Son père ne s'était pas trompé. Elle ne se sentait pas au mieux de sa forme. Josh lui manquait et l'hiver qui ne faisait pourtant que commencer l'affectait déjà. Où s'était égarée sa joie de vivre ? Elle refusa de se laisser aller plus longtemps et partit chercher dans ses papiers le numéro de téléphone de sa camarade japonaise. Elle finit par le retrouver et l'appela. La chance voulait qu'elle soit encore sur le campus, et qu'elle ait une voiture. Elles se donnèrent rendez-vous, Kasuko viendrait la chercher en bas de chez elle dans la demi-heure pour aller au Centre.

*

Kasuko se rendit dans son laboratoire et Hope se précipita dans la salle où travaillait Josh. Elle n'y trouva que Luke.

— Où est Josh ? demanda-t-elle.

— Avec Flinch, je crois, répondit Luke, embarrassé.

Hope se posa sur un coin de table.

— Cela fait longtemps que nous n'avons pas discuté toi et moi.

— Tu nous as pas mal délaissés ces derniers temps et je crois que tu n'appréciais guère Betty Boop.

— Josh aurait pu tenir sa langue. Ce surnom n'était pas méchant, mais reconnais que…

— Tu veux quelque chose, Hope ?

— Josh, mais il n'est pas là.

— Dès qu'il reviendra, je lui dirai de passer te voir. Tu continues de travailler avec tes nouvelles amies ou tu as décidé de rentrer au bercail ?

— Si vous voulez toujours de moi… Josh me manque, toi aussi.

— Ce n'est pas nous qui t'avons chassée. Mais puisque tu le proposes, tu me rendrais un service ?

— Quel genre de service ?

— Je voudrais effectuer d'autres mesures électriques que celles du cerveau de Josh ou du mien, pour établir des comparaisons. Si tu pouvais juste te prêter à un électroencéphalogramme ; ça ne prendra que dix minutes, tout au plus.

Hope accepta de jouer au cobaye. Luke la fit s'asseoir dans le fauteuil. Il lui posa sur le crâne un casque tapissé d'électrodes reliées par des câbles à l'unité centrale de l'ordinateur.

— Tu en as déjà fait un ? demanda Luke en serrant la lanière sous son menton.

— Non, c'est le premier.

— Je te demanderai juste d'ouvrir et fermer les yeux quand je te le dirai ; de lever les bras, de penser à quelque chose qui te rassure, mais aussi à quelque chose qui t'est désagréable. Rien de bien méchant, quelques stimulations pendant que j'enregistrerai l'activité électrique de ton cerveau.

— Ça me semble à ma portée, répondit Hope.

Elle se prêta au jeu, ouvrit et ferma les paupières chaque fois que Luke le lui demandait, se remémora des souvenirs joyeux en compagnie de son père, puis sa rencontre avec Josh, leur premier baiser, et chassa ce qui lui venait à l'esprit lorsqu'elle s'interrogea sur ce que Luke pouvait précisément décrypter sur les tracés de la machine qui enregistrait les ondes de son cerveau. Penché sur les courbes, Luke lui ordonna de lever le bras gauche, à trois reprises.

— Mais j'ai déjà levé le bras, bon sang ! râla Hope alors que Luke avait haussé le ton en réitérant sa demande.

Il se tourna dans sa direction et constata qu'elle étirait en effet son bras vers le plafond. Il se repencha sur les courbes et fronça les sourcils.

— Tu peux le baisser, s'il te plaît ?

En soupirant, il fit rouler son tabouret jusqu'à elle. Il réajusta le casque et resserra la dragonne.

— Hé, tu m'étrangles !

— Désolé, dit-il en relâchant un peu la lanière.

Il retourna à sa machine et lui fit répéter l'exercice.

— Quelque chose ne va pas ? s'enquit Hope en voyant bien que Luke était contrarié.

— Ce qui ne va pas, c'est que le matériel ne fonctionne pas. On dirait que toute une série d'électrodes a lâché.

— C'est peut-être mon cerveau qui a tout fait sauter, plaisanta Hope.

— Ne parle pas de malheur. Je n'obtiendrai jamais un casque de remplacement avant le Nouvel An, une semaine de fichue. Et merde ! râla Luke.

— Si tu es en train de m'annoncer que Josh aura toutes ses soirées libres, béni soit ce casque foireux, dit-elle en l'ôtant.

Elle passa ses mains dans les cheveux, se leva et embrassa Luke.

— Je peux y aller ? s'enquit-elle d'une voix rieuse.

— Ben oui, grogna Luke. Merci quand même.

— Viens dîner chez nous demain, je te préparerai des travers caramélisés, pour me faire pardonner.

— De quoi ?

— Que mon intelligence hors-norme ait fait sauter ton matériel.

— Demain, c'est notre soirée au scanner, j'espère qu'il ne sera pas en panne lui aussi.

— Tu veux que je vienne ? Laisse-moi une chance de le déglinguer aussi, rien ne me ferait plus plaisir.

— À demain, Hope, répondit Luke d'un ton pince-sans-rire.

*

Josh arriva au labo un quart d'heure plus tard. Luke s'évertuait à vérifier les électrodes, mais il n'en voyait aucune qui ne soit pas correctement soudée au casque.

— Hope n'est pas là ? s'inquiéta Josh.

— Si, elle est cachée dans l'armoire frigorifique.

Josh le regarda interloqué.

— Tu vois bien qu'elle n'est pas là. Tu la trouveras probablement en compagnie de ses deux copines.

— En fait, c'est le jour où je te verrai de bonne humeur qu'il faudra que je m'inquiète. Qu'est-ce qui ne va pas encore ?

— Rien, j'aimerais juste bosser avec du matériel fiable. Assieds-toi sur cette chaise, j'ai besoin de tester quelque chose.

Luke posa le casque sur le crâne de Josh et lui fit subir le même examen qu'à Hope. Les stylets qui étaient restés inertes tout à l'heure s'agitèrent normalement quand Josh leva le bras. Luke observa les courbes attentivement, cherchant d'où avait pu provenir la panne. Puisque tout semblait désormais fonctionner normalement, il poursuivit l'expérience.

Les heures passèrent. Josh était fatigué.

— Nous en avons assez fait pour ce soir, dit-il en ôtant le casque. Je vais aller chercher Hope, tu nous déposes ?

Luke fit une sauvegarde des enregistrements et éteignit le moniteur.

— Rejoignez-moi sur le parking, et ne traînez pas.

— Je ferai de mon mieux, répondit Josh sur le pas de la porte.

— Josh, j'ai un petit service à te demander. Fais en sorte que Hope t'accompagne demain.

— Si tu veux, mais pourquoi ?

— Parce qu'elle était là tout à l'heure, et en t'attendant j'ai fait quelques enregistrements avec elle, j'aimerais pouvoir les comparer à ceux du scanner.

— Tu aurais pu m'en parler.

— Je viens de le faire, non ? J'ai d'ailleurs un très bel enregistrement du jour de votre rencontre.

— Ah oui ? Tu me le montres ?

— Une autre fois, j'ai éteint le terminal et j'ai envie de rentrer. Sois rassuré, l'activité électrique témoignait d'une grande intensité émotionnelle, les courbes zigzaguaient dans tous les sens. Allez, ne traîne pas.

*

— Et si nous retournions à Salem pour fêter le réveillon, suggéra Hope en se glissant sous les draps.

— J'aimerais beaucoup, mais je ne me vois pas demander à Luke de nous prêter sa voiture en le plantant ce soir-là.

— Tu as raison mon Josh, ce ne serait pas très délicat.

— Quand as-tu commencé à m'appeler « mon Josh » ?

— Un jour où j'ai su que j'étais toute à toi, il fallait bien que je trouve le moyen de te rendre la pareille.

Hope se tourna vers lui et repoussa les draps, elle était nue.

— Mais est-ce que toi, tu es vraiment à moi ? questionna-t-elle en s'asseyant à califourchon sur lui.

La réponse ne se fit pas attendre.

*

Après le déménagement de Josh, Luke avait transformé la chambre de son ami en un petit bureau. Il avait pensé d'abord s'y installer, mais Hope aussi avait vécu entre ses murs et il lui semblait parfois sentir sa présence. Pour travailler, ça ne le gênait pas, mais pour dormir, c'était différent.

Il récupéra dans la poche intérieure de son manteau les documents qu'il avait discrètement rapportés du Centre et s'assit à sa table pour les examiner attentivement. Les tracés étaient singuliers et plus il les étudiait, plus il doutait qu'un dysfonctionnement des électrodes en soit la cause. Ces anomalies le tracassaient et il voulait s'assurer au plus vite que ses soupçons étaient infondés.

*

Hope s'éveilla avec les premiers rayons du soleil. La lumière du matin envahissait le loft, traversant la grande baie vitrée pour se poser sur le plancher en bois clair. Josh dormait profondément et elle sourit malicieusement en lui pinçant la joue. Il grogna, enfouit sa tête sous l'oreiller, qu'elle souleva pour lui chuchoter :

— Fais-moi des pancakes.

— Hope, je t'en supplie, grommela-t-il.

— Avec du sirop d'érable.
— Non.
— C'est notre anniversaire aujourd'hui.
Josh se retourna et la fixa d'un œil dubitatif.
— Quel anniversaire ?
— Celui de notre première nuit.
— Vraiment ?
— Je crois que j'aime bien ce petit côté mufle en toi.
— Bien essayé, mais notre première nuit, c'était un 10 novembre.
— Maintenant que tu es réveillé, tu me les fais ces pancakes ?
— Tu es impossible, dit Josh en se levant.
Il enfila son jean et alla derrière le comptoir de la cuisine.
— Quand me présenteras-tu à ton père ? demanda Hope en le rejoignant.
— Est-ce que quelqu'un réussira un jour à décrypter le cheminement de la pensée d'une femme ? soupira Josh.
— Je peux savoir ce que sous-entend cette petite phrase ?
— Comment es-tu passée des pancakes à mon père ?
— Le mien m'en faisait souvent, tu as eu les mêmes gestes que lui en allumant le gaz. Cette même façon de reculer la main comme si la gazinière allait exploser.
— Évidemment, c'est d'une logique imparable.
— Alors, on ira lui rendre visite ?
— Nous ne nous sommes pas vus depuis longtemps.

— Pourquoi ?

— Parce que nous sommes fâchés, Hope. Et là j'ai autant envie de parler de lui que de faire ces pancakes.

— Pourquoi êtes-vous fâchés ?

— C'est une vieille et longue histoire.

— Je veux que tu te réconcilies avec lui.

— Sûrement pas. Et en quoi cela te concerne ?

— Si un jour nous avons des enfants, je veux qu'ils puissent aimer leur grand-père.

Josh se retourna et la regarda d'un drôle d'air.

— Ne fais pas cette tête-là, reprit Hope. On dirait que je viens d'annoncer la fin du monde. J'ai dit « si un jour », pas maintenant.

— Est-ce que nous pourrions attendre d'avoir pris un café avant d'envisager la fin du monde en compagnie de mon père ? dit-il en remplissant le réservoir de la cafetière.

— Quand tu m'auras promis que je le rencontrerai, tu m'as bien entendu, Josh ?

— Fort et clair.

— D'où sort cette expression ?

— De lui, tu as réussi à le faire parler en son absence. Chaque fois qu'il me passait un savon, cela se terminait toujours par un « et j'espère que tu m'as entendu, fort et clair ! ».

Hope se hissa sur la pointe des pieds et attrapa deux mugs dans le placard.

— J'ai fait un cauchemar cette nuit, dit-elle.

— Tu en fais souvent depuis que nous vivons ici. C'est peut-être ce loft qui ne te réussit pas ou les réverbères dans la rue qui éclairent trop la chambre. J'essaierai de bricoler quelque chose pour occulter les fenêtres.

— Tu ne me demandes pas ce qu'était ce cauchemar ?

— J'en ai une petite idée. Tu parles dans ton sommeil, Hope.

— Et qu'est-ce que j'ai dit ?

— Que je suis l'homme le plus patient qui soit, répondit Josh en déposant deux pancakes dans une assiette qu'il tendit à Hope.

— J'ai rêvé que nous marchions au bord de l'océan, soudain je bifurquais pour avancer vers les vagues, tu me laissais partir. Je me noyais sans la moindre résistance. Je n'avais pas peur de mourir, mais sous l'eau j'étais terrifiée à l'idée de te perdre.

Josh la prit dans ses bras.

— Tu nages mieux que personne et je cours plus vite que toi, alors ton cauchemar ne tient pas la route, je t'aurais rattrapée avant que tu ne perdes pied.

— Je me sens merdique en ce moment.

— Merdique comment ?

— J'ai l'impression de ne pas être moi-même.

— Nous travaillons trop. Tu dois manquer de quelque chose, de magnésium, ou de fer. Si tu veux, nous irons voir un médecin.

— Ne dis pas de bêtise. J'ai un père médecin.

— Parle-lui-en. Il te prescrira peut-être un médicament pour apaiser tes nuits.

— Jamais ! Il n'y a plus rien de rationnel chez mon père quand il s'agit de ma santé. Je dois être la personne qui a reçu le plus grand nombre de rappel de tétanos au monde. À la moindre coupure, j'y avais droit.

— Alors, allons faire un tour au CHU, une petite prise de sang et on saura ce qui ne va pas.

— Certainement pas, j'ai horreur des piqûres.

— D'accord… Je vais voir ce que je peux faire pour la voiture de Luke. Nous irons passer deux jours au bord de la mer, tu te reposeras et à notre retour tu ne te sentiras plus « merdique ».

— Qu'est-ce qui t'attire chez moi… à part mes seins ?

— Pourquoi dis-tu des choses pareilles ?

— Je devrais peut-être leur dessiner des sourcils, comme ça de temps en temps tu croirais me regarder dans les yeux.

— Enfin Hope, je les regardais parce que tu es nue.

— Et alors, mon visage l'est aussi.

— Comment veux-tu que je ne sois pas troublé quand tu ne portes rien sur toi ?

— En attendant, tu n'as pas répondu à ma question. Qu'est-ce qu'un homme comme toi trouve à une fille comme moi.

Josh attrapa le tablier de cuisine et le lui lança.

— Parfois, dit-il, c'est impossible d'expliquer ce que tu ressens pour quelqu'un, mais tu sais que cette personne t'emmène là où tu n'étais encore jamais allé.

— Et où n'étais-tu jamais allé avant de me connaître, Josh Kepler ?

— C'est la première fois que je t'entends prononcer mon nom de famille.

— Peut-être parce que c'est la première fois que tu me dis quelque chose d'aussi joli.

— Auprès de toi, Hope, et c'est le plus bel endroit que j'ai atteint dans ma vie. Et pour te prouver que ce ne sont pas des paroles en l'air, sache que tu as aussi les plus beaux seins que j'aie vus… mais par pitié, ne va pas leur dessiner des sourcils.

*

Josh appela Luke pour le prévenir qu'il ne le rejoindrait qu'au rendez-vous du soir, devant l'entrée de la morgue de l'hôpital.

Lorsqu'il raccrocha, Hope avait retrouvé le sourire. Ils s'assirent face à face et dévorèrent leur petit déjeuner.

Plus tard dans la matinée, ils grimpèrent à bord d'un autobus pour en redescendre à un arrêt près de la rivière. Ils coururent pendant une heure le long des berges, profitant d'une journée où le soleil avait enfin décidé de se montrer. En fin d'après-midi, sortant d'une projection de *La grande bellezza* – Hope avait réussi à entraîner Josh dans une salle de cinéma d'art et d'essai –, ils partagèrent leurs impressions autour d'une pâtisserie. Hope était certaine d'avoir vu briller les yeux de Josh à la fin du film, ce dont il se défendait ardemment.

— Pourquoi tu ne veux pas avouer que tu as été ému ?

— Je ne dis pas le contraire, mais de là à dire que j'ai pleuré, non.

— Les hommes aussi ont le droit de pleurer, mon Josh. Je voudrais que tu me fasses une promesse.

— Pas avant de savoir laquelle.

— Si, justement. Aimer, c'est ne jamais douter de l'autre.

Josh considéra le morceau de cake qui restait dans l'assiette et hocha la tête en le dévorant.

— Au printemps, ce sera mon tour de connaître ton père, nous irons lui rendre visite.

Josh s'étouffa et recracha sa bouchée de cake.

*

Ils arrivèrent avec un peu de retard. Luke trépignait d'impatience devant la morgue. Ils s'engouffrèrent dans le couloir, parcourant à la hâte le chemin qui menait au scanner.

Luke s'installa derrière le pupitre, inséra une clé USB dans la console et transféra les données qu'il avait recueillies au Centre. Pendant ce temps, Josh se faufilait dans le cylindre de la machine. L'examen commença, mais Luke l'interrompit au bout de vingt minutes et se tourna vers Hope. Elle était plongée dans ses cours depuis le début de la procédure à laquelle elle n'avait prêté qu'une attention distraite.

— À ton tour, dit Luke en lui ôtant le livre des mains.

— Tu veux me faire entrer dans ce tube ? Jamais de la vie, je suis claustrophobe.

— Le cylindre est ouvert des deux côtés, tu ne crains rien.

— Dans un ascenseur non plus, en principe, et pourtant je prends toujours les escaliers.

— J'ai besoin d'un coup de main, insista Luke, et on ne peut pas dire que tu participes beaucoup à nos recherches ces dernières semaines, alors fais un effort s'il te plaît.

— Mais pourquoi as-tu besoin de moi ?

— Je te l'ai déjà expliqué la dernière fois, pour obtenir des données comparatives. On ne peut pas se contenter de celles enregistrées dans nos deux cerveaux. Josh pourra rester auprès de toi, et si vraiment l'exercice t'est insupportable, je te promets d'arrêter.

Hope hésita, elle était consciente d'avoir délaissé ses partenaires pour se consacrer aux travaux qu'elle menait avec Kasuko, surtout depuis que sa camarade allemande avait été virée du Centre. Luke désigna le scanner de l'autre côté de la vitre et le sourire de Josh vint à bout de ses résistances. Elle posa ses lunettes sur la console et vérifia que ses poches ne contenaient rien de métallique.

Luke lui demanda de passer par la cabine, d'y ôter ses vêtements et d'enfiler la blouse qu'elle trouverait accrochée à une patère. Hope haussa les épaules et obéit.

Josh l'aida à s'installer sur le chariot, il cala des coussinets en mousse de chaque côté de sa tête et promit de ne pas s'éloigner alors qu'elle s'enfonçait vers l'intérieur du cylindre.

Un anneau se mit à tourner au-dessus d'elle et Hope préféra fermer les yeux.

Luke avait les siens rivés à l'écran de contrôle. Quand les premières coupes apparurent, il inspira profondément et se mordit les lèvres pendant que l'examen se poursuivait.

Vingt minutes plus tard, il regarda sa montre. L'heure de partir approchait, il recopia les données sur sa clé USB, fit ressortir le chariot de la machine et appuya sur le bouton du micro pour prévenir Hope qu'elle pouvait se rhabiller.

— Tu as eu ce que tu voulais ? demanda Josh en le rejoignant dans la cabine.

— Oui, dépêchons-nous, il faut filer d'ici avant que la maintenance arrive. J'éteins les écrans et je vous rejoins dans le couloir.

Ils sortirent du centre hospitalier et montèrent à bord de la Camaro. Hope prit place à l'arrière et Josh à côté de Luke.

— Alors ? questionna-t-elle en se penchant vers eux. Ça a marché cette fois ?

— Oui, concéda Luke laconique.

— De quoi parlez-vous ? demanda Josh.

— De rien, répondit Luke.

— Comment ça de rien ? Ton camarade qui me prend pour son nouveau cobaye m'a fait passer un électroencéphalogramme et la puissance de mon cerveau a déglingué ses appareils, j'étais très fière et lui assez furax.

— Pourquoi ne me l'as-tu pas dit ? questionna Josh.

— Je l'ai fait, rétorqua Luke, mais tu n'y as pas prêté attention. Rien de bien méchant, un faux contact dans le casque que j'avais réparé avant que tu arrives.

Josh se retourna vers Luke et lui jeta un regard sombre, lui ne regardait que la route.

Ils se séparèrent au pied du loft. Luke redémarra sans attendre et Josh vit la Camaro s'éloigner dans la rue déserte.

— Quelque chose ne va pas ? demanda Hope.

— Non, montons, il est déjà tard.

*

De retour chez lui, Luke s'installa à son ordinateur. Il inséra la clé USB et chargea les clichés du scanner de Hope. Il se leva pour aller chercher un ouvrage dans sa bibliothèque et compara les coupes encéphaliques qu'il trouva dans le livre avec celles affichées sur son écran. Il se consacra à ce travail pendant une grande partie de la nuit, et vers trois heures du matin, il envoya un SMS à Josh.

9.

Les berges étaient désertes. La brise glaciale avait découragé les joggeurs, seuls quelques chiens et leur maître bravaient le froid matinal.

Luke, emmitouflé dans une parka, attendait sur un banc près d'un saule. Josh arriva à petites foulées et s'assit à côté de lui.

— Qu'est-ce qu'il y a de si urgent ? Tu n'es pas retourné au labo, j'espère ?

Luke posa une enveloppe sur les genoux de Josh.

— Ne l'ouvre pas tout de suite, le pria-t-il. Je t'ai menti à propos de la panne lors de l'encéphalogramme de Hope.

— Pourquoi ?

— Parce qu'au cours du tien, elle ne s'est pas reproduite.

— Je croyais que tu avais resserré des électrodes ?

— Josh, elles sont soudées, pas vissées, tu devrais le savoir tout de même.

— Bon, elles sont soudées et alors ?

— Alors, j'ai eu un doute sur la raison pour laquelle les enregistrements de Hope déconnaient.

— Quel doute ? demanda Josh en se tournant vers lui.

— Je ne voulais pas t'en parler avant d'avoir vérifié, c'est pour ça que j'ai tenu à ce que Hope nous accompagne hier soir.

— Vérifié quoi ? Qu'est-ce que tu es en train de me dire, Luke, merde, explique-toi clairement.

— Je ne sais pas comment formuler ça mon vieux, je n'ai pas dormi de la nuit et j'ignore comment on annonce ce genre de choses. Les images du scanner ne sont pas bonnes.

— Comment ça pas bonnes ?

— Pas bonnes du tout. Je ne suis pas médecin, mais j'ai vu assez de coupes encéphaliques pour savoir reconnaître une tumeur.

— Qu'est-ce que tu as dit ?

— Josh, il faut que tu convainques Hope de passer un autre examen, et au plus vite. J'ai pu faire une erreur hier, contraster un peu trop les images et faire apparaître une anomalie qui n'existe pas. J'espère de tout cœur m'être trompé, mais je suis inquiet.

Josh prit sa tête entre ses mains et chercha l'air qui lui manquait.

— À combien tu évalues la probabilité d'une erreur de ta part ?

— Ce n'est pas le moment de faire des statistiques inutiles, emmène Hope faire une IRM auprès d'un spécialiste et sans l'inquiéter outre mesure.

— Quelle taille, la tumeur ?

— Un centimètre et demi environ.

— Mais elle pourrait très bien être bénigne ?

— Oui, c'est ce qu'il faut espérer de toutes nos forces.

— Si tu penses qu'elle est maligne, je veux que tu me dises la vérité.

— Je te le répète, seuls d'autres examens nous le diront. Je suis désolé… Tu ne peux pas savoir à quel point.

Josh se leva et commença à faire les cent pas devant Luke.

— Attends, pas question de céder à la panique. D'abord, tu as pu merder avec le scanner, ensuite, rien ne dit que cette tumeur soit cancéreuse, et si elle l'était, on l'opère et tout rentrera dans l'ordre.

— Tu dois parler à Hope, et sans perdre de temps. Si tu ne t'en sens pas le courage, je peux le faire.

— Non, c'est à moi de le lui apprendre. J'ai l'impression de vivre un cauchemar.

— Tu l'as dit toi-même, ne cède pas à la panique avant que nous en sachions plus. Tu peux compter sur moi à tout moment.

— Comment lui annoncer ça sans la terroriser ? Et si nous montrions ces images à Flinch avant.

— Je ne crois pas que Hope serait d'accord, et tu ne peux pas lui en parler sans son autorisation, c'est à elle seule de décider, pas à nous. Si elle le souhaite, nous ferons appel à lui, il peut nous orienter vers les meilleurs spécialistes.

Luke se leva, prit Josh dans ses bras et l'étreignit de toutes ses forces.

— Je suis là, ne l'oublie jamais.

En regardant Luke s'éloigner, les mains jointes dans son dos, Josh eut l'impression que son ami avait vieilli en l'espace d'une nuit.

Lui ne savait où aller, alors il marcha dans les rues, sans compter ni les pas ni la fatigue. Il traversa la ville hagard, se demandant comment faire semblant, comment ne pas dire la vérité sans pour autant mentir. Et puis il voulut croire que Luke s'était trompé, que rien de ce qu'il lui avait dit n'était vrai, ni même possible. Une telle chose ne pouvait pas arriver à Hope. La terre était remplie d'ordures, d'hommes qui ne servaient à rien, qui ne faisaient que détruire, mais Hope… Hope découvrirait un jour un remède à la maladie d'Alzheimer, alors ce n'était pas possible qu'elle soit atteinte d'un mal incurable. Elle avait une mission à accomplir, et ce serait la pire des saloperies qu'une tumeur l'empêche de sauver des millions de gens. Si la mort voulait une âme, qu'elle en choisisse une autre, une bien tordue, mais pas celle de Hope qui était si belle et si rieuse.

Au carrefour suivant, Josh se demanda pourquoi il avait pensé aux âmes, parce que avant cette conversation avec Luke il ne croyait ni aux âmes ni en Dieu, tout du moins plus depuis l'anniversaire de ses douze ans, et maintenant… Maintenant il ne savait plus quoi penser du tout. S'il baissait la garde, s'il acceptait de croire en Lui, est-ce qu'Il se pencherait sur le cas de Hope pour la sauver ?

Lorsqu'il arriva dans sa rue, des larmes roulèrent sur ses joues sans qu'il puisse les retenir. Il fit demi-tour, sécha son visage et entra dans un bar. Il s'interdit de flancher, ce n'était pas lui qui était souffrant, lui il souffrirait en silence, il devait être fort, normal. Rester normal, voilà ce qu'il devait à Hope. Être parfaitement normal. Normalité mon cul, se dit-il en avalant un whisky sec.

Il quitta le bar et chercha une épicerie pour trouver une tablette de chewing-gum. Si Hope sentait qu'il avait bu de l'alcool, elle lui poserait des questions… Rester normal.

Il s'arrêta devant la vitrine d'un fleuriste et renonça à acheter un bouquet, Hope aurait été surprise… Normal.

Quatre jours passèrent sans qu'il trouve la force de parler à Hope, de lui suggérer qu'ils aillent voir un neurologue. Quatre jours à échanger des regards avec Luke, aussi furtifs que pesants. Luke aurait voulu y lire que tout était comme avant alors que plus rien ne l'était. Quatre journées au cours desquelles Josh se sentait dans la peau d'un apprenti artificier à qui l'on aurait ordonné de désamorcer une bombe. Une bombe qui se trouvait dans la tête de la femme qu'il aimait, mais dont le tic-tac résonnait dans la sienne. Et chaque fois que Hope lui parlait de ses migraines, son cœur s'emballait, sa bouche devenait sèche et ses mains moites.

À la veille du week-end, Hope lui demanda de l'inviter au restaurant. Elle avait envie de cuisine italienne et expliqua à Josh qu'une assiette de pâtes était toujours plus joyeuse au restaurant que chez soi. Il ne posa aucune question, enfila une chemise et un veston et appela un taxi qui les déposa devant l'une des meilleures tables de la ville. Tant pis pour la normalité.

— Je peux savoir comment nous allons régler l'addition ? lança-t-elle après que le serveur l'eut installée sur sa chaise en lui donnant du Madame à tour de bras.

— J'ai mis un peu d'argent de côté ces dernières semaines, répondit-il en se plongeant dans le menu.

— De quel côté ?

— Ne t'inquiète pas, nous n'aurons pas à faire la vaisselle, dit-il pour la rassurer.

— Tu aurais dû me prévenir que nous allions fêter quelque chose, j'aurai pris un insecte au labo et je l'aurais discrètement glissé dans mon assiette à la fin du repas. C'est un truc qu'on fait dans les films. La cliente hurle et part outrée sans payer.

— Je crois que c'est aussi un piège éculé dans lequel le personnel de ce genre de restaurant ne tomberait pas.

Hope commanda des linguines aux palourdes, Josh indiqua au serveur qu'il prendrait la même chose. Ils refusèrent de consulter la carte des vins, affirmant sans la moindre gêne que l'eau de la ville leur conviendrait très bien.

Hope dégusta son plat sans prononcer un mot ; de temps en temps, Josh relevait la tête pour l'observer.

Quand elle eut fini son assiette, elle s'essuya délicatement les lèvres, posa sa serviette sur la table et regarda Josh droit dans les yeux.

— L'autre soir, quand Luke m'a demandé de jouer les cobayes, il y avait un problème sur mon scanner ?

Elle avait posé cette question d'une voix calme et Josh fut incapable de lui répondre.

— Sur le chemin du retour, vous faisiez tous les deux des têtes de cent pieds de long, enchaîna-t-elle, et depuis vos têtes n'ont cessé de s'allonger chaque fois que vous vous regardez. Alors j'en conclus que soit tu as une maîtresse, soit…

— Ce n'était rien de précis, l'interrompit Josh. Une petite tache de rien du tout. Luke n'est pas radiologue et il y a toutes les raisons de penser qu'il a fait une mauvaise manipulation. Par précaution, ce serait bien que l'on aille passer une IRM, cette fois sous le contrôle d'un vrai médecin.

— Donc, tu es inquiet ?

— Non, je te le répète, ce n'est qu'une précaution.

— Ne me mens pas, Josh Kepler, dit Hope en lui prenant la main ; parce que si tu recommençais ne serait-ce qu'une seule fois, je ne te le pardonnerais pas. Maintenant plus que jamais, j'ai besoin de savoir que la personne que j'aime le plus au monde me dira toujours la vérité.

Josh aurait voulu se justifier, il cherchait les mots justes, mais Hope ne lui en laissa pas le temps et poursuivit.

— Hier ma migraine était plus forte que d'habitude et ma vision s'est troublée. Cela a duré un bon quart d'heure, assez pour que je commence à relier les points entre eux. Est-ce que tu jouais à ce jeu quand tu étais gosse ? Moi j'adorais ça, relier des points avec un crayon pour faire apparaître une image, ça m'amusait comme une folle. Remarque, à cette époque je n'avais pas une tumeur au cerveau.

Elle avait prononcé cette phrase d'une voix détachée, avec une froideur implacable.

— J'ai repensé aux simagrées de Luke, à ta façon depuis quelques jours de faire semblant que tout va bien, que tout est merveilleux, même ma cuisine. Je crois que c'est ça qui m'a fait le plus peur. Parce que franchement, mon Josh, il n'y a pas pire que moi derrière les fourneaux. J'ai appelé mon père et je lui ai dit que je n'allais pas très bien, que je me sentais merdique. Cela a suffi à ce qu'il remue ciel et terre pour que je passe une IRM dans la journée. Mon père est horriblement hypocondriaque à mon sujet.

— Pourquoi ne m'as-tu rien dit ?

— Je te retourne la question.

— Parce que j'avais peur, Hope.

— Alors tu es pardonné, parce que désormais je sais ce que c'est que d'avoir peur et la peur peut nous faire faire n'importe quoi.

— Qu'a dit l'IRM ? demanda Josh d'une voix mal assurée.

— Glioblastome. Une protubérance maligne à laquelle on prête un mauvais caractère. Il paraît qu'elle est plutôt agressive.

— Arrête Hope, je t'en prie.

— La seule bonne nouvelle, poursuivit-elle avec la même ironie, c'est qu'elle est encore petite et opérable.

— Alors on va t'opérer et tout redeviendra normal. Je te le jure.

Hope sourit amèrement, elle se pencha par-dessus la table et posa un baiser sur ses lèvres.

— Je te crois, puisque aimer, c'est ne jamais douter de l'autre.

En rentrant, Hope prit une longue douche. Elle se mit au lit, se blottit contre Josh et ils firent l'amour. Puis dans un silence que seules leurs respirations venaient troubler, ils s'endormirent en se tenant la main.

*

Au réveil, Josh demanda à Hope la permission de parler de son cas à Flinch. Il connaissait sûrement les meilleurs neurochirurgiens de la ville. Hope lui fit remarquer qu'elle n'était pas un « cas », mais accepta. Puis vint la question de son père. Il fallait le mettre au courant. Hope s'y opposa vivement.

— J'ai interdit au médecin auquel il m'avait adressée de lui révéler quoi que ce soit ; Papa sera encore plus malade que moi et je ne veux pas avoir à le gérer.

— Il est médecin, et c'est ton père. Tu ne peux pas le tenir à l'écart.

— Il débarquera par le premier avion et il viendra forcément accompagné d'Amelia. J'ai besoin de calme, de me centrer sur moi, ou plutôt non, j'ai besoin de tout le contraire. D'abord tu vas me jurer de te débarrasser de cette tête consternée. Tu me l'as dit toi-même, ce sera une petite intervention de rien du tout et la vie reprendra son cours normal. Je veux qu'il en soit ainsi, Josh, nous allons continuer à faire des projets, à travailler à nos recherches, à rire, à sortir, à faire l'amour et même à nous disputer, comme un couple normal.

— Mais on ne se dispute jamais !

— Il n'est pas trop tard pour commencer, je peux trouver plein de sujets si tu veux.

*

Ils attendaient Flinch à la sortie des cours. Il s'étonna de les trouver tous les trois devant son bureau. Il avait peu de temps, mais en voyant leurs mines défaites il accepta de les recevoir. Sans attendre la fin des explications de Josh, Flinch s'empara des planches d'IRM, lut le compte rendu et reposa les documents.

Il décrocha son téléphone, appela la secrétaire d'un spécialiste qu'il comptait parmi ses amis et insista pour que ce dernier le rappelle sans délai.

— On va vous sortir de ce mauvais pas, dit-il en raccompagnant le trio à la porte. Je vous contacterai dès que j'aurai des nouvelles. Nous programmerons l'intervention au plus vite. Il y aura peut-être des rayons et une petite chimio à faire ensuite, la biopsie nous le confirmera, mais je ne suis pas inquiet. En attendant, ménagez-vous, et ne vous angoissez pas. Vous pouvez remercier Luke, cette tumeur a été détectée à un stade précoce, tout ira bien.

Flinch souhaita conserver les examens, il s'occuperait de les faire parvenir à son confrère, pour gagner du temps.

Sur ces paroles apaisantes, il referma la porte de son bureau et alla reprendre place dans son fauteuil. Il rouvrit l'enveloppe et consulta à nouveau les coupes encéphaliques, l'air grave.

*

En fin d'après-midi, Hope reçut un appel de Flinch. Il lui avait obtenu un rendez-vous le lendemain matin avec le professeur Berger dans son service au CHU. Elle ne devait pas se soucier des cours qu'elle manquerait, il confierait à Luke les comptes rendus.

Leur soirée fut la plus normale possible. Hope avait tenu à cuisiner et son plat était immangeable. Pour une fois, Josh n'essaya pas de prétendre le contraire, il jeta à la poubelle ce qui se voulait être un gratin de macaronis et qui d'aspect comme de goût ressemblait à une mélasse de coquillettes. Il prépara une salade et des œufs brouillés qu'ils partagèrent en regardant un vieil épisode de *Friends* sur l'ordinateur portable de Hope.

*

Au matin, ils s'habillèrent, normalement, prirent le bus pour rejoindre le campus, normalement, se dirigèrent normalement vers le bâtiment qui abritait l'amphithéâtre, avant de bifurquer à un croisement d'allées vers le centre hospitalier universitaire. C'est à ce croisement que la normalité ficha le camp.

Ils attendirent une heure dans un couloir blafard. De temps à autre la secrétaire du professeur Berger passait la tête hors de son bureau pour les assurer que leur tour allait bientôt venir. Hope s'était posée sur une chaise en plastique. Elle feuilletait un vieux magazine people et s'étonnait de ne reconnaître aucune des personnalités qui y figuraient et dont les faits et gestes faisaient pourtant l'objet de titres plus sensationnels les uns que les autres. Josh, lui, ne cessait d'arpenter le couloir, jusqu'à ce que Hope lui ordonne de s'asseoir à côté d'elle.

— Est-ce que nous vivons depuis si longtemps coupés du monde ? dit-elle en continuant de tourner les pages. Je n'ai pas la moindre idée de qui sont ces gens, ni des raisons pour lesquelles ils apparaissent dans ce magazine. Tu crois que l'un d'entre eux a découvert le vaccin contre le sida ?

Josh se pencha sur les pages attentivement.

— Je crois que le type en page 4 couchait avec la fille de la page 6 et qu'elle l'a trompé avec celle qui est en page 8 avant de faire son coming out en page 9.

— Ça, c'est de l'actualité ! Tiens, en voilà une qui a droit à une pleine page parce qu'elle s'est fait refaire les seins. Avec mon opération, je mériterais au moins une double page, tu ne trouves pas ?

— Tes seins mériteraient la couverture.

— J'aime que tu sois toujours aussi séduit par mon intelligence, quelque part, ça me rassure.

L'assistante mit un terme à leur conversation, le professeur était prêt à les recevoir.

L'entretien dura à peine un quart d'heure. Le chirurgien expliqua avoir débattu le matin même avec ses confrères de la meilleure stratégie. Tout le monde s'était entendu sur la manière de procéder.

Compte tenu de la localisation de la tumeur, l'intervention se ferait sous anesthésie locale. Hope ne serait endormie que pendant les phases d'ouverture et de fermeture de la calotte crânienne ; le reste du temps, elle serait éveillée. Elle devait pouvoir réagir aux tests qui seraient pratiqués durant l'exérèse. Ce mode opératoire très ancien était tombé en désuétude avec l'arrivée de l'anesthésie, mais dans le cas d'une intervention au cerveau, il présentait de nombreux avantages.

— Il n'y a pas deux cerveaux identiques et leur plasticité est étonnante, expliqua Berger d'une voix sentencieuse. La médecine ne dispose pas d'une cartographie universelle qui nous permette de déterminer l'utilité de telle ou telle zone. Alors avant d'inciser le moindre tissu, nous le stimulons électriquement. Pendant ce temps, nous vous interrogerons, nous vous demanderons d'effectuer quelques mouvements, de faire appel à des souvenirs, de nous parler, ou de procéder à de simples calculs mentaux. Si l'induction électrique vous empêche de répondre correctement, nous marquerons immédiatement la zone à ne pas toucher. Je devine que l'idée d'être éveillée peut être inquiétante, mais vous ne souffrirez pas. Cette technique réduit considérablement les risques de séquelles. Aujourd'hui nous sommes à moins d'un pour cent. Parce que vous êtes recommandée par mon bon ami le professeur Flinch, j'ai réussi à libérer un bloc opératoire samedi matin. Il n'y a aucun intérêt à perdre du temps. Vous entrerez dans mon service la veille, afin que nous procédions à des examens préliminaires. Enfin, et j'en terminerai là, après l'intervention, vos migraines ne seront plus qu'un mauvais souvenir.

Le chirurgien se fendit d'un petit rictus, satisfait de son bon mot, et les salua.

Ils ressortirent hébétés de l'hôpital. Hope n'avait pas beaucoup apprécié le personnage.

Luke les invita chez lui et Hope éprouva une certaine nostalgie en entrant dans l'appartement.

Le loft lui offrait plus d'espace et d'intimité avec Josh, mais elle regrettait parfois les soirées qu'ils avaient vécu dans ce studio. Elle avait aimé être le point d'orgue d'une amitié que Luke et Josh se disputaient, aimé les discussions sans fin qui les menaient parfois jusqu'au bout de la nuit. Elle regrettait l'insouciance d'un temps où elle n'aurait jamais imaginé devoir se faire ouvrir le crâne par un chirurgien aussi prétentieux que Berger.

Luke commanda des pizzas, attrapa trois bières dans le réfrigérateur et ouvrit son ordinateur portable.

— Avant de prendre une décision, nous allons vérifier les états de services de ce chirurgien, dit-il d'un ton qui se voulait rassurant.

Josh regretta de ne pas y avoir pensé le premier, plus encore de se sentir dépassé par les événements et il redouta que Hope s'en rende compte. Il s'approcha de l'écran et pria Luke de le laisser faire. Hope sourit, il lui semblait parfois connaître Josh mieux qu'il ne se connaissait lui-même. Elle s'assit près de lui et lui passa le bras autour de la taille.

— Et si nous regardions cela ensemble, dit-elle, après tout, c'est de ma tête qu'il s'agit.

Vers minuit, Luke sortit deux oreillers et une couverture d'une armoire qu'il posa sur le canapé. Hope et Josh dormiraient là, comme au bon vieux temps, qui finalement n'était pas si vieux que cela.

*

Le lendemain, en rentrant chez elle, Hope s'offrit une douche réparatrice. Le canapé de Luke lui avait éreinté le dos. Alors qu'elle cherchait de quoi s'habiller, une furieuse envie de rangement s'empara d'elle.

Elle commença par trier ses affaires, puis les vêtements de Josh, ceux qu'elle jugeait immettables finirent dans un sac. Elle trouva, sous une pile de T-shirts, une correspondance qu'il avait entretenue avec une de ses ex et alla la mettre en lieu sûr dans la poubelle de la cuisine. Elle repéra les placards à vaisselle et s'attaqua aussitôt à leur réorganisation. Décidée à ne pas s'en tenir là, elle descendit au bazar du coin, et remonta illico avec un seau, un balai épongeur et un bidon de cire.

Gantée de caoutchouc jusqu'aux coudes, elle briquait le parquet quand on sonna à la porte. Josh avait encore dû oublier ses clés.

Elle décida de le faire attendre, le temps que le sol soit sec, mais renonça au troisième coup de sonnette. Elle alla ouvrir la porte et trouva son père sur le palier, une petite valise à la main.

Sam entra sans attendre, posa sa valise, regarda sa fille d'un air qui en disait long et la prit dans ses bras.

— Dis-moi que tu es là parce que Amelia t'a plaqué ! s'exclama Hope.

— Non, nous sommes venus parce que ton père était mort d'inquiétude, répondit Amelia en entrant à son tour. Mais sois tranquille, je ne resterai pas, je l'ai accompagné parce qu'il tremblait tellement en faisant sa valise qu'il n'arrivait même pas à la fermer. J'ai eu peur qu'il ait un accident sur la route de l'aéroport et, arrivée au comptoir d'enregistrement, j'ai eu peur qu'il ait un accident dans l'avion, qu'il se trompe de porte en voulant aller aux toilettes, alors j'ai pris un billet et je suis montée à bord avec lui, parce qu'en vérité moi aussi je suis morte d'inquiétude.

Amelia avait dit tout cela sans reprendre une fois sa respiration. Elle en avait les joues empourprées, ce qui dérida un peu Hope, presque autant que l'idée que son père aurait pu aller faire pipi dans la cabine de pilotage. Elle se détendit davantage en voyant qu'Amelia s'était inquiétée pour lui, plus qu'elle ne l'avait fait elle-même.

— Comment as-tu su ? demanda Hope.

— Qu'est-ce que ça change, grommela Sam. Tu allais te faire opérer sans avoir pris mon avis ? Bon sang, Hope, je suis ton père, et médecin !

— Tu es pédiatre, Papa et je n'ai pas une angine.

Sam lança à sa fille un regard incendiaire.

— Justement, je suis pédiatre, et généraliste ! Et les généralistes n'ont pas l'arrogance des chirurgiens qui ne voient chez leurs patients que de la chair à inciser.

— Sam ! intervint Amelia, calme-toi, ce n'est pas le moment de ressasser ton éternel complexe.

Hope s'amusa de la remarque d'Amelia, qui semblait mieux connaître son père qu'elle ne l'avait imaginé.

— Et vous allez rester en ville jusqu'à l'opération ?

La réponse semblait si évidente que Sam s'abstint de la formuler.

— Comment te sens-tu ? s'inquiéta Amelia.

— Comme je le peux, mais j'irais encore mieux si mon père voulait bien se détendre. S'il continue à faire cette tête, je vais vraiment finir par croire que je suis mourante.

— Tu n'es rien du tout, s'emporta Sam. C'est moi le toubib, alors si je te dis que ce n'est pas grave, ce n'est pas grave !

Hope s'approcha de son père et prit ses deux mains au creux des siennes.

— Papa, le déni de la maladie est un symptôme connu d'une tumeur cérébrale. Mais ce symptôme est censé s'exprimer chez le malade, pas dans la tête de son père.

On entendit un bruit de clé dans la serrure. Josh entra, essoufflé, s'arrêtant net en découvrant la présence de Sam et d'Amelia.

— Surprise ! grommela Hope en levant les yeux au ciel.

— Vous, j'ai deux mots à vous dire, s'écria Sam. Que ma fille soit assez inconséquente pour ne pas appeler son père en pareilles circonstances est une chose, mais que vous ne m'ayez pas contacté, c'est impardonnable.

— Bonjour monsieur, répondit sèchement Josh en ôtant sa veste.

— J'aimerais que tout le monde se calme, j'ai besoin de cela plus que de toute autre chose ! ordonna Hope. Est-ce que vous avez un endroit où dormir ce soir ? demanda-t-elle en s'adressant à Amelia.

Amelia avait pris soin de réserver une chambre dans un hôtel près du CHU. Elle réussit, non sans mal, à convaincre Sam de laisser sa fille se reposer, elle-même était épuisée par le voyage, et obtint de Hope que son père l'accompagne à l'hôpital.

Il y eut des embrassades, timides de la part de Sam, franches de la part d'Amelia qui se fendit d'un clin d'œil à Hope, comme pour lui faire comprendre qu'elle gérerait au mieux les humeurs de son père.

Josh leur appela un taxi et se fit un devoir de les escorter jusqu'au bas de l'immeuble.

Ils attendirent dans le plus grand silence que la voiture arrive.

Amelia s'y engouffra la première. Sam tendit la main à Josh et le remercia de l'avoir appelé, lui assurant que le petit acte qu'il avait joué dans le loft l'innocentait complètement.

Josh le salua à son tour et remonta rejoindre Hope.

Elle l'attendait dans la chambre et éteignit la lumière dès qu'il fut couché. La pâleur orangée des réverbères ne tarda pas à envahir la pièce.

— Il faut croire que l'esprit de corps chez les toubibs prévaut sur le secret médical. J'aurais dû me douter qu'il ne s'en tiendrait pas à me recommander à l'un de ses confrères. Il l'a probablement harcelé jusqu'à ce qu'il lui crache la vérité.

— C'est moi qui l'ai prévenu, Hope. Tu as le droit de m'en vouloir, mais nous ne pouvions pas le tenir à l'écart. Toi qui me parlais d'avoir un fils, tu n'aurais pas tenu à être auprès de lui s'il était malade ?

— Qui a dit que ce serait un garçon ?

— Personne, mais nous aurons un jour un fils, j'en suis certain.

— C'est monstrueusement misogyne. Si tu le veux bien, attendons de savoir si je devrai subir une chimio avant d'envisager la fin du monde. Enfin, je te pardonne quand même.

— Je ne suis pas misogyne du tout.

— Je te pardonne d'avoir appelé mon père, dit-elle en se retournant.

*

Hope fut opérée trois jours plus tard, elle entra au bloc à 8 h 45 du matin. Sam et Josh avaient obtenu l'autorisation, en dépit de l'horaire matinal, d'aller l'embrasser dans sa chambre avant que les brancardiers ne viennent la chercher.

Les néons du couloir défilaient au-dessus d'elle. Elle en dénombra trente-sept et pensa que si elle s'en souvenait à son réveil alors l'opération ne lui aurait pas laissé de séquelles.

Lorsqu'on l'installa sur la table, elle fut saisie par le froid qui régnait au bloc opératoire.

L'anesthésiste lui rappela qu'il ne l'endormirait que pour un court instant ; lorsqu'elle rouvrirait les yeux, elle devrait rester calme, ne penser qu'à obéir aux instructions du chirurgien et s'efforcer de répondre à ses questions. Si elle ne pouvait plus parler, un clignement des paupières signifierait oui, deux non. Tout allait bien se passer, la rassura-t-il, elle était entre les mains du meilleur praticien qu'il connaisse.

Hope n'entendit jamais cette phrase ; pendant qu'il la prononçait l'anesthésiste lui injectait du Propofol et elle perdit connaissance.

Elle ressortit du bloc cinq heures plus tard. Bien qu'elle fût éveillée pendant la plus grande partie de l'intervention, Hope n'en garda qu'un souvenir confus. La seconde phase d'endormissement, alors que le chirurgien refermait sa calotte crânienne, y était certainement pour beaucoup. Hope aurait juré que l'opération n'avait pas duré aussi longtemps. Sa famille, qui avait attendu dans le hall de l'hôpital, aurait juré qu'elle en avait duré le double.

Le professeur Berger n'avait pas menti, la migraine avait disparu, et si Hope se sentait épuisée, elle jugea son état général plutôt satisfaisant.

Josh entra dans la chambre, Hope était coiffée d'un calot blanc en mousseline.

— Trente-sept ! s'exclama-t-elle en le voyant, ce qui inquiéta un peu Josh. C'est juste une façon de te prouver que je ne suis pas gaga, je t'expliquerai.

Josh lui prit la main et lui conseilla de se reposer. Hope se rendormit aussitôt. Il tira le fauteuil qui se trouvait près de la fenêtre pour l'approcher du lit et s'y installa.

Il ne le quitta que deux fois au cours de la journée, la première pour céder sa place à Sam et la seconde quand Luke rendit visite à Hope.

Il déclina l'invitation à dîner de Sam et Amelia et préféra retrouver Luke. Autour d'un plat chinois, Josh lui relata le compte rendu du chirurgien.

La moitié de la tumeur avait pu être enlevée. Tenter d'en ôter plus aurait fait courir à Hope le risque de sérieuses séquelles. Le professeur Berger portait désormais ses espoirs dans les séances de radiations et de chimiothérapie qu'elle devrait subir. La gravité du visage de Sam quand il avait entendu cela laissa présager à Josh que plus rien dorénavant ne serait normal.

Il demanda à Luke s'il pouvait passer la nuit sur le canapé, il se sentait incapable de retourner seul dans le grand loft.

*

Hope resta deux semaines à l'hôpital. Elle avait ordonné à Josh de ne lui rendre visite que l'après-midi. Elle tenait à ce qu'il suive ses cours le matin et reprenne le soir ses travaux au Centre avec Luke. Elle avait également supplié Amelia de ramener son père en Californie. D'autres petites têtes que la sienne devaient souffrir d'angines, de varicelles ou de gastro-entérites. Un bon pédiatre se trouvait au chevet de ses patients et elle n'était plus une enfant.

Sam finit par accepter, une plus longue absence pouvait lui coûter le poste qu'il briguait.

*

Le jour de sa sortie, elle tint à ce que Josh l'emmène faire des courses. Elle ressentait le besoin d'aller se promener dans un endroit plein de vie, et pour cela elle ne connaissait rien de mieux que le mall de l'arsenal où les magasins abondaient.

Elle voulut d'abord qu'il lui offre une casquette. Lorsqu'elle la posa sur son pansement, Josh trouva Hope vraiment belle. Son teint pâle contrastait avec son humeur radieuse.

La journée fut joyeuse, mais parcourir les allées du centre commercial l'avait fatiguée plus que de raison ; avant que l'après-midi ne touche à sa fin Josh décida qu'il était temps de rentrer. Hope insista pour aller manger une glace et rien n'aurait pu la faire changer d'avis.

— Il faudra qu'on lui trouve un prénom.

— À qui ?

— À ma tumeur. Difficile de concevoir que tu vas te battre avec un glioblastome, mais foutre une bonne raclée à une Martha ou à un Tom est plus envisageable, enfin, plus probable si tu préfères.

— Tu as quelque chose contre les Tom ?

— Un en particulier, mais bon, j'aimerais mieux qu'on choisisse un autre prénom.

— Qui était ce Tom ? s'enquit Josh

— Que dirais-tu de Barthélemius ?

— Pas mal, pourquoi Barthélemius ?

— Pour rien, enfin si, je trouve ça crétin et j'aime mieux me friter avec un idiot.

— Il doit y avoir plein de Barthélemius intelligents, enfin, au moins autant que de crétins, mais c'est d'accord, va pour Barthélemius.

— Tu crois que nos prénoms ont une influence sur notre personnalité ?

— Je n'en sais rien, peut-être bien, je trouve que Hope te correspond parfaitement, je ne pourrais pas imaginer de prénom qui te définisse mieux.

— Mouais, question de point de vue, parce que tu m'accorderas qu'en ce qui me concerne, s'appeler Hope par les temps qui courent c'est faire preuve d'un certain sens de l'humour.

— Comment te définis-tu ?

— Ouah, ça, c'est une question profonde ! Comme une fille qui a des jolis seins et une tumeur au cerveau.

— Arrête tout de suite, Hope. Tu ne feras jamais partie des gens que la maladie définit.

Hope réfléchissait à la question que lui avait posée Josh. Elle mordillait sa cuillère en regardant le plafond du centre commercial. La lumière qui traversait la verrière la faisait cligner des yeux. Barthélemius avait pris la fâcheuse habitude de l'éblouir.

— Alors, je me définirais comme une fille de taille insuffisante, un peu farouche et un peu sympathique et qui fréquente un garçon beaucoup trop beau pour elle.

— Moi, je sais que tu vaux mieux que ça et je sais que tu le sais. Tu penses à quoi quand tu te laisses aller ?

— Je ne me laisse jamais aller.

— Hope, tu sais depuis combien de temps nous sommes ensemble ?

— Bon, d'accord ! Je ne vais plus me laisser aller parce que quand je le fais, je pense à Bart. Je crois que ce sera plus facile à prononcer que Barthélemius.

— OK, mais avant que Bart ne soit là ?

— Avant ? Je pensais qu'un jour je rencontrerais un homme comme toi, même si je ne l'imaginais pas comme toi. Je ne l'imaginais pas du tout pour être honnête, mais je rêvais que je vivrais des moments comme ceux que nous passons ensemble.

— Je te parle de toi, Hope, pas de nous, cite-moi quelque chose qui te ressemble, auquel tu t'identifies.

— Tu me jures de ne pas rire ? L'océan.

— OK pour l'océan. Maintenant, tu m'avoues qui était ce Tom ?

— Le premier baiser qui a compté.

— Ah ! lâcha Josh.

— Tu ne vas pas me dire que tu es jaloux du passé ?

— Alors je ne te le dirai pas.

— Mais enfin, Josh, le passé est passé, sans mauvais jeu de mots.

— Tom n'est pas complètement passé, sinon tu n'en aurais pas parlé.

— Lequel de nous deux a dit que les blessures de la vie étaient ce qui laissait entrer la lumière en nous. J'espère que c'est moi parce que je trouve ça assez brillant.

— C'étaient les fêlures, pas les blessures.

— Dommage, ma tête aurait été très éclairée. Je suis sûre qu'une fille t'a brisé le cœur avant que tu me rencontres. Quel homme aurait ta sensibilité si une histoire d'amour ne l'avait pas fait souffrir ? Les plans d'origine chez les garçons sont bien trop imparfaits, il a forcément fallu que tu te reconstruises.

— Brenda…, lâcha Josh.

— Je ne te crois pas !

— Puisque je te le dis.

— Je ne te crois toujours pas.

— Enfin Hope, je t'ai juré de ne jamais te mentir.

— Ne plus jamais me mentir, parce que tu l'as fait une fois, alors le plus jamais est indispensable, sinon ce serait encore un petit mensonge.

— D'accord, plus jamais.

— Tu es vraiment sorti avec une Brenda ?

— Vraiment.

— Mince alors, comment peut-on faire un truc pareil ? Dis-moi qu'elle était d'une intelligence qui dépassait l'entendement.

— Tu ne serais pas jalouse du passé ?

*

Hope commença son traitement au début du mois suivant. Sam fit un aller-retour pour voir sa fille à la fin de la chimiothérapie. Elle était amaigrie, mais Bart aussi avait perdu du poids et le professeur Berger était confiant. Une, peut-être deux séries de chimio supplémentaires auraient de bonnes chances d'assurer une rémission complète.

Au printemps, Hope se remit à courir avec Josh le long de la rivière. Jour après jour, semaine après semaine elle regagnait des forces que chaque nouvel épisode de traitements mettait à mal. Mais à peine les soins terminés, elle reprenait le chemin des berges, pour ses promenades matinales, puis celui de la fac.

Jour après jour, semaine après semaine, la vie retrouvait son cours… presque normal.

Le soir, dès que Hope s'endormait, Josh rejoignait Luke au Centre. Plus que jamais, les deux amis s'investissaient dans leurs recherches. Leur intégration au sein de la nouvelle équipe portait ses fruits. Une bonne entente régnait, les échanges d'idées fusaient, les travaux progressaient et quelques avancées, « remarquables » pour citer Flinch, avaient été accomplies. Les enregistrements réalisés sur Josh avaient permis de gagner un temps considérable dans la modélisation informatique du cerveau et le projet Neurolink avait apporté à Luke un gain de temps plus considérable encore dans la mise au point du casque neuronal imaginé par Josh.

Début mai, un premier prototype sortit de l'imprimante 3D et les essais pratiqués sur un singe stupéfièrent toute la communauté du Centre. En deux semaines, le casque avait permis de reproduire informatiquement 60 % des connexions du cerveau du primate et l'acquisition des données croissait de façon exponentielle.

Face à de tels résultats, Flinch s'engagea à présenter le projet Neurolink devant la commission d'éthique. Si leur singe cobaye ne montrait aucun désordre comportemental dans les douze mois, il se faisait fort d'obtenir l'autorisation d'expérimenter le casque sur un être humain dès l'an prochain.

Lorsqu'il fit cette annonce, Luke et Josh affichèrent un air de connivence sans même se regarder.

Le lendemain, au cours de la nuit, Luke imprima un second casque qui épousait parfaitement les formes du crâne de Josh.

Dès qu'il fut prêt à fonctionner, Josh commença à l'utiliser et l'expérience se renouvela chaque soir, aussitôt que le dernier membre de l'équipe quittait le labo.

10.

Un soir de juin, Josh eut l'idée d'équiper le terminal du serveur d'une webcam. Luke alla chercher la caméra-micro dans la réserve du Centre. En quelques heures, ils ouvrirent une passerelle dans le programme de Neurolink, espérant qu'ils pourraient communiquer avec lui par ce biais.

Selon leurs estimations, les nombreuses séances effectuées depuis qu'il utilisait le nouveau casque avaient permis de collecter une partie suffisante de la mémoire de Josh pour qu'ils tentent désormais d'accéder à son contenu. En d'autres termes, sauvegarder une quantité phénoménale de données ne servait à rien si on ne pouvait pas les consulter.

Luke avait baptisé cette phase « Restore », nom de code que Josh trouvait aussi pompeux que ridicule.

Lorsque les connexions furent vérifiées, Josh s'installa face au terminal et s'adressa à Neurolink, pour la première fois oralement.

— Bonsoir, dit-il d'une voix hésitante en fixant l'œil de la caméra.

Après un court instant, le mot *Bonsoir* s'inscrivit sur l'écran.

— Tu crois qu'il me répond ou qu'il recopie mes mots ?

— Je n'en sais rien, lâcha Luke.

Neurolink écrivit :

`Mes mots = mes mots.`

— Qu'est-ce qu'il fait ? demanda Josh.

— Je n'en sais rien, répéta Luke.

— Ôte-moi le casque.

— Non, tu seras déconnecté du serveur si je te l'enlève.

— Peut-être, mais je veux savoir si ce qui s'affiche émane de l'ordinateur ou d'un simple écho de ma voix.

— Je doute que l'ordinateur pense, rétorqua Luke.

Josh détacha la lanière du casque et Luke se précipita pour le lui enlever.

— Fais gaffe bon sang, il y a des milliers de connexions, c'est au-delà du fragile. Laisse-moi faire.

Luke posa délicatement le casque sur son socle et reprit place sur le tabouret. Josh se rendit compte qu'il était aussi nerveux que lui. Chacun espérait que cette expérience marquerait un tournant dans leurs travaux, un tournant remarquable comme l'aurait certainement dit Flinch s'il avait su ce qui se tramait dans l'un de ses labos. Mais il n'y avait aucun risque qu'il l'apprenne, les deux complices avaient créé une partition dans le serveur à laquelle eux seuls avaient accès.

— Et maintenant ? demanda Luke.

— Tu fais comme moi, tu retiens ton souffle, répondit Josh.

Il se retourna vers la caméra et demanda d'une voix calme :

— Est-ce que tu m'entends ?

Fort et clair.

Le visage de Josh se figea en lisant cela…

L'écran resta inerte avant qu'une étrange équation s'affiche.

[1 + 1 = 1]

— C'est faux, répondit Josh.

[1 + 1 = 1]

— Dans quelle circonstance ? demanda Josh.

[1 + 2 = 2]

— C'est encore faux, 1 et 2 font 3 !

[1 + 2 + 3 = 3]

— Que signifient ces calculs ?

— Neurolink est peut-être en train de tester ses propres connaissances mathématiques ? C'est la première fois qu'il communique, il est très jeune, suggéra Luke.

L'ordinateur effaça ce qui était sur l'écran et inscrivit :

[1 = Josh]

— Il veut peut-être te dire que tu es unique à ses yeux, enfin à son œil, poursuivit Luke un peu moqueur.

[Faux]

— Tu répondais à Luke ? questionna Josh.

[Tu répondais à Luke]

Josh fixa l'écran, songeur. Neurolink avait recopié sa question en négligeant le point d'interrogation. Ce pouvait être une simple erreur de ponctuation, à moins qu'il n'ait fait cette omission délibérément, transformant la question en affirmation. Une idée traversa l'esprit de Josh et il se surprit à hésiter avant de la formuler.

— Qui es-tu ?

Sur l'écran apparut :

`[Qui es-tu ?]`

Cette fois, les deux phrases étaient identiques en tout point.

— Quand il n'est pas incohérent, il se contente de répéter tes paroles, soupira Luke. Ce n'est pas très probant comme résultat. Tu aurais dû m'écouter et garder le casque.

`[2 = Hope]`

— Tu connais Hope ? demanda Josh, stupéfait.

`[1 + 2 = 2]`

— Je ne comprends pas.

`[3 = Luke]... [1 + 2 + 3 = 3]`

— Définis 4 ?

`[Fort et clair]`

Josh réfléchit à ce que Neurolink venait de formuler.

— Mon père est 4 ?

`[Vrai]`

Josh et Luke se regardèrent abasourdis. Tous deux se sentaient gagnés par l'excitation du chercheur qui devine s'approcher d'une découverte majeure dont il ignore encore la portée.

— Comment as-tu décidé de cette numérotation ? demanda Josh.

`[Comment as-tu décidé de cette numérotation ?!]`

— Et toi, quel chiffre es-tu ?

`[1]`

Josh fixait l'œil de la caméra, tâchant de percer ce que Neurolink voulait lui faire comprendre. Et soudain, ce que Luke n'avait osé espérer dans ses rêves les plus fous, ce pour quoi il avait pris tant de risques, passé tant de nuits dans des salles de laboratoire, sacrifié tous ses loisirs, supporté d'exister dans l'ombre de son meilleur ami, tous ses espoirs nourris de frustrations se virent enfin récompensés quand Neurolink répondit :

`[Je suis toi, Josh]`

Ils comprirent alors le sens des équations que l'ordinateur avait posées. Les chiffres qu'il avait affichés désignaient chacun une personne, selon l'importance qu'elle revêtait aux yeux de Josh.

Josh + Josh était toujours égal à Josh, alors que Josh et Hope formaient bien deux êtres distincts. Plus stupéfiante encore, était la portée de cette conversation. Ce n'était pas une intelligence artificielle évoluant dans les serveurs de Neurolink qui conversait avec Josh, mais Josh qui était en train de communiquer avec un pan de sa conscience.

L'écran s'effaça à nouveau.

— Prouve-le ! s'exclama Josh.

Neurolink resta muet quelques instants, et soudain l'écran s'illumina.

La roue avant d'une bicyclette apparut, son pneu tournait à toute vitesse. Au loin on pouvait voir un homme devant la porte d'un garage que Josh reconnut aussitôt. La roue partit de travers et l'image se renversa. On vit l'homme se précipiter, sa main trapue en attraper une autre, frêle et petite. Son visage s'approcha encore, il avait la mine défaite, puis l'image vira au rouge et disparut subitement.

— C'était l'été de mes cinq ans, murmura Josh, j'avais totalement oublié cette chute, pourtant mémorable. Mon père m'a relevé, il a regardé ma jambe, l'air terrifié, je pissais le sang et j'ai tourné de l'œil. J'ai eu droit à dix points de suture, dit-il en remontant la jambe droite de son pantalon.

Il passa son doigt sur la marque à peine visible d'une vieille cicatrice et Luke surprit l'émotion dans ses yeux.

— Je crois que cela suffit pour ce soir, dit Josh, en éteignant l'écran.

— Tu ne parles à personne de ce qui vient de se passer, et quand je dis à personne, pas même à Hope. Tu m'entends, Josh ?

— Fort et clair, répondit-il d'une voix absente.

*

Sur le chemin du retour, Luke et Josh furent incapables d'échanger un mot. Luke appuya sur l'accélérateur, Josh voyait par la vitre le paysage de la banlieue défiler aussi vite que les pensées dans sa tête.

— J'avais oublié ce visage, finit-il par dire. Je ne me souvenais pas de lui si jeune. Je me demande si les enregistrements s'effectuent dans l'ordre. Ce que nous a montré Neurolink ce soir est l'un de mes premiers souvenirs.

— Ce que nous avons vu ce soir est surtout un truc incroyable, s'exclama Luke, si excité qu'il avait tapé du poing sur le volant en disant cela.

Josh, au contraire, affichait un calme surprenant. Il jeta un œil à l'aiguille du compteur de vitesse.

— Je ne suis pas sûr que tu te rendes bien compte de ce que nous avons fait, je ne sais même pas si j'en mesure moi-même la portée. Nous devrions y réfléchir un peu avant de continuer, dit-il.

— Tu plaisantes ? Ce que nous avons accompli est génial ! Neurolink a restitué cinématographiquement un de tes souvenirs, un pan de ta mémoire que tu n'aurais peut-être jamais revisité sans cela.

— Justement, ça m'a fichu un cafard noir et j'ai ressenti quelque chose de très dérangeant.

— Tu as revu ton paternel avec lequel tu n'es pas en très bons termes, pour ne pas dire aucun. C'est normal que cela te fiche un peu le bourdon.

— Ralentis, Luke, tu vas trop vite. Quand nous nous sommes lancés dans ce projet, notre ambition était de réussir à recopier le contenu de la mémoire d'un individu sur une matrice numérique, mais nous n'avions pas songé à ce que pourrait impliquer le fait d'être plongé dans les abîmes de sa propre mémoire, encore moins que l'ordinateur s'accorderait la liberté d'y pénétrer sans qu'on le lui ait demandé.

— Alors là mon vieux, c'est la soirée des grandes premières. Parce que je vais enfin te démontrer que mon intelligence peut supplanter la tienne. C'est toi qui as instruit le rappel de ce souvenir. Tu as demandé à Neurolink de te prouver quelque chose, et il a obéi à ta commande. Que croyais-tu quand tu fantasmais sur la possibilité de transférer un jour la conscience d'un être humain vers une machine, que l'inconscient ne viendrait pas avec ?

— Mais bordel, Luke, si Neurolink se met à penser à ma place, c'est tout autre chose, tu te rends compte de ce que cela suppose ?

— Tout doux, mon vieux. Un ordinateur ne pense pas, il réfléchit. Ça n'a rien à voir.

— Parce que tu trouves que la façon dont il a communiqué avec nous n'avait rien de conceptuel ?

Une pluie orageuse vint fouetter le pare-brise, le macadam miroitait dans la lumière des phares. La Camaro zigzagua un peu sur l'asphalte et Luke dut s'accrocher au volant pour la maintenir dans l'axe de la route.

— Nous ne le saurons qu'en poursuivant nos expériences, dit-il.

— Non, je suis désolé Luke, pas tout de suite, j'ai besoin d'y réfléchir. Tout ça va trop vite, nous jouons avec le feu.

— Tu voudrais t'arrêter alors que nous touchons du doigt ce à quoi nous rêvons tous les deux depuis des années ? Parce que tu as eu un petit coup de blues en revoyant la tête de ton père ? Tu trouves ça scientifique comme démarche ? Quel chercheur digne de ce nom n'a pas eu d'appréhensions en approchant de son but ? Est-ce que la médecine génétique, le clonage, l'intelligence artificielle n'ont pas suscité des peurs ?

— Probablement, mais je te le répète, ce que j'ai vécu tout à l'heure était dérangeant, je me suis confronté à une machine qui jouait avec ma conscience pour m'instrumentaliser.

— C'est toi qui vas trop vite. Pour l'instant, nous avons seulement revisité une séquence de mémoire, il est beaucoup trop tôt pour invoquer une quelconque forme de conscience.

— Ralentis bon sang, tu vas finir par nous tuer.

Luke bifurqua sur la bretelle de sortie. Quelques minutes plus tard, la voiture se rangea au pied du loft. Josh en descendit et s'en alla sans saluer son ami.

Luke, songeur, le regarda entrer dans l'immeuble. Sa réaction l'exaspérait et il décida de faire un détour avant de rentrer chez lui.

Il abandonna sa voiture sur le parking du campus et courut sous la pluie vers le bâtiment des enseignants. Il en détenait une clé depuis qu'il avait été nommé assistant.

Il parcourut le couloir, entra dans le bureau de Flinch et s'installa sur son fauteuil. Puis il ouvrit un tiroir, attrapa une feuille de papier, rédigea un petit mot et le glissa dans une enveloppe qu'il laissa en évidence.

*

Une nuit et une journée auprès de Hope l'avaient aidé à mettre de l'ordre dans ses idées. Le lendemain soir, Josh reprit le chemin du Centre… et ses expériences.

Il réussit à convaincre Luke de ne plus communiquer avec Neurolink pendant un certain temps. Luke s'y résolut à contrecœur et déconnecta la webcam.

Un soir, Flinch entra dans leur labo à une heure où les autres chercheurs s'en étaient allés depuis longtemps.

Josh n'eut pas le temps d'ôter le casque et Flinch le considéra d'un air circonspect.

— Ainsi accoutré, vous avez presque l'apparence d'un singe, mon ami, dit-il un rictus aux lèvres.

Josh défit la lanière et Luke alla poser le casque sur son socle.

— Vous pensiez quoi ? tonna Flinch.

— Nous ne pensions rien, monsieur, répondit Josh d'une voix confuse.

— C'est bien ce que je vous reproche. Avez-vous une idée du coût des équipements qui sont mis à votre disposition ? Je devine que non. Et vous vous êtes dit que ce n'étaient là que des jouets que des personnes bienveillantes, mais irresponsables, mettaient à la disposition de gamins encore plus irresponsables ?

— Non, pas exactement, souffla Josh.

Luke rangeait les équipements dans le plus grand silence, comme si ça le mettait à l'abri du savon que Flinch était en train de leur passer.

— J'avais pourtant proscrit formellement l'usage de Neurolink sur un être humain, alors maintenant que vous avez retrouvé une apparence normale, je vous le demande, êtes-vous un singe ? Fermez ce labo à clé et rejoignez-moi dehors, ordonna Flinch en sortant.

Luke et Josh, sans un mot, se hâtèrent vers le parking, restant circonspects jusqu'à ce qu'un coup de klaxon attire leur attention.

Flinch les attendait à bord de sa voiture, une Cadillac Sedan aux chromes et cuirs rutilants. Ils l'aperçurent derrière son pare-brise leur faisant signe de monter. Luke s'installa à l'arrière, laissant à Josh la place du mort.

Le professeur démarra et parcourut deux kilomètres avant de se ranger sur le bas-côté d'une route déserte. Il se pencha pour ouvrir la boîte à gants, y passa la main et attrapa un paquet de cigarettes.

— Sortons, dit-il, je ne suis pas censé fumer.

La route longeait des champs qui s'étendaient à perte de vue.

— Que faisons-nous ici ? se hasarda Josh.

— Ça ne se voit pas ? Nous prenons l'air.

D'un léger coup de pied, Luke fit comprendre à Josh de s'en tenir là. Flinch n'en avait pas fini avec son sermon et s'il avait souhaité les conduire à l'écart du Centre, c'est qu'il devait avoir ses raisons.

— Ce que vous avez accompli est remarquable, et terrifiant, dit-il en exhalant une longue volute de fumée. Il va de soi que personne ne doit être au courant. Je vous prierai de prendre les mesures nécessaires pour protéger plus consciencieusement votre banque de données personnelle. Doit-on appeler ainsi le clone de votre cerveau, je m'interroge ? Enfin, qu'importe, procédez de façon à ce que personne d'autre que vous, et moi, n'en soupçonne l'existence. Si j'ai pu déceler vos manigances dans nos serveurs, d'autres pourraient aussi les découvrir et je préférerais que ce ne soit pas le cas. Nul n'est en mesure aujourd'hui d'imaginer les réactions de notre conseil de surveillance. Moi-même je n'arrive pas à savoir si j'admire cette incroyable percée scientifique ou si je la désapprouve.

— Qu'attendez-vous de nous exactement ? demanda Luke.

— Ignorant tout de vos projets, je ne vois pas comment je pourrais répondre à cette question, que vous ne m'avez d'ailleurs pas posée. J'ose imaginer que vous êtes assez fous pour poursuivre vos expériences. Le contraire me décevrait grandement. Vous vous êtes approchés si près de l'essence de la vie que vous avez peut-être réussi à la saisir, mais n'allez surtout pas croire que vous l'avez comprise. Capturer un animal sauvage est une chose, présager la façon dont il se comportera en est une autre, et le domestiquer une troisième. Dois-je vous rappeler les peurs que suscite encore l'intelligence artificielle, alors imaginez la panique si l'on apprenait que deux apprentis sorciers viennent d'en doter une d'une conscience humaine. Et soyez très prudents, car vous n'avez pas la moindre idée de la façon dont elle évoluera.

— Comment avez-vous trouvé notre partition dans le serveur ? questionna Josh.

— Demandez-vous plutôt comment la dissimuler aux yeux de tous.

Flinch proposa de leur allouer une unité indépendante réservée au stockage des projets inaboutis. Une sorte de salle d'archives devenue si poussiéreuse au fil du temps que personne n'aurait eu l'idée d'aller y chercher quoi que ce soit. Ils devraient programmer le transfert de leurs données pour qu'il s'effectue entre vingt heures et vingt-trois heures, moment où le réseau informatique était le plus sollicité. Ne disait-on pas que le meilleur moyen de se promener incognito était de se fondre dans la foule ?

Après avoir écrasé sa cigarette, Flinch sortit un petit flacon de solution désinfectante, dont il se frotta les mains avant de retourner à sa voiture.

— Je vous redépose ou vous préférez marcher à travers champs ?

*

Deux semaines plus tard, la totalité des données avait migré dans un serveur où plus personne ne pourrait les repérer, sauf ceux qui en avaient la connaissance. Josh et Luke reprirent leurs expériences. Un soir par semaine, ils s'adonnaient à une séance au cours de laquelle Josh et Neurolink communiquaient. Chaque fois, il en ressortait accablé de fatigue et il lui fallait plusieurs jours pour s'en remettre.

11.

Vint le soir du 4 Juillet. La ville s'était parée de guirlandes et de lampions tricolores. Un peu partout les mâts des lampadaires étaient placardés de réclames vantant les menus des restaurants ou les programmes musicaux des clubs qui célébraient la fête nationale. Mais rien ne pouvait rivaliser avec le concert donné sur la grande esplanade devant la Charles River. Il commençait invariablement à vingt heures pour se terminer deux heures plus tard dans un roulement de tambours qui annonçait le clou des festivités : un immense feu d'artifice, tiré depuis une barge flottante.

Depuis midi on voyait déambuler en ville touristes et citadins auxquels se mêlaient commerçants et notables, souvent vêtus d'étranges tenues qui arboraient fièrement la bannière étoilée de la patrie libérée du joug des Anglais.

Josh avait promis à Hope qu'ils ne manqueraient pas une minute de la fête et dès dix-huit heures ils se joignirent à la foule qui commençait d'envahir l'esplanade.

Les premiers accords de guitare électrique s'élevèrent dans la brise du soir. Le brouhaha des spectateurs fut recouvert par les éclats de la batterie et l'orchestre salué par des applaudissements.

Les quatre amis étaient aux premières loges, à quelques mètres de la scène.

Hope avait convié Kasuko pour que Luke ne fasse pas cavalier seul, espérant secrètement que le courant passe entre eux. Kasuko était aussi studieuse et taciturne que lui et elle refusait de considérer l'attirance des contraires comme une loi de la nature. Cependant, Josh lui fit remarquer que ses deux tourtereaux se tenaient à distance malgré la compacité de la foule.

Le concert durait depuis une bonne heure quand Josh se pencha vers Hope.

— Tu sais danser le rock ? lui hurla-t-il.

— Aussi bien que je cuisine, cria-t-elle.

— C'est impossible, hurla-t-il de plus belle.

Il lui prit la main et la fit tournoyer avant de la ramener à lui.

— C'est facile. Pied gauche légèrement en arrière, pied droit sur place, un chassé vers la gauche, les bras à hauteur des épaules, gauche droite gauche, un chassé vers la droite, on fait une passe et on recommence. Je guide et tu te contentes de suivre.

Hope rit aux éclats et se laissa entraîner. Elle avait accepté de se couvrir de ridicule, mais elle se trouva finalement assez douée. Josh accéléra la cadence, il la fit pivoter sur elle-même, une première fois, puis une deuxième et une troisième en lui décochant un de ses sourires ravageurs.

— Ça tourne, dit-elle en tentant de freiner son ardeur.

— C'est normal, beugla-t-il, c'est un peu l'idée.

— Non, je te jure que ce n'est pas normal, répondit-elle avant de s'effondrer.

Josh se précipita pour la relever et vit qu'elle avait les yeux révulsés. Elle tremblait de tout son corps.

Il tenta de la réanimer, en vain, la prit dans ses bras et la souleva de terre. Ceux qui dansaient près d'eux n'avaient pas remarqué ce qui venait de se passer et Josh peinait à s'extraire de la foule. Il hurla de toutes ses forces pour attirer l'attention des secouristes accoudés aux barrières qui protégeaient la scène, mais la musique couvrait sa voix. À deux rangs devant eux, Luke finit par se retourner et saisit Kasuko par le bras.

Josh continuait d'avancer pas à pas, il avait toutes les peines du monde à se frayer un passage en soutenant le corps de Hope dont la tête retombait en arrière. Le sang de Kasuko ne fit qu'un tour, elle sortit de sa réserve habituelle et repoussa les spectateurs sans ménagement, entraînant Luke dans son sillage. Dès qu'ils parvinrent à sa hauteur, Luke soulagea Josh du poids de Hope en lui prenant les jambes.

— Plus haut ! hurla Kasuko il faut la maintenir au-dessus de la foule pour que les gens comprennent.

Un secouriste les repéra, il donna des instructions dans son talkie-walkie et deux de ses collègues s'avancèrent pour leur ouvrir un chemin.

Quand ils arrivèrent enfin à s'extraire par le côté de la scène, les secouristes les guidèrent jusqu'à l'ambulance qui les attendait.

On y installa Hope sur une civière, l'ambulancier posa un masque à oxygène sur sa bouche. Son visage, d'une pâleur effrayante, sembla retrouver un peu de sa couleur. Josh grimpa à bord et les portes se refermèrent alors que la sirène retentissait.

Kasuko apprit d'un secouriste que Hope serait évacuée vers les urgences du General Hospital. Elle prit la main de Luke et l'entraîna vers sa voiture.

Les gyrophares de l'ambulance griffaient les rues de leur halo bleu et rouge. Hope recouvrait lentement ses esprits. Josh lui tenait la main, ne la quittant pas des yeux. Il avait les traits si tendus qu'une veine saillait sur son front.

Hope souleva le masque et sourit timidement.

— Sacré danseur, murmura-t-elle. Tu sais y faire avec les débutantes.

Puis elle se pencha en avant et régurgita violemment de la bile.

L'ambulancier la soutint par les épaules. Quand les spasmes cessèrent, il l'aida à se rallonger.

— Nous ne sommes plus très loin, dit-il. Tout va bien se passer.

*

Luke et Kasuko déboulèrent une demi-heure plus tard dans le hall des urgences. Ils trouvèrent Josh assis sur un banc, la tête entre les mains.

— Qu'est-ce qu'ils ont dit ? demanda Luke.

— Rien, ils n'ont encore rien dit, juste qu'il y avait un problème dans son sang. Je leur ai parlé de ses antécédents médicaux, ils vont lui faire passer un scanner, mais ils ne savent pas encore quand.

À six heures du matin, la nouvelle tomba comme un couperet. Bart avait fait son grand retour dans le cerveau de Hope. Il leur avait offert quelques mois de normalité apparente pour mener perfidement sa conquête, les métastases avaient envahi le cervelet.

Berger arriva vers dix heures. Josh, Luke et Kasuko prirent connaissance de son diagnostic à midi.

Hope avait tout au plus six mois à vivre, peut-être moins.

Josh marcha d'un pas automate vers la cabine téléphonique avant de se souvenir en cherchant de la monnaie dans sa poche qu'il avait un portable.

Alors, se raccrochant comme à une bouée de sauvetage à la promesse qu'il avait faite un soir, il appela Amelia en Californie.

*

Des heures plus tard, une infirmière vint le chercher, on lui accordait enfin la permission de rendre visite à Hope et il pensa que même dans l'antichambre du néant l'homme trouvait encore le moyen d'imposer des règlements.

Josh la remercia poliment, après tout, ce n'était pas de la faute de cette infirmière s'il avait passé la nuit et la matinée à arpenter une salle des pas perdus.

Il poussa la porte et entra, un sourire cousu aux lèvres et l'estomac noué.

Hope lui retourna son sourire. Elle était bardée de tubes qui lui entraient dans les bras, de fils qui couraient sur sa poitrine, mais sous ces équipements de survie, c'était bien sa Hope qu'il voyait, sa Hope qui venait de lui jouer un sale tour.

Elle lui fit signe de s'approcher du lit.

— Tu devrais pouvoir poser tes fesses ici, il reste encore un peu de place entre le fil vert et le fil bleu, mais fais attention à ne pas sectionner le rouge, sinon j'explose.

Elle avait trouvé le moyen d'être drôle, politesse exquise, pensa Josh.

Elle lui caressa la joue et l'attira vers elle par le menton pour qu'il l'embrasse. Ses lèvres étaient desséchées, mais elles avaient gardé le goût voluptueux de leurs premiers baisers.

— Ne t'en fais pas, je sais déjà. Bart est un gros salopard sournois.

— Le médecin est passé te voir ? demanda Josh.

— Non, c'est moi qui lui ai rendu visite. Il y a quinze jours, les migraines sont revenues. Alors je suis allée faire un scan pour me rassurer. J'ai été très courageuse, tu sais. Enfin, je n'ai pas eu vraiment le choix, le radiologue m'a fait clairement comprendre qu'il n'était pas question qu'il me tienne par le pied pendant l'examen. Je lui avais pourtant dit que j'étais prête à garder mes chaussettes, mais c'est horriblement têtu les radiologues. Je sais que tu vas me haïr de te l'avoir caché. Je voulais un petit supplément de normalité. Je pensais que ça durerait plus longtemps. Je te demande pardon de t'avoir menti. Je ne le ferai plus.

— Plus jamais ?

— Plus jamais.

— D'accord, alors nous sommes quittes, lâcha Josh.

— En fait non, dit Hope en faisant un peu la moue. Je m'apprêtais à dire la même chose, mais venant de toi, et dans les circonstances actuelles… je ne suis pas sûre finalement.

— Je devrais apprendre à me taire quand j'ai le dessus.

— C'est peine perdue, tu n'as jamais le dessus. Tu as appelé mon père ?

— Oui, dès que j'ai appris…

— Alors, va vite fermer la porte à clé, il est capable d'enjamber le pays et de débarquer à tout moment.

— Les médecins disent que tu ne devrais pas rester à l'hôpital trop longtemps, quelques jours et je te ramènerai à la maison.

— Dans mon état, « pas trop longtemps » est une notion pleine de poésie et de subjectivité. De toute façon, il n'est pas question que je traîne ici. Les petits déjeuners en perfusion, ce n'est pas mon truc, et puis tu l'as dit toi-même, je ne serai pas quelqu'un que la maladie définit. Alors je n'ai aucune raison d'occuper le lit d'un vrai malade, ce serait dégueulasse de ma part.

— En effet, je te le concède.

— Tu comprends, mon Josh, il y a un moment dans tout malheur où la question de la dignité se pose, elle devient même cruciale. Je suis beaucoup trop en colère contre Bart pour laisser quiconque lui accorder plus d'importance qu'à moi.

— Je comprends.

— Arrête de répéter tout ce que je dis, je vais finir par craindre que le cancer du cerveau soit un truc contagieux… Je te disais quelque chose de très important sur le malheur et la dignité. Ah oui, passons sur les douces conneries au sujet de la vie qu'il faudrait prendre chaque jour à bras-le-corps sous prétexte qu'on ne sait jamais combien de temps il nous reste ; moi, je sais. Enfin à quelques semaines près, j'ai ma petite idée, et quand le corps fout le camp, ça change tout, justement. Alors les beaux donneurs de leçons qui t'expliquent comment te réconcilier avec ton karma, je les emmerde – pour rester polie. Je ne veux pas qu'on rende le moindre hommage à Bart, ni maintenant et encore moins après. Les hommages sont pompeux, vides d'intérêt et ils célèbrent les morts là où on devrait célébrer la vie. Voilà, je m'arrête là, mais nos plans à court terme vont être très simples. Tu me ramèneras chez nous, on se fera de bons petits plats, enfin surtout toi, parce que tu connais mon talent pour la cuisine. Nous irons nous promener quand je ne serai pas trop fatiguée, et surtout, surtout, nous allons ignorer Bart. Ce sera ma victoire.

— Nous ferons tout ce que tu voudras.

— Ce que je suis en train de te dire, mon Josh, c'est qu'il n'y aura pas de chimio, pas de rayons, rien qui me rende encore plus malade, rien qui fasse doucement rigoler Bart. S'il me veut, il me prendra debout, pas allongée. C'est clair ?

— Non.

— Comment ça, non ?

— Tu croyais que tu allais me piéger aussi facilement ? Si je t'avais répété que c'était clair, tu m'aurais encore taxé d'avoir une tumeur au cerveau.

Hope réunit toutes ses forces, elle l'attrapa par la nuque et l'embrassa avec passion.

*

Hope quitta l'hôpital le samedi suivant. Sam, qui était arrivé le lendemain du concert (il était interdit de faire référence à l'évanouissement de Hope autrement que par ces mots), avait usé de son pouvoir de médecin pour que sa fille recouvre ses forces chez elle. Il avait signé lui-même une décharge et Josh l'avait rapatriée en ambulance. Dix jours après le « concert » elle commençait à se lever, douze jours et elle se maquillait ; au quinzième elle s'habilla et, comme c'était un dimanche, elle alla se promener en famille dans les allées de la brocante. Ce fut une belle journée.

Sam et Amelia avaient loué un petit appartement en ville. Sam se plaignait de son exiguïté et du bruit que faisaient les voisins. Et pourtant, c'était fou comme cet homme si discret était devenu bruyant. Mais chaque fois qu'il pestait, Hope avait l'impression de se sentir mieux.

Un soir elle l'invita à dîner, un tête-à-tête entre un père et sa fille.

Sam l'avait conduite dans un restaurant italien, celui qu'elle préférait. Le décor était suranné, mais en y mettant du sien, on aurait pu se croire dans l'une de ces trattorias qui bordent les canaux de Venise et que seuls les Vénitiens fréquentent.

Elle choisit un plat de pâtes aux couleurs d'automne, Sam commanda un grand vin, parce qu'en de tels moments l'ivresse était un défi sublime.

Hope lui prit la main et le força à reposer le menu pour qu'il affronte son regard.

— Tu avais raison, dit-elle, les spécialistes sont des médecins beaucoup plus dangereux que les pédiatres.

— Sûrement ! Mais pour être honnête, peut-être avons-nous juste un peu plus de chance avec nos angines et nos varicelles.

— Ne dis pas cela. J'ai entendu parler de varicelles mortelles et d'angines foudroyantes. Je sais que tu vaux mieux que ça, et je sais que tu le sais. J'ai toujours admiré ton travail et le médecin que tu es. De toute façon, la grandeur d'un toubib n'est pas de soigner, avec toutes vos années d'études, c'est le minimum quand même. Ce qui fait un grand médecin, c'est sa capacité à nous convaincre qu'on va guérir.

— Je ne peux plus faire ça avec toi, Hope, répondit Sam en baissant les yeux.

Hope le resservit de vin et remplit son verre au passage.

— Enfant, j'étais jalouse de tes patients, j'avais l'impression que tu te souciais trop d'eux et pas assez de moi. Tu n'y es pour rien, les filles sont hyper exclusives avec leur père. Il faut que je t'avoue quelque chose. Cette pneumonie que j'avais attrapée quand j'avais treize ans, je crois que je n'y étais pas pour rien.

— Enfin Hope, nous ne sommes pas responsables des maladies qui nous frappent.

— Quand on passe la nuit à la fenêtre, les pieds dans une bassine d'eau glacée, un peu quand même, non ?

— Tu as fait ça ?

Hope hocha la tête.

— Mais pourquoi ?

— Pour faire partie du club de tes patients et que tu restes à mon chevet. Ça a très bien marché d'ailleurs, tu avais fermé ton cabinet pendant trois jours. Je te l'ai dit, les filles sont hyper exclusives avec leur père.

— Je vais rester à ton chevet, tu peux compter sur moi.

— Non, Papa, justement, j'ai grandi. Tu dois aller t'occuper de tes petits malades, ceux que tu peux encore convaincre de guérir, retourner houspiller le personnel de ton hôpital qui doit trouver la vie bien trop calme sans toi, et puis surtout tu dois préserver Amelia.

— Ne dis pas d'âneries. Tu es ma fille, tu passes avant tout.

— C'est toi, l'âne. Tu es en colère depuis si longtemps après Maman de t'avoir abandonné que tu ne sais plus comment être heureux. Tu cherches à te prouver quoi ? Qu'elle était la femme de ta vie ? Elle ne l'est plus. Ce que tu peux me prouver à moi, c'est que tu as été capable de lui survivre, que tu resteras toujours cet homme fort qui est mon père. Laisse Amelia s'installer dans ta vie, épouse-la, c'est quelqu'un de bien, elle te mérite autant que tu la mérites.

Sam se pencha vers Hope et l'embrassa longuement sur le front.

— Tu me dis ça parce que tu es en train de mourir.

— Je t'en prie, Papa, ne me fais pas ressembler encore plus à Maman.

— Tu es son portrait, et la perdre deux fois est au-dessus de mes forces.

— C'est un peu pour cela que je voulais que nous dînions ensemble. Tu sais qui a encore plus peur qu'une jeune femme de mon âge de mourir d'un cancer ? Son père. Et je ne peux pas te voir nourrir cette peur auprès de moi. Ça me rappelle à chaque instant que je suis malade et je veux tout faire pour l'oublier pendant le temps qu'il me reste. Rentre à San Francisco. Quand j'irai vraiment mal, Josh t'appellera.

*

Le lendemain, Josh et Hope accompagnèrent Sam et Amelia à l'aéroport. Sam pleura beaucoup en leur disant au revoir. Amelia rassura Hope, depuis quelque temps Sam pleurait même devant un téléfilm. Elle lui ferait boire de la vodka pendant tout le vol, et le surveillerait de près.

Ils s'embrassèrent avec force et amour. Lorsqu'ils disparurent derrière les portiques de sécurité, Hope poussa un long soupir. Elle prit Josh dans ses bras et, dans un élan de dignité sublime, lui murmura : « Nous sommes enfin seuls. »

12.

Les semaines passèrent. Bart se tenait relativement tranquille. Quelques migraines survenaient sans prévenir, des étourdissements auxquels Hope refusait d'accorder de l'importance. Quand la peur la gagnait, elle se lançait dans des rangements, modifiait la disposition des meubles, ou des bibelots glanés à la brocante. Le soir, dès qu'elle s'endormait, Josh retournait au Centre. Elle le lui avait ordonné, réussissant à le convaincre que l'entendre faire les cent pas dans le loft l'empêchait de se reposer. Or le sommeil était selon son père la meilleure médecine du monde.

Pour Josh, ces moments à l'écart étaient salutaires, il y puisait des forces qui lui faisaient parfois défaut.

Luke avait la délicatesse de ne lui poser d'autres questions que de simple courtoisie. À un « Comment ça va ? » il se contentait de répondre « Plutôt bien ». On s'en tenait là, par pudeur, par crainte aussi de réveiller Bart en l'évoquant.

Une nuit où la migraine fut trop violente, Hope se rendit à l'hôpital. Elle n'avait pas pu joindre Josh, le Centre étant coupé de tout, et elle trouva le courage de prendre seule un taxi.

Si elle en avait été capable, pensa-t-elle assise sur la banquette arrière, c'est que Bart aurait encore du mal à se donner avant d'en découdre avec elle.

En rentrant, Josh trouva un petit mot sur un sandwich qu'elle lui avait laissé dans le réfrigérateur.

Il appela aussitôt Luke qui l'avait déposé quelques instants plus tôt. Luke fit demi-tour et le conduisit au chevet de Hope.

Cette fois, le séjour fut de courte durée, Hope ne dormit que deux nuits à l'hôpital, si on pouvait appeler ça dormir. Elle tint tête aux médecins, refusant toujours le moindre traitement à long terme, parce que le long terme n'avait plus aucun sens.

Les semaines continuèrent de filer. Il y eut des moments vides et des moments de panique. Josh avait horreur des silences parce qu'ils faisaient pousser les regrets comme autant de fleurs fanées avant d'avoir vécu. Leurs conversations fouillaient les greniers de leurs vies et des bribes de bonheur finissaient toujours par surgir des cartons poussiéreux de leur mémoire.

Hope gardait le sourire comme un habit de dignité, précieux et rare en de telles circonstances. Elle ne l'ôtait même pas pour s'endormir et ne le perdait qu'au milieu de la nuit quand une insomnie avait gagné la bataille et qu'elle se sentait nue.

Mais au matin, dès qu'elle souriait à nouveau, la vie reprenait des forces.

Sam avait envoyé de l'argent à Josh, pour que sa fille ne manque de rien. Josh avait retourné le chèque le jour même où il l'avait reçu. Hope ne manquait de rien puisqu'il était là.

Quand septembre arriva, Hope ne reprit pas les cours. Bart l'obligeait à dormir de plus en plus tard.

En quittant l'amphithéâtre, Josh sautait sur sa bicyclette et pédalait à perdre haleine pour la rejoindre. Ils déjeunaient tous les jours ensemble. Si Hope était en forme, elle s'asseyait en amazone sur le porte-bagages et Josh la conduisait en ville. Ils s'installaient à une terrasse où il imitait Flinch durant son cours magistral du matin. Hope raffolait de ces moments. Au retour, ils prenaient le bus et Josh y chargeait son vélo.

Un jour d'octobre, Hope, qui avait de moins en moins d'appétit, manifesta une envie de fruits de mer. Depuis quelque temps, elle se sentait avide de sel, Bart avait ses gourmandises et il fallait les satisfaire pour prévenir ses caprices.

Josh loua un break. Luke avait proposé de lui prêter sa Camaro, mais l'habitacle était trop étroit pour que Hope puisse s'allonger au cours du voyage.

Il prépara une petite valise, résista à toutes les injonctions de Hope pour lui faire avouer où il l'emmenait, et ne succomba même pas à la promesse d'une séance de strip-tease s'il crachait le morceau. En rangeant ses affaires, elle remarqua que les étagères s'étaient dégarnies de quelques-uns des objets chinés à la brocante. Elle interrogea Josh qui resta évasif.

Ils prirent la route en fin de matinée et mirent cap au sud.

Hope ne découvrit leur destination que lorsque la voiture entra dans Cape Cod pour s'engager sur le ferry qui effectuait la navette vers Nantucket.

La traversée allait durer trois heures et Hope ne tarda pas à avoir un peu la nausée.

— J'ai toujours eu le mal de mer, jura-t-elle avant que Josh ne s'inquiète.

Ils quittèrent la cabine et s'enivrèrent de l'air marin qui fouettait les coursives. Hope regardait s'éloigner la côte, elle agita la main pour saluer Bart, elle avait décidé de toutes ses forces de l'abandonner comme une vieille chaussette sur le quai.

Au loin, les bancs de mouettes pirouettaient au ras des flots, si minuscules qu'on aurait cru voir des pétales de fleur de cerisier quand ils virevoltent par centaines emportés par la brise sur les eaux calmes de la Charles River.

Nantucket était une île magnifique, encore plus belle que Hope ne l'avait imaginée. Josh leur avait réservé une chambre dans un cottage sur le port. Hope avait déclaré que ses pilotis plantés dans l'eau lui donnaient un air paresseux.

Ils posèrent leurs bagages et repartirent après avoir consulté studieusement autour d'une tasse de thé un dépliant emprunté à la réception.

Hope tenait absolument à visiter les trois phares de l'île et ils en prirent les chemins sans tarder. Son préféré fut celui de Brant Point, à cause de sa belle coursive en bois et parce que lui aussi était en bois, assez court sur pattes, pas prétentieux du tout et qu'il avait de l'allure. Elle le trouvait moins solitaire que celui de Sankat avec sa bande rouge. Quant au troisième, celui de Great Point, il lui parut le moins gracieux, à cause de son embonpoint et de sa paroi grumeleuse.

À la fin de l'après-midi, ils s'installèrent dans un pub, au plus loin d'une estrade où se produisait un orchestre de jazz dont la renommée ne franchirait jamais ces murs.

Josh commanda une bière et Hope se demanda si Bart verrait un inconvénient à ce qu'elle fasse de même. En son absence, elle décida de s'accorder un écart de conduite qu'elle estimait bien mérité.

L'orchestre se mit à jouer « *I Will Still Be Dead* », ce qui fit sourire Hope. En faisant preuve d'un tout petit peu de bonne volonté, on peut voir de l'humour partout.

— Tu crois à une vie après la mort ? questionna-t-elle pendant que le chanteur tentait une percée hasardeuse vers les aigus pour entamer son refrain, répétant inlassablement « Et je serai toujours mort ».

— Oui, certains jours quand j'en ai vraiment peur.

— Tu as peur de la mort ?

— J'ai peur de la tienne, répondit Josh, fidèle à sa promesse de dire toujours la vérité.

— Soyons clairs, je vais mourir, mon Josh. Au moins j'aurai un avantage sur toi, s'il y a vraiment une vie après la mort, je la commencerai très jeune alors que toi, tu y entreras en claudiquant comme un vieillard.

— Pourquoi devrais-je mourir très vieux ?

— Parce que la vie est belle et que je te l'ordonne.

— On a dit pas de mensonge, je te le rappelle. Aussi, je suis au regret de t'informer que quand tu ne seras plus là, la vie sera dégueulasse et que je n'aurai aucune envie de t'obéir.

— Tu le feras quand même, et je t'interdis de penser à de telles choses pendant que nous sommes ici, tu m'entends ?

— Fort et clair.

Hope avala une grande gorgée de bière en faisant une petite prière pour que le chanteur s'écroule, victime d'un infarctus massif avant la fin de sa chanson. Quoiqu'un claquage des cordes vocales lui aurait suffi.

— Il faudra que tu ailles le voir, tu sais, dit-elle en posant ses yeux sur Josh. Bientôt, ton père sera ta seule famille. Tu feras le premier pas, c'est le plus dur, les autres suivent sans que l'on s'en rende compte.

— Tu ne viens pas de dire qu'il était interdit de penser à ça pendant que nous sommes ici ?

— D'accord, répondit Hope, dès que cette chanson sera terminée. S'il reprend encore une fois son refrain, tu vas assister à un lancer de chope de bière mémorable. Tu as fait des plans pour ce soir ?

— Un restaurant de fruits de mer, tu en as toujours envie ?

— Pour ne plus entendre ce type, je pourrais manger un crabe dans sa carapace.

Ils retournèrent au cottage en traversant le village à pied. Au bout de la rue, on devinait la plage. Hope aurait voulu être en juin, Bart n'avait alors pas encore annoncé son retour et le coucher de soleil serait encore à venir. Puis elle se ravisa en pensant qu'un ciel rougeoyant au-dessus d'une plage dorée aurait fait horriblement carte postale, et rien de ce voyage à Nantucket, pas la moindre seconde, ne devait être cliché.

« Vive l'automne », s'exclama solennellement Hope et elle embrassa aussitôt Josh sur la joue pour le rassurer.

— T'inquiète pas, mon Josh, c'est juste un truc entre moi et moi.

De retour dans leur chambre, elle ôta ses vêtements et alla se doucher. Elle passa la tête par le rideau pour faire remarquer à Josh qu'il était difficile d'être plus nue qu'elle ne l'était, en d'autres termes, elle lui accordait trente secondes pour la rejoindre, elle l'autorisait même à garder ses chaussettes s'il perdait trop de temps à se débarrasser de son jean.

*

Au moment de sortir, elle se fit la réflexion qu'il aurait tout de même pu passer une veste pour l'emmener dîner en amoureux sur une île. Elle avait bien pensé à emporter une jolie robe noire dans laquelle elle se trouvait plus grande. On dit que le noir allonge la silhouette. Elle l'avait glissée dans son sac, au cas où, on n'est jamais trop prévoyante quand l'homme qu'on aime vous propose de partir en week-end au milieu de la semaine. Aussi, quand elle le vit enfiler son jean et un pull à grosse maille, elle fut un peu déçue.

Josh l'observa dans sa jolie robe noire et lui dit qu'il la trouvait belle et rayonnante.

— Je sais, dit-elle, si tu ne me connaissais pas, tu croirais que je ne suis même pas malade, mais tu me connais, mon Josh.

— On avait dit…

— Oui, on l'avait dit, je suis désolée, c'est à cause de la bière, je dois être un peu pompette et toi aussi pour être habillé aussi élégamment.

— C'est que…, balbutia Josh, l'air un peu penaud, ce serait bien que tu te changes pour quelque chose de plus confortable.

« Confortable » était un mot qu'elle détestait, elle le trouvait ennuyeux au point d'en devenir presque grossier. Quand Kasuko lui avait confié un soir rêver d'une vie confortable avec un homme, elle avait tout de suite pensé à la présenter à Luke.

— Définis-moi « confortable » avant que nous entamions notre première crise existentielle.

Elle aurait pu blâmer Bart de cet excès de mauvaise humeur, mais elle savait très bien qu'il n'y était pour rien. Elle avait envie d'une soirée où Josh aurait, comme elle, fait l'effort d'être élégant.

— Des vêtements dans lesquels tu peux te salir, si tu préfères.

— De mieux en mieux…

— Très bien, dit-elle en faisant passer sa robe au-dessus de sa tête. Une serpillière nouée autour de la taille ferait l'affaire ? Si tu as décidé de m'emmener faire la tournée des bars, je préfère…

— Malheureusement, celui où nous avons bu cette bière qui t'a plutôt réussi est le seul ouvert en cette saison. Est-ce que pour une fois tu pourrais me faire confiance et ne pas poser de question ?

— Tu peux préciser « pour une fois » ? Je suis partie sur une île déserte avec toi et tu as le toupet de prétendre que je ne te fais pas confiance ?

— Il y a six mille habitants sur cette île, on ne peut pas dire qu'elle soit vraiment déserte.

Hope songea que Bart s'était peut-être tout de même un peu immiscé dans cette dispute idiote. Si ce petit vicelard croyait qu'il allait lui pourrir un merveilleux week-end improvisé en plein milieu de la semaine, il aurait intérêt à trouver autre chose. Elle se calma d'un coup, plongea la tête dans son sac et se rappela que son jean et son pull noir étaient au pied du lit. Elle les attrapa du bout de l'orteil et les fit valdinguer en l'air l'un après l'autre en les saisissant habilement.

— Je suppose qu'une touche de maquillage serait superflue ?

— Non, répondit Josh, je n'y vois aucun inconvénient. Je t'attends en bas, je crois que c'est préférable.

Hope descendit l'escalier quelques minutes plus tard, elle prit Josh par le bras, fit comme si leur récente conversation n'avait jamais eu lieu et l'entraîna dehors.

— Alors, mon Josh, dans quel endroit prestigieux m'emmènes-tu dîner ?

Josh ne répondit rien et se contenta d'un sourire en coin.

Il n'y avait pas beaucoup d'établissements ouverts hors saison, encore moins en semaine. Josh n'avait pas ménagé ses peines et quand ils entrèrent en tenue débraillée dans une salle à manger guindée où les rares convives étaient tous endimanchés, Hope pensa que l'air marin avait dû aiguiser chez lui un sérieux goût de la provocation.

Le serveur vint à leur rencontre et se ravisa en faisant un petit signe de tête à Josh avant de repartir aussitôt en cuisine.

Josh patientait calmement. Hope le connaissait trop bien pour ne pas voir qu'il jubilait et elle se demanda pourquoi.

Dix minutes plus tard, le serveur réapparut portant une cagette en bois surmontée d'un sac en papier.

— Votre commande, monsieur, dit le serveur en lui tendant le petit cageot, les roulades sont dans le sac, végétariennes comme vous nous l'avez demandé. Nous avons pris la liberté d'y adjoindre deux parts de notre excellent gâteau maison, elles vous sont offertes bien entendu.

Josh remercia poliment le serveur et indiqua à Hope qu'ils pouvaient s'en aller.

Elle attendit d'être dans la rue pour lui poser la question qui lui brûlait les lèvres.

— Qu'est-ce qu'il y a dans cette boîte ?

— De quoi faire un merveilleux dîner à la belle étoile.

Josh n'en dit pas plus et la guida à travers les ruelles jusqu'au-devant d'un ponton qui avançait sur l'eau.

— Le point de vue là-bas est encore plus beau, dit-il en désignant la plate-forme au bout de la jetée.

Arrivé à l'extrémité du ponton, Josh posa la caisse aux pieds de Hope, sortit un petit couteau de sa poche et déplia la lame avant de le lui tendre.

— À toi l'honneur, dit-il en lui montrant la ficelle qui entourait la cagette.

Hope souleva le couvercle et découvrit dans la boîte six homards vigoureux.

— Qu'est-ce que je t'aime, dit-elle en couvrant les joues de Josh de baisers.

Ils rendirent leur liberté aux crustacés, Hope attribua à chacun un prénom avant de les remettre à l'eau.

Quand la cérémonie fut achevée, Josh alluma les deux bougies qui se trouvaient au fond du sac, les posa sur les serviettes qu'il avait étendues en guise de nappe sur les lattes du ponton et invita Hope à s'asseoir pour que ce dîner à la belle étoile commence enfin.

Les roulades étaient délicieuses, la demi-bouteille de vin californien y passa et il ne resta pas une miette du gâteau au chocolat.

Hope regarda les flots, là où le dernier homard avait disparu dans un tourbillon de bulles. Elle inspira l'air du soir à pleins poumons et prit la main de Josh.

— Jette-moi à la mer, mon Josh. Moi aussi je voudrais avoir une seconde chance.

Le vent du nord emporta son souhait vers le large et Hope se blottit contre Josh.

*

Il était presque midi quand Hope ouvrit les yeux.

Josh était assis dans le fauteuil qui faisait face au lit.

— Qu'est-ce que tu fais là à t'ennuyer tout seul ? demanda-t-elle en s'étirant.

— Je ne m'ennuie pas et je ne suis pas seul, je te regarde.

— Au petit matin ? C'est assez inélégant de faire un truc pareil.

— Il est très tard.

— Peut-être, mais pas pour moi. C'était une soirée magnifique. On en fera d'autres comme celle-là, tu me le promets ?

— Je te le promets.

— Pas de mensonge, tu t'en souviens ?

— Non, pas de mensonge, mais je ne vois pas pourquoi les nuits auraient le monopole du magnifique, alors si tu veux bien extraire ton joli derrière de ces draps, une magnifique journée nous attend.

— J'aime bien quand tu te laisses emporter par des élans de poésie, mon Josh.

Hope n'était pas au bout de ses surprises. Alors qu'ils sortaient du cottage, Josh demanda à la réceptionniste de lui remettre la petite valise qu'il lui avait confiée. Elle se pencha derrière le comptoir et la lui tendit.

— Tu comptes t'en aller sans moi ? demanda Hope.

— Depuis le jour où tu m'as laissé t'embrasser, j'ai toujours eu peur du contraire, répondit Josh.

Et il s'en voulut d'avoir fait cet aveu. Hope n'y prêta pas attention, à moins qu'elle n'ait eu l'élégance de ne pas faire le lien avec le sort qui les attendait.

Josh l'invita à monter dans la voiture et referma la portière derrière elle.

Ils firent le tour de l'île et s'arrêtèrent devant le phare de Brant Point.

— Petit comme il est, il ne doit pas éclairer bien loin, dit-elle.

— Ne te fie pas aux apparences. L'histoire est pavée d'hommes de petite taille qui furent de grandes lumières. C'est vraiment celui-ci ton préféré ?

— Tu vas me l'offrir ? Ce serait formidable de rapporter un vrai phare à la maison.

— Est-ce que c'est bien ton préféré des trois ?

— Mais oui. Maintenant, tu me dis ce que contient cette petite valise ?

— Non. Suis-moi.

À une centaine de mètres du phare de Brant Point s'élèvent trois monticules où foisonnent des bosquets d'hibiscus. Derrière le plus éloigné des trois, une bicoque bâtie en moellons recouverts de chaux affronte courageusement marées et vents depuis des décennies.

Josh se dirigea vers elle d'un pas déterminé.

— Là, j'avoue que je donne ma langue au chat, souffla Hope.

— Assieds-toi ici, lui demanda Josh en désignant un coin où l'herbe semblait douce.

— Qu'est-ce qu'elle contient ? répéta Hope.

— Quelques-uns des bibelots que nous avons chinés ensemble et une lettre que je t'ai écrite.

— Et tu avais besoin de m'emmener jusqu'ici pour me la donner ?

— Tu ne la liras pas maintenant.

— Tu es sûr que tout va bien ?

— Non, mais nous faisons de notre mieux n'est-ce pas ?

— Qu'est-ce que tu me caches ?

— Je sais qu'il y a de grandes chances que tu me prennes pour un fou. Mais je veux croire que tu m'aimes parce que je le suis un peu.

— Entre autres, oui.

— Tu m'as donné tellement d'amour que tu as réussi à faire quelqu'un de moi. Aux réunions des désabusés anonymes, je dirai avoir été sauvé par une femme que je n'imaginais pas. Nous avons été heureux et cela implique certains devoirs à l'égard du bonheur. Au Centre, l'ordinateur m'a enseigné une chose. Quelle que soit l'équation que l'on pose, être deux, c'est annuler les soustractions et les additions. Moins il demeurera de l'un ou de l'autre, plus il restera de nous. Tu l'as dit la première, Bart n'aura pas raison de ton esprit. Je veux bien le jeter à la mer, d'une certaine manière je m'y suis baigné avant toi. J'ai joué au sorcier et je m'en félicite.

— Je ne comprends rien à ce que tu me dis, mon Josh.

— C'est pourtant simple. Nous partirons à la conquête du temps qui sera nécessaire pour trouver comment te soigner. Dans les laboratoires du monde, des chercheurs anonymes s'évertuent à mettre fin au règne de Bart et de ses frères. Ils y arriveront un jour comme ils ont fait taire la variole, la polio et la peste. La vie, la mort ce n'est jamais qu'une question de temps.

Josh révéla à Hope la vérité sur l'expérience qu'il menait. Il lui parla des prouesses de son casque, lui expliqua le projet Neurolink dans les moindres détails. Quelques mois suffiraient pour y copier le contenu de sa mémoire. Ces quelques mois, ils les avaient encore devant eux. La conscience de Hope serait préservée dans le serveur du Centre, et pour qu'elle renaisse vraiment un jour, la cryogénisation de son corps ferait le reste.

Dans un futur qu'il n'imaginait pas si lointain, les progrès accomplis par la science permettraient de la réveiller, de réunir son corps et son esprit. Puisque la mort n'était toujours qu'une question de temps, il n'y avait pas de raison qu'il n'en soit pas de même pour la vie.

Hope considéra la perspective de devenir une Belle au bois dormant dans son caisson d'azote. Aussi fantasque qu'elle lui parût, elle y voyait plus de poésie que de reposer dans un cimetière.

— Et toi mon Josh, pendant ce temps tu vivras et tu vieilliras ?

— Non, puisque je t'attendrai.

— Et cette valise ?

— Nous allons cacher ces objets que nous avons aimés pour que plus tard, tu les retrouves.

Josh sortit le couteau de sa poche et s'agenouilla. Lorsqu'il eut arraché la croûte de terre, il posa le couteau et continua de creuser à mains nues un trou assez profond pour y abriter leurs trésors du dimanche. Il abandonna la valise au fond et Hope se joignit à lui pour la recouvrir.

Leur ardeur à combler cet abîme de tristesse prenait des airs de partition à quatre mains qu'accompagnait le murmure de la mer.

Josh repéra une grosse pierre blanche près du muret. Il lui fallut réunir toutes ses forces pour la soulever avant de la poser au-dessus du trou. Il y grava leurs prénoms avec la lame de son couteau.

— Et si je revenais vraiment un jour et que je ne te trouvais pas ?

— Tu me trouveras, j'en suis sûr, et si ce n'est pas moi, tu me trouveras dans le regard d'un autre, dans son cœur, dans sa jeunesse et tu l'aimeras de toutes les forces que je t'aurai données. Ce sera ton tour de m'offrir un moment d'éternité. Tu lui diras que nous aurons été les premiers assez fous pour avoir fait un pied de nez à la mort et tu riras de nos intelligences. Ce sera la seule et dernière fois que tu lui parleras de moi, après, il faudra que tu lui laisses de la place.

— Tu te rends compte de ce que tu dis ? Ton histoire, mon Josh, c'est l'horizon à l'envers.

— Peut-être, mais crois-moi, il sera plus beau qu'à l'endroit.

Hope promit de réfléchir à son projet, même si elle n'y croyait pas. Mais le regard de Josh mendiait un peu d'espoir et si l'idée qu'il soit encore plus fou qu'elle ne l'avait imaginé n'était pas pour lui déplaire, celle qu'il perde de sa dignité lui était insupportable.

— Rentrons à la maison, dit-elle, j'ai envie de te retrouver chez nous, loin de cette tombe sur cette plage. J'espère que le petit avion en bois que je t'avais offert n'était pas dans cette valise, il m'avait coûté une fortune et je l'aime beaucoup.

*

Ils reprirent le ferry en fin d'après-midi. Saint Cheval et saint Hippopotame s'invitèrent au cours de la traversée. De la coursive, Hope avait repéré le premier, et Josh le second.

Bart avait attendu Hope sur le quai ; il avait dû s'armer de patience en guettant son retour, car dès le soir il lui en fit payer le prix.

Hope se dressa dans son lit au milieu de la nuit en poussant un hurlement terrible. Elle tenait sa tête entre ses mains et Josh eut toutes les peines du monde à lui ramener les bras le long du corps. Il attrapa son téléphone, mais Hope le supplia de ne pas appeler l'hôpital. Elle allait dompter Bart, ce n'était qu'une question de minutes.

La crise dura une heure. Quand Hope cessa de gémir, elle était si épuisée qu'elle se laissa littéralement tomber dans les bras de Josh.

On dit que la vie est parfois dégueulasse, mais Hope trouvait que mourir l'était encore plus.

Elle recouvra un peu de force, se leva et alla s'asseoir dans le salon. Josh lui apporta un verre d'eau et s'installa à côté d'elle. Elle posa sa tête sur son épaule, mentionna brièvement leur discussion sur la plage et lui dit qu'elle était d'accord.

13.

Josh avait passé le reste de la nuit à veiller sur le sommeil de Hope. Au petit matin, il s'était levé et avait emporté ses affaires dans le salon pour s'habiller sans la déranger.

Depuis une demi-heure, il pédalait à travers les chemins de banlieue, fonçant à vive allure vers le centre-ville. Avant de quitter le loft, il avait envoyé un message à Luke, lui demandant de le rejoindre à la cafétéria du campus dès que possible.

Quand il y arriva, Luke l'attendait avec deux cafés et deux pains au chocolat sur la table. Josh lui expliqua son projet.

Dès la fin des cours, Luke se rendit au Centre et créa une nouvelle partition dans le serveur qu'il indexa sous le nom de code « Sleeping Beauty », ce qu'il se garda bien de dire à Josh.

Josh, revenu au loft, consacra l'après-midi à façonner une empreinte du crâne de Hope. Pour qu'elle soit la plus précise possible, il avait eu l'idée de lui recouvrir la tête de plusieurs épaisseurs de papier aluminium qu'il avait modelées jusqu'à ce qu'elles épousent parfaitement ses formes. Les cheveux de Hope étaient si courts que cela lui avait facilité la tâche.

En se regardant dans le miroir ainsi chapeautée, Hope s'était moquée d'elle-même, de Josh aussi, mais il était resté imperturbable et, l'empreinte terminée, il l'avait bourrée de papier journal pour qu'elle ne se déforme pas durant le transport. Il l'avait rangée dans une boîte en carton, et s'était rendu en bus au Centre.

Luke fit un scan de l'empreinte. Au bout de la nuit, le deuxième prototype du casque Neurolink sortait de l'imprimante 3D avant d'être immergé dans un bain de culture cellulaire.

*

Durant les jours qui suivirent, Luke contrôla de près le processus d'interconnexion des récepteurs organiques sur la paroi du casque, veillant habilement à ce qu'il n'y en ait aucun ou très peu qui prolifèrent à l'emplacement où se situait la tumeur.

Josh craignait que les stimulations électriques ne revigorent Bart, qui semblait paresser depuis la dernière grande migraine. Mais plus encore, il redoutait, quand Luke lui proposait de demander son opinion à Flinch, que celui-ci leur interdise de mettre à exécution son projet. Si Flinch découvrait ce qu'ils faisaient, objecta Luke, ce qui selon lui n'était qu'une question de temps compte tenu du nombre de séances nécessaires, il risquait fort de ne pas leur pardonner de lui avoir menti une seconde fois.

Quand Josh lui demanda s'il avait plus peur pour Hope ou pour sa carrière, Luke décida de mettre cette question sur le compte de la fatigue nerveuse et de faire comme s'il n'avait rien entendu.

*

Le lendemain matin, Flinch trouva une note sur son bureau ; une nouvelle réunion se tint le soir sur le bord d'une route. Flinch alluma sa cigarette et inhala plusieurs bouffées, songeur, avant de leur répondre.

— Ce que vous m'apprenez est tout à fait consternant, soyez assurés que j'en suis désolé. Cela étant, je crains que votre projet ne relève de l'utopie.

— Peut-être, mais même en bonne santé il faut beaucoup d'utopie pour vivre, répondit sèchement Josh.

— Ce n'est pas faux, tout comme le fait que le désespoir nous pousse à croire à tout et n'importe quoi.

— Alors le désespoir est une aubaine pour la recherche.

— Ne soyez pas insolent.

— Ce n'est pas moi qui le suis, c'est une tumeur dans le cerveau de la femme que j'aime.

— Vous avez conscience de ce que vous prétendez accomplir ?

— J'essaie.

— Remarquez, il y aurait une certaine élégance à aider quelqu'un dans la situation de votre amie quand on est soi-même condamné.

— Vous êtes malade ? demanda Luke.

— Non, je me contente de vieillir, mais vous verrez qu'à partir d'un certain âge, on ne peut plus faire la différence.

— Je vous supplie de nous laisser faire, professeur, reprit Josh.

— Ah non, pas de ça s'il vous plaît ! Il n'y a pas de place pour les supplications dans la science. Taisez-vous et laissez-moi réfléchir.

Flinch écrasa sa cigarette sous la semelle de son mocassin et en alluma une autre.

— Soit ! Après tout, si c'est son choix… Je parle de la cryogénisation, bien sûr. Quant au reste, puisque j'ignore tout de ce que vous traficotez dans votre laboratoire, et je compte bien rester dans cette ignorance, comment pourrais-je m'y opposer ?

— Alors c'est d'accord ? demanda Josh, les yeux pleins d'espoir.

— Je vais vous donner un conseil précieux. Ne perdez pas le peu de temps que vous avez à poser des questions dont vous connaissez déjà la réponse.

Flinch se tourna vers Luke, comme s'il lui portait soudain plus d'intérêt ou de considération qu'à Josh.

— Quant aux risques que la tumeur puisse être affectée par les ondes électriques, je n'ai jamais entendu parler d'un tel effet au sujet des encéphalogrammes. J'interrogerai discrètement demain un autre de mes très bons amis neurologues, je préfère ne rien dire à Berger. Maintenant, poursuivit Flinch, je vous prierai dans la mesure du possible de ne pas rendre coutumières ces réunions champêtres, non que votre compagnie me soit désagréable, mais si ça continue, je vais finir par me remettre à fumer.

Il jeta sa cigarette au loin, et les invita à remonter dans sa voiture.

*

Les séances quotidiennes débutèrent.

Dès que leur dernier collègue quittait le Centre, Josh prenait la voiture de Luke et fonçait chercher Hope au loft.

Arrivée au labo, elle s'installait sur un fauteuil basculant, piqué dans la salle de repos. Luke ajustait le casque et les enregistrements se poursuivaient tout au long de la nuit. Il arrivait souvent que Hope s'endorme. Luke enregistrait ses rêves, songeant que plus tard, quand Josh reviendrait occuper ce fauteuil, il devrait faire de même, espérant de tout cœur… que ce soit le plus tard possible.

*

À la fin du mois, Hope refusa d'aller passer un scan de contrôle, comme Josh le lui avait suggéré. L'électricité lui faisait du bien, elle avait même l'impression qu'elle atténuait ses migraines. Luke assistait impuissant à la progression irréversible de la tumeur, ses colonies s'étendaient de semaine en semaine et des zones du cerveau de Hope s'obscurcissaient sur l'écran comme les lumières d'une ville s'éteignent, quartier après quartier, les nuits de panne. Il n'en parlait pas à Josh, gardant pour lui cet effrayant constat.

*

Certains jours, Hope ne trouvait plus la force de bouger son corps. D'autres soirs, elle perdait l'équilibre. Il lui semblait que le loft naviguait sur la houle d'une mer furieuse. Elle s'accrochait au premier meuble qui se trouvait près d'elle, s'agenouillait en attendant que la tempête passe, et rêvait à un canot de sauvetage.

*

Elle connut deux belles semaines de répit qui coïncidèrent avec l'arrivée d'un été indien tardif. Hope retrouva le goût du rangement, et un peu d'appétit. Elle avait beaucoup maigri ces derniers temps et décida en se regardant dans le miroir qu'il était urgent de se reprendre en main.

Elle acheta trois livres de recettes à la brocante du dimanche, il n'était jamais trop tard pour se débarrasser d'une tare qu'elle jugeait héréditaire, puisque sa mère, du plus loin qu'elle s'en souvienne, n'avait jamais cuisiné.

Les premiers dîners qu'elle servit à Josh furent improbables, les suivants un peu plus mangeables et finalement, un soir, Josh en redemanda.

Hope refusa qu'il se resserve. Après tout ce qu'elle avait entendu sur ses talents culinaires, elle tenait à garder la dernière portion pour Luke.

*

Le week-end suivant, comme le temps s'y prêtait, elle convia Luke et Kasuko à un pique-nique et passa la matinée à le préparer. Au menu, un cake aux olives, une terrine de légumes, une quiche, une salade colorée et une tarte aux coings. Pour mener à bien ce projet ambitieux, elle s'offrit un livre de recettes de Julie Andrieu, publié juste à point pour la saison. Et le succès que rencontrèrent ses plats dépassa toutes ses espérances.

L'heure de la sieste réparatrice s'annonçait quand Luke posa une question qui laissa tout le monde pantois.

— Après la cryogénisation, tu voudras quand même d'une cérémonie religieuse ?

Kasuko lui balança un magistral coup de pied au mollet, et si Josh avait eu des revolvers à la place des yeux, Luke serait tombé raide mort. Hope les regarda tour à tour et éclata de rire.

— Si la délicatesse devait changer de nom, on pourrait lui donner le tien, dit-elle à Luke. Cela dit, c'est une bonne question, je n'y avais pas songé.

— Vous pouvez m'accuser d'être brutal, mais je sais que Josh sera incapable de prendre ce genre de décision, donc c'est ton père qui la prendra.

— Tu as raison, reconnut Hope, il n'en est pas question, d'autant qu'Amelia pourrait l'influencer. Je crois que le mieux serait que nous allions assister à des obsèques. Depuis celles de ma mère, j'ai eu tendance à fuir les églises et je ne sais plus vraiment à quoi ça ressemble, enfin en vrai, pas comme au cinéma.

— Je trouve ça franchement de mauvais goût, protesta Josh.

— Je ne crois pas que la mort ait bon goût. Un baptême alors ? suggéra Hope.

— Non plus, et puis on ne s'impose pas à un baptême où l'on n'a pas été convié.

— Pas sûr, si on allait expliquer mon cas au prêtre. Je lui ferai part de mes doutes spirituels, et si la cérémonie est pleine de vie il aura gagné une cliente. Donnant-donnant !

— Je ne pense pas que les prêtres aient ton cynisme.

— Alors une messe ! Pas besoin d'un faire-part pour y assister. Et promis, pas un mot au curé, c'est mieux d'ailleurs, il serait capable de mettre les bouchées doubles. Ne fais pas cette tête, je déteste quand tu perds ton humour. Alors, nous sommes d'accord pour une petite messe entre amis dimanche prochain ? Ensuite, on ira s'offrir une bonne pizza.

Josh accepta, non sans avoir gratifié Luke d'un regard incendiaire auquel celui-ci répondit par un simple haussement d'épaules. Il se sentait tout à fait innocent.

*

Le soir, gagnée par la nausée, Hope fut incapable de s'approcher de la cuisine. Le plancher tanguait depuis qu'ils étaient rentrés et la tempête ne semblait pas se calmer.

Elle alla prendre place dans un fauteuil près de la fenêtre, qu'elle entrouvrit, et s'efforça de respirer lentement pour ne pas céder à la panique qui grandissait avec la houle.

Josh s'était assoupi dans le canapé et Hope ne voulait le réveiller à aucun prix. Elle s'accrocha au radiateur et affronta la mer terrible en marin aguerri.

Une heure plus tard, Bart renonça à sa petite séance de torture. Hope récupéra ses esprits, son visage un peu de couleur et elle trouva la force de se lever pour aller se blottir contre Josh. Il ouvrit les yeux et lui sourit.

— Tu as la tête de quelqu'un qui…

— Qui a fait une croisière par jour de mauvais temps, coupa Hope.

— Force 8 ?

— 6, mais c'était déjà pas mal.

Parce qu'elle avait sa fierté, Hope minimisait les assauts de Bart, elle savait très bien que c'était un gros 8 pour ne pas dire un 9.

Josh se leva et alla lui préparer une infusion. Hope ne se faisait aucune illusion quant aux supposées vertus de la potion qu'un acupuncteur lui avait prescrite, mais la décoction à base de gingembre était revigorante et elle lui reconnaissait d'apaiser ses vertiges.

Josh posa la tasse sur la table basse.

— L'indélicatesse dont Luke a fait preuve cet après-midi ! Je n'arrive pas à…

— Guetter la mort n'a rien de délicat, tu sais. C'est comme une insomnie atroce. Tu te retrouves au milieu de ton salon en te demandant ce que tu fais là, le cœur retourné ; il arrive qu'un filet d'urine coule le long de ta jambe sans que tu puisses rien y faire parce que la peur te terrasse. Guetter la mort, c'est devenir orphelin de tout, parce qu'au bout du compte on sait bien qu'on doit mourir seul, autrement ce serait d'un égoïsme terrible, n'est-ce pas ? Chacun se bat à sa manière, Luke est parfois maladroit, mais il fait de son mieux.

— Pourquoi prends-tu toujours sa défense ?

— Parce que rien ne me rassure plus pour ton avenir que votre amitié.

*

Les séances reprirent le lendemain.

La semaine fut supportable. Le mardi, un grain de force 4, donc 6. Mercredi et jeudi, deux migraines successives. Vendredi, un rétrécissement subit du champ de vision de son œil gauche lui colla une sacrée panique avant de s'estomper heureusement au bout de quelques heures. Bart était plein de ressources et Hope se demanda quel serait le prochain tour qu'il lui jouerait.

Sam l'appelait tous les deux jours. La conversation se limitait à un échange de banalités, et dès que son père lui parlait du temps qu'il faisait à San Francisco ou de ce qu'Amelia lui avait préparé la veille à dîner, Hope trouvait un prétexte fumeux pour lui dire qu'elle devait raccrocher. Sam poussait alors un long soupir et lui demandait enfin de ses nouvelles. Ce à quoi elle répondait être au mieux de sa forme, et qu'il ne devait pas s'inquiéter.

*

Un matin, Josh reçut un texto de Hope en plein milieu d'un cours.

> Viens me chercher, je suis chez Alberto, dépêche-toi.

Alberto était le propriétaire de l'épicerie où Hope aimait aller faire ses courses ; depuis qu'elle s'était mise à cuisiner, elle était passée de la catégorie « cliente sympathique et courtoise » à celle de « très bonne cliente très sympathique et courtoise ».

Hope n'achetait pas à Alberto de grandes quantités de nourriture, à cause de ses croisières à répétition, mais depuis que le livre d'une cuisinière française était devenu cultissime pour elle, elle avait le don de débarquer dans sa boutique pour lui demander des épices dont il ignorait jusque-là l'existence. Alberto connaissait l'état de Hope (un jour sa casquette était tombée alors qu'elle rangeait ses provisions dans son panier) et il mettait un point d'honneur à satisfaire toutes ses demandes. Même si pour cela, il lui arrivait de devoir passer des heures sur Internet.

Josh sentit son portable vibrer dans sa poche, lut le message de Hope et se leva précipitamment. Il bouscula les étudiants assis dans sa rangée, s'arrêta devant Luke, lui demanda les clés de sa voiture et quitta l'amphithéâtre en courant.

Il traversa la ville à tombeau ouvert et abandonna la Camaro en double file avant de se précipiter à l'intérieur de l'épicerie.

La sœur d'Alberto s'occupait d'une cliente et lui fit discrètement signe d'aller dans l'arrière-boutique.

Hope était assise sur une chaise, la jambe droite tendue comme une barre de fer, l'épicier se tenait près d'elle, la mine défaite.

— C'est toi, Josh ? demanda-t-elle en hoquetant.

Josh comprit aussitôt.

— Je suis désolée. Je choisissais des asperges, je me suis retournée pour demander à Alberto qu'il me fasse un prix et… et je ne l'ai plus vu, jusqu'à ce que je tourne complètement la tête. Mon œil gauche est aveugle. Ça fait une demi-heure que je suis là comme une conne… et Hope se mit à sangloter sans pouvoir terminer sa phrase.

Josh s'agenouilla et la serra dans ses bras.

— Ne t'inquiète pas, je vais t'emmener…

— Pas à l'hôpital, supplia Hope.

— J'ai tout de suite voulu appeler une ambulance, expliqua Alberto, mais mademoiselle me l'a interdit, alors je l'ai conduite dans ma remise et elle m'a dicté le message que nous vous avons envoyé.

Josh le remercia, aida Hope à se lever et l'amena jusqu'à la voiture. Ils traversèrent le magasin, précédés d'Alberto qui attrapa au passage un bouquet d'asperges et le panier où Hope avait disposé ses achats.

Josh installa Hope sur le siège avant et ne sut quoi faire du panier que lui tendait Alberto.

— Ça ira, tout ira bien, dit-il le sourire triste. Tenez, ne vous inquiétez pas, je mettrais ça sur sa note, et c'est à prix d'ami bien sûr.

Josh le remercia encore, posa les courses sur la banquette et s'installa au volant.

— Ne m'emmène pas à l'hôpital, Josh, je t'en prie.

— Je n'en reviens pas que tu négocies les prix, dit-il en démarrant le moteur.

— Qu'est-ce que tu croyais, c'est l'épicier le plus cher du quartier.

*

Luke reçut un appel de Josh, Flinch reçut un appel de Luke, et le professeur Berger reçut un appel de Flinch.

Hope fut prise en charge dès qu'ils se présentèrent à la réception des urgences ; on lui fit passer un nouveau scan, Josh resta près d'elle pendant tout l'examen, les deux mains accrochées à ses chaussettes, puis Berger les reçut dans son bureau entre deux patients.

— La tumeur a comprimé une partie de votre cortex visuel droit, dit-il.

Il prit une feuille de papier et se mit à faire un croquis du cerveau. Les toubibs ont parfois besoin de se raccrocher à un stylo quand ils ont des informations très importantes à vous communiquer ; ils doivent penser que leurs patients ne comprennent pas le sens des mots, alors ils se sentent obligés de leur faire un dessin. Quand une tumeur est bien dessinée, elle a l'air beaucoup moins méchante qu'en vrai. Ça marche aussi avec d'autres maladies.

— Les nerfs optiques se croisent au niveau du chiasma, poursuivit-il en désignant ce qu'il avait esquissé sur la feuille de papier (un chiasma optique esquissé par le professeur Berger ressemblait à un gros X qui aurait pris une cuite) et donc la moitié des informations que transmet le nerf optique en pâtit. Votre œil gauche est intact, mais…

— Mais mon cortex implose.

— Une partie seulement.

— Combien de temps ? demanda Hope.

— Rien n'implique que cette cécité augmente. Il est même possible que les suintements se résorbent et que votre champ visuel redevienne normal.

— Je vous demandais combien de temps il me reste, reprit Hope d'une voix calme qui glaça Josh.

— Je n'en sais rien, murmura Berger en fixant son beau dessin.

— Il faut que je vous dise pourquoi j'ai accepté que vous m'opériez sans consulter un autre spécialiste. Parce que vous n'êtes pas prévenant, pas du genre à vous embarrasser de mensonges ou de politesses inutiles. Alors si vous me répondez, je n'en sais rien, c'est que vous devez être sacrément inquiet.

Berger échangea un regard avec Josh et comprit qu'il fallait s'en tenir à la vérité.

— La tumeur a beaucoup évolué.

— Et la bonne ? s'enquit Hope non sans ironie.

— La bonne ? s'étonna Berger.

— C'était une façon de vous remercier de m'avoir dit la vérité même si c'est une mauvaise nouvelle, respirez, vous n'êtes pas obligé d'en inventer une bonne.

— Alors, la bonne nouvelle, reprit-il, est que les métastases ne se sont pas répandues dans d'autres organes.

— Génial ! Elles se sentent bien dans mon cerveau, elles doivent le trouver super confortable.

— Peut-être, répondit Berger.

— Combien de temps avant que Bart n'ait ma peau ?

— Bart ?

— C'est le prénom que nous avons donné à la tumeur, expliqua Josh.

Berger hocha la tête comme s'il avait compris l'idée.

— Si nous tentions une nouvelle chimio… peut-être encore quelques mois.

— Et *peut-être* sans cela ?

— Quelques semaines, je vous jure que nous n'en savons pas plus. Chaque cas, enfin chaque être humain est différent. Il ne faut pas perdre complètement espoir.

— Vraiment ? s'étonna Hope, d'un ton arrogant.

— Non, pas vraiment, répondit Berger en triturant son stylo.

Comme il avait l'air d'être à court d'imagination pour lui faire un autre joli dessin, Hope le remercia et se leva. Elle se dirigea vers la porte, manquant de peu de se cogner à une chaise.

— Laisse-moi, je vais m'y habituer, dit-elle à Josh qui voulut l'aider. Ça aussi ce n'est qu'une question de temps. Je n'ai *peut-être* pas encore dit mon dernier mot.

*

Le soir, elle s'affaira en cuisine à préparer un gratin d'asperges, comme si tout était normal, même si elle devait sans cesse tourner la tête pour y voir quelque chose.

Josh dressa le couvert et lorsque Hope déposa son plat au centre de la table, elle lui demanda de l'emmener dès le lendemain à l'institut de cryogénisation. Le moment était venu de préparer l'avenir.

*

Le sous-directeur de Cryogenix les reçut dans une salle de réunion aussi pompeuse que lui. Longue table en bois verni, fauteuils en cuir épais, sol en marbre, et murs dont les boiseries étaient parsemées d'encadrements précieux d'articles scientifiques, de diplômes et certificats. Après leur avoir dit combien il était désolé, et vanté aussitôt les espoirs cryoniques qu'offrait sa société aux personnes dans la situation de Hope, il leur expliqua le déroulement de la procédure de neuropréservation.

Lorsque viendrait le moment – Hope le reprit en l'obligeant à appeler les choses par leur nom –, donc, lorsque les derniers moments de la vie de Hope seraient imminents, il faudrait les contacter sur-le-champ. Une équipe serait dépêchée à l'endroit où Hope se mourrait.

Dès qu'un médecin aurait signé l'acte de décès, les praticiens de Cryogenix la mettraient sous assistance cardioventilatoire afin de restaurer sa circulation sanguine et d'oxygéner son cerveau. Son corps serait transporté sur un matelas de glace vers les locaux de Cryogenix.

Commencerait alors la deuxième phase. On injecterait un anticoagulant dans ses veines, puis une solution de vitrification qui protégerait l'intégrité de ses cellules. Une fois cette étape accomplie, Hope serait placée dans un container où sa température corporelle continuerait d'être abaissée jusqu'à – 196 °C.

— Et la suite n'est qu'une question d'optimisme et de temps, dit-elle sèchement. Une chose m'échappe dans votre raisonnement, comment espérer ramener à la vie ce qui est déjà mort ? En admettant que tout cela fonctionne un jour, et je dis bien en admettant, c'est avant mon décès qu'il faut me congeler, pas après.

— Cela mademoiselle, la loi nous l'interdit formellement, répondit le sous-directeur, outré.

Et pour la rassurer, il lui affirma que de nombreuses expériences avaient prouvé le maintien de l'intégrité des neurones corticaux du rat plusieurs heures après sa mort. Il y avait toutes les bonnes raisons de penser que l'endroit du cerveau où se trouvait le siège de la conscience disposait d'une résilience temporaire post-mortem.

— Et les mauvaises raisons ? demanda Hope.

Le sous-directeur prit un air mi-grave mi-condescendant pour lui répondre par une autre question.

— Quelle autre alternative, hélas ?

Puis, il les informa du coût de la procédure : cinquante mille dollars, une somme que ni Josh ni elle n'avaient et ne pourraient réunir.

Hope tint néanmoins à visiter les installations ; après tout, lorsqu'on choisissait son cercueil, les pompes funèbres vous autorisaient à voir la salle où il serait exposé.

Le sous-directeur leur montra le bloc opératoire et, depuis une vitre, l'entrepôt où se dressait une centaine de silos pénétrés par les tuyaux qui régulaient l'azote liquide. À l'intérieur de chacun de ces silos reposait un homme ou une femme cryogénisé.

Deux mille personnes à travers le pays dormaient ainsi dans l'attente de revenir un jour à la vie, précisa fièrement le sous-directeur.

*

En sortant de chez Cryogenix, Hope proposa à Josh d'aller déguster une bonne glace. Pour rien au monde, elle ne se serait privée d'un bon mot.

Et Josh ne put s'empêcher de sourire.

— Je pourrais appeler ton père et lui demander de m'avancer cette somme ? suggéra-t-il en se garant devant la vitrine de Sunny Days.

— Si l'un de nous doit le lui demander, c'est à moi de le faire, répondit Hope en sortant de la voiture.

Ils s'attablèrent devant deux coupes de yaourt glacé.

— Papa comprendra que l'échéance se rapproche et il prendra le premier avion. Flinch m'avait proposé un salaire quand il m'a recrutée au Centre, je l'avais refusé. Eh bien j'ai changé d'avis, ce genre de décision peut être rétroactif, non ?

— On parle de cinquante mille dollars, Hope, c'est loin de correspondre aux défraiements d'un étudiant.

— Alors c'est à lui que tu devras emprunter cette somme, le Centre en a les moyens, et je peux même lui proposer que Longview soit tuteur de mon corps. Neurolink détiendra déjà les enregistrements de mon cerveau, ne faire que la moitié des choses ne serait pas très scientifique. Et puis reconnais que dans le domaine des recherches improbables, Flinch ne doit pas avoir beaucoup d'étudiants congelés à se mettre sous la dent.

Josh promit de lui en parler le soir même.

— Il y a une chose que je souhaiterais, reprit Hope. Je sais que tu t'y opposeras, mais cela compte beaucoup pour moi. Je pensais vraiment ce que j'ai dit tout à l'heure à ce croque-mort en blouse blanche.

— Qu'est-ce que tu lui as dit ?

— Qu'on ne peut pas espérer ramener à la vie ce qui est mort.

— Il nous a expliqué que ta conscience te survivrait quelques heures…

— Arrête avec ces conneries, personne n'en sait rien et lui non plus. J'ai passé suffisamment de temps à manipuler des molécules pour que tu m'accordes un minimum de crédit.

— Enfin, Hope, on ne va pas te cryogéniser vivante !

— Il arrivera un moment où la vie ne sera plus qu'une apparence… et une question de minutes.

— La loi interdit d'entamer la procédure avant qu'un médecin n'ait attesté de ta mort.

— Je connais des produits pour pallier ça. Un bon cocktail de Vérapamil et de Diltiazem dilatera mes artères et ralentira mon rythme cardiaque au point de le rendre imperceptible. Et puis dans mon état, un toubib se contentera de peu pour constater l'évidence.

— Ne me demande pas de faire ça, Hope, c'est au-dessus de mes forces.

— C'est à Luke que je comptais le demander, mais je voulais t'en informer avant. Quand je sentirai que c'est vraiment la fin, tu appelleras Cryogenix, et juste avant que leur équipe arrive, Luke m'injectera le cocktail. C'est la seule petite chance que ça fonctionne, et encore avouons-nous que cette chance reste improbable.

*

Flinch refusa catégoriquement. Il rappela à Josh sa volonté de rester en dehors de leurs travaux, ce qui était d'une hypocrisie rare puisqu'il épiait sans cesse leurs faits et gestes. Il était sincèrement désolé pour Hope, mais il n'était pas du ressort du Centre de financer la préservation du corps de l'un de ses chercheurs, et encore moins de s'immiscer de quelque façon que ce soit dans leur vie.

Josh lui répondit qu'en asservissant des étudiants avec des crédits qu'ils mettraient des années à rembourser, Longview s'immisçait plus que de raison dans leurs vies. Flinch resta inflexible. Il voulait bien fermer les yeux sur certaines choses, mais il s'en tiendrait là. Il accepta de faire un chèque de cinq mille dollars sur ses deniers personnels pour les mois de collaboration de Hope.

*

La bande se retrouva au loft le week-end suivant. Chacun avait puisé dans le fond de ses poches, et ensemble ils avaient réuni un dixième de la somme nécessaire. Manquaient encore quarante mille dollars.

Entre deux tasses de thé, Kasuko émit l'idée de lancer une chaîne de solidarité sur le Web. Des plates-formes offraient de soumettre un projet personnel à la communauté des internautes, dans l'espoir que de bonnes âmes auraient la générosité d'y contribuer. De jeunes artistes avaient pu ainsi financer une maquette de disque ou un court métrage, d'autres un voyage d'études ou une retraite d'écriture, autant de projets pour se lancer dans la vie, expliqua Kasuko, alors pourquoi pas pour la quitter.

Luke ne put s'empêcher de demander à Hope à quelle époque elle envisageait son réveil. La question n'était pas dénuée d'intérêt, mais il reçut tout de même son coup de pied de Kasuko. Il protesta en ajoutant qu'en matière de résurrection il accordait plus de chance à la stratégie Neurolink qu'à celle de Cryogenix. Et puis le Centre ne leur coûtait rien. Nouveau coup de pied de Kasuko, et Josh réussit à le faire taire en lui rappelant que deux options valaient mieux qu'une.

Kasuko et Hope s'attelèrent à la rédaction du texte, Hope y glissa quelques mots drôles, fit un selfie sans sa casquette et posta l'annonce sur le site de financement participatif.

Puis, bien que Josh ait tenté jusqu'au dernier moment de l'en dissuader, Hope rappela ses troupes pour que tout le monde se dirige vers le parvis de l'église du Cœur Sacré afin d'assister à la messe du dimanche.

Josh, Luke et Kasuko se bousculèrent pour prendre place au dernier rang. Hope, comprenant qu'ils avaient tous l'intention de filer à l'anglaise à la première occasion, alla s'asseoir sous la chaire où officiait frère Sebastian, suppléant du curé qui avait été frappé par la grippe.

Lorsqu'il annonça, littéralement, que père Jesus était cloué sur son lit par une mauvaise fièvre, Hope se mordit les joues pour ne pas rire.

On commença par des chants afin de réunir l'assemblée dans une prière commune, puis frère Sebastian rappela ses paroissiens à leurs devoirs et obligations… « au nom du Père qui êtes aux cieux, du Fils et du Saint-Esprit », dit-il. Il leur parla ensuite de la résurrection et des péchés dont ils devaient faire pénitence.

Alors que frère Sebastian s'accordait une longue et profonde inspiration – culpabiliser toute une assemblée demande d'avoir beaucoup d'air dans ses poumons –, Hope leva le doigt.

Frère Sebastian l'observa fort étonné, c'était bien la première fois qu'une de ses brebis s'aventurait à intervenir au cours d'une messe.

— Ma sœur ? dit-il le regard plein de compassion.

— Mon frère, répondit-elle, pardonnez-moi de vous interrompre, mais si vous communiquez vraiment avec notre Père qui êtes aux cieux, pourriez-vous lui suggérer de redescendre pour venir réparer ce gigantesque bordel qu'Il nous a laissé ? Ça fait deux millénaires qu'Il se la coule douce alors que son œuvre était loin d'être achevée quand Il a pris sa retraite. Dans le désordre, on pourrait évoquer les guerres, les famines, les catastrophes naturelles, les fous furieux, et croyez-moi, ils sont légion parmi les fidèles. C'est bien joli de nous accabler, de condamner nos péchés, mais il faudrait aussi avoir l'honnêteté d'aller au fond des choses. Dieu est bon ? Dieu est juste ? Tellement bon et juste que la moitié de ses disciples s'entre-tuent en son nom. Et vous pourriez demander à votre Père qui êtes aux cieux pourquoi des enfants ou des filles de mon âge ont des tumeurs dans la tête ? C'est trop facile de nous raconter qu'il a ses raisons et que ce n'est pas grave si nous ne les comprenons pas. Eh bien si, c'est grave ! dit-elle en s'emportant. Quelles bonnes raisons justifient que l'on meure avant d'avoir vécu ? Vos Dieux se saoulent dans leur Olympe en buvant notre sang. Alors, allez dire de ma part à notre Père qui êtes aux cieux que quand il croira en moi, je croirai en lui. Amen !

Hope laissa frère Sebastian sans voix, ses paroissiens aussi. On entendit un discret clappement de mains au fond de l'église, à l'endroit où Kasuko applaudissait sous le regard médusé de Luke. Hope quitta son banc et sortit la tête haute.

— Tu as été magistrale, s'exclama Josh en lui ouvrant la portière de la Camaro.

— J'ai été la dernière des connes, mais ça m'a fait un bien fou. Bon, on va la manger, cette pizza, Bart a besoin de glucides.

14.

Soir après soir, Hope enchaînait les séances au Centre. Luke et Josh constataient qu'elle allait chaque fois un peu plus mal. Il n'était plus de jour sans migraine, sans vertige et son champ visuel rétrécissait à vue d'œil.

Début novembre, écrasée par la douleur, elle finit par accepter les médicaments que lui avait prescrits Berger. Le même mois, elle refit deux courts séjours à l'hôpital, et en ressortit épuisée.

En attendant de se rendre au Centre, elle passait la plupart de ses journées à dormir.

Josh renonça à suivre ses cours à la faculté pour demeurer auprès d'elle. Il s'allongeait en travers du lit et lui tenait la main.

Quand elle allait un peu mieux, elle se traînait jusqu'au salon, s'asseyait près de la fenêtre et allumait l'ordinateur de Josh pour regarder à combien s'élevait la collecte. Il manquait trente mille dollars et Hope en déduisit, compte tenu du temps qu'elle estimait lui rester à vivre, qu'elle ne pourrait pas se faire cryogéniser.

Elle allait fermer la page du site une fois pour toutes, mais avant, elle souhaita que Josh poste un dernier message qu'elle lui dicta.

Chers amis inconnus,
Merci de vos nombreux messages d'encouragement, de ces petits mots que vous m'avez envoyés et qui ont éclairé mes journées, votre générosité me touche tant. Vous êtes des êtres incroyables et j'aurais vraiment aimé pouvoir tous vous rencontrer. Mais en y réfléchissant, si je n'étais pas en train de mourir, je n'aurais jamais eu la chance de savoir que vous existiez. Ce qui prouve qu'il y a toujours de belles choses à découvrir, même dans les moments les plus moches.
Je ne serai bientôt plus en mesure de vous donner des nouvelles de Bart comme j'avais pris l'habitude de le faire ces dernières semaines. Depuis quelques jours, il refuse que je me serve de ma jambe et de ma main gauches.
Je me résume à mon seul côté droit, mais Josh me dit que des deux, le droit a toujours été mon meilleur profil. Josh n'est plus du tout lucide, mais il a la gentillesse de taper ce message pour moi, alors je ne peux pas lui en vouloir.
Nous n'avons pas encore atteint notre but, mais comme le dit mon cancérologue : on peut toujours garder espoir. Même si c'est un énorme mensonge de cancérologue.
Je pourrais vous sortir des tas de banalités sur l'importance de profiter de chaque journée que la vie nous offre, mais je vais vous épargner ça. La seule chose de vrai, c'est qu'on se sent en vie tant

qu'on garde la possibilité de s'émerveiller. Moi, ça m'arrive chaque fois que je regarde Josh de mon œil droit. Avant je m'émerveillais des deux yeux, mais je vous assure qu'un seul suffit.
Hier, nous avons regardé les photos que nous avons prises depuis le jour de notre rencontre. Nous les avons fait défiler à l'envers, nous remontions le temps de photo en photo et tout redevenait insouciant. On peut toujours décider de la façon dont on fait face aux coups durs, avec cynisme, colère, résignation, nous avons choisi l'humour.
Vous que je ne connaîtrai jamais autrement que par ces lignes que nous échangeons, je vous garderai toujours dans mon cœur, qu'il soit demain poussière ou glaçon.
Vous êtes des gens formidables et ce fut un privilège de vous avoir comme amis virtuels.
Que la vie vous soit belle.
Votre Hope, pour l'éternité.

*

Le lendemain, Josh ne put s'empêcher de jeter un coup d'œil à l'ordinateur, comme il avait pris l'habitude de le faire en se levant. Il alla aussitôt réveiller Hope et elle n'en crut pas son œil droit en découvrant qu'une donation anonyme avait complété à elle seule la somme réclamée par Cryogenix.

Ils pensèrent d'abord qu'il s'agissait d'une erreur, qu'un donateur s'était trompé en tapant le montant sur son clavier et qu'il ne tarderait pas à demander que l'on corrige sa bévue. Josh appela même la société par laquelle transitaient les fonds, passa des heures au téléphone avant de pouvoir parler à un responsable qui lui confirma qu'une âme incroyablement généreuse avait financé le passeport de Hope pour l'éternité.

Josh acheta un fauteuil roulant et, chaque jour, il emmena Hope se promener dans le quartier. Lorsqu'ils passaient devant la vitrine d'Alberto, l'épicier les saluait de la main.

Un dimanche ils poussèrent la balade jusqu'à la brocante. Hope repéra une petite bague et demanda à Josh de la lui offrir.

Le soir, ils improvisèrent une cérémonie de mariage dans la plus stricte intimité. Luke et Kasuko endossèrent à la perfection leur rôle de témoin. Luke assurait aussi celui d'officier ministériel et il leur fit prononcer leurs vœux.

Hope et Josh les échangèrent en omettant la partie qui stipulait « jusqu'à ce que la mort vous sépare ». Hope avait fait remarquer que compte tenu de sa congélation future, cela engageait Josh pour une durée incommensurable.

Après un long baiser qui scella leur alliance, Hope alla s'allonger sur le canapé et ses amis dînèrent auprès d'elle.

*

Au début du mois de décembre, les premières neiges se mirent à tomber. Hope dut interrompre une séance d'enregistrement, elle avait un mal fou à respirer.

Josh la ramena chez eux et Luke comprit en la voyant partir qu'elle s'était assise pour la dernière fois sur le fauteuil de Neurolink. Après son départ, il rangea le casque dans une armoire et éteignit le terminal, avec l'espoir d'avoir mappé la plus grande partie du cerveau de Hope. Il estimait que la copie correspondait à au moins 80 % de l'original.

*

Le déclin de Hope s'accéléra et les promenades quotidiennes étaient maintenant au-dessus de ses forces.

Elle obligeait Josh à sortir prendre l'air pour se changer les idées. Elle ne supportait plus de le savoir près d'elle à la regarder dormir.

Un soir où elle se sentit un peu mieux, elle le rejoignit alors qu'il dînait seul dans le salon. Elle se déplaça en s'appuyant aux meubles, traînant sa jambe folle comme on tire sur la laisse d'un chien qui refuse d'avancer, et quand Josh voulut se lever pour l'aider elle lui fit signe de rester à table.

Elle s'assit en face de lui et le regarda presque en colère.

— J'ai fait quelque chose de mal ? dit-il en relevant un sourcil.

— De mal non, mais de malsain.

— Si tu parles de ce gratin de pâtes, dit-il en baissant les yeux sur son assiette, je reconnais qu'il y a plus de fromage fondu que de pâtes, mais je suis trop jeune pour me soucier de mon cholestérol.

— Je parle de la tête que tu fais, de cette vie que tu mènes, des journées que tu passes à ne rien faire d'autre que me veiller. C'est ça qui est malsain. Pour toi et pour moi. Tu es en train de servir sur un plateau une double victoire à Bart et je ne te laisserai pas lui faire un tel cadeau. Pas toi, tu m'entends ! Si tu n'y arrives pas, je comprendrais très bien, mais, dans ce cas, prends ta valise et fiche le camp.

— Arrête avec Bart, c'est de nous deux qu'il s'agit. Je fais ce que je veux de mon temps et je ne veux qu'une chose, profiter de toi chaque seconde, sans en perdre une seule, m'emplir de ton odeur, de la chaleur de ta peau, de ton regard, des battements de ton cœur, alors il n'y a pas d'autre endroit au monde où je voudrais être que dans ce lit défait.

— Je ne peux pas te laisser faire ça, mon Josh. Celle qui t'avait brisé le cœur, c'était Brenda la super intelligente. Moi, je veux rester pour toujours celle qui te l'aura rempli d'amour. De tant d'amour que ce que tu sauras le mieux faire dans la vie, ce sera d'aimer. Tu sais, au bout du compte, tout se résume à deux émotions : la peur et l'amour. Après mon départ, quand tu auras été rassasié de peur, tu n'auras d'autre devoir que d'aimer de toutes tes forces, sans relâche, chaque jour qui te reste. Je veux que tu me le promettes, parce que c'est la seule éternité dont je sois certaine. Et lorsqu'il t'arrivera de te disputer avec celle qui me succédera, tu auras une pensée pour moi, tu sauras que je te regarde et que si tu ne vas pas te réconcilier sur-le-champ, je te noierai sous des averses de pluie, parce que j'aurai ce pouvoir, méfie-toi. Emmène-moi jusqu'à la fenêtre, dit-elle, et promets-le-moi devant saint Crocodile.

Josh l'aida et regarda le ciel par-delà la baie vitrée.

— Je crois plutôt que c'est saint Boa, dit-il la gorge serrée.

— Tu es vraiment aveugle, mon Josh. Depuis quand les serpents ont-ils des pattes ?

Un stratus filiforme passait devant la lune.

— Demain, reprit-elle, il faudra que tu appelles Amelia. Je voudrais revoir mon père.

*

Sam prit le vol de nuit qui traversait le pays d'ouest en est. Quand il sonna à la porte du loft, Hope pria Josh de les laisser seuls, mais de ne pas s'éloigner trop longtemps.

Josh se rendit d'un pas mécanique jusqu'à l'épicerie. Alberto le fit entrer dans sa remise et lui offrit un café.

Il repartit un peu plus tard sillonner les rues de leur quartier et s'arrêta devant la vitrine d'un magasin. Les yeux rivés sur un pull-over bleu ciel, il imagina Hope l'essayer, se regarder dans la glace avec un air faussement inquiet et lui demander s'il n'était pas un peu trop cher.

Le bonheur se résume finalement à de toutes petites choses.

*

Sam l'attendait en bas de chez lui, son taxi était garé en double file.

Les deux hommes échangèrent un regard.

— Mendier pour enregistrer un disque passe encore, protesta Sam, mais pour ce que vous vous êtes mis tous les deux en tête, c'est indécent. J'ai eu envie de vous casser la figure. Hope me l'a interdit. Vous savez que tout ça n'est qu'une gigantesque foutaise. La science est encore à des années-lumière de ce que ces sociétés de cryogénisation prétendent possible.

Vous m'avez privé du droit de venir me recueillir sur la tombe de mon enfant, ôté l'espoir de faire un jour son deuil, si tant est que cet espoir existe. Savoir qu'elle reposera dans un caisson sera pour moi une torture quotidienne, parce que c'est contre-nature. Nous devons tous mourir un jour. Et même en admettant qu'elle se réveille dans un futur lointain, quelle part d'elle reviendra et qui sera encore là pour elle ? Vous l'êtes-vous seulement demandé ? Vous comprenez dans votre égoïsme que de telles questions laissées sans réponses soient terrifiantes pour un père ? Enfin, soupira-t-il, c'est ce qu'elle voulait, je ne peux que respecter sa volonté, c'est sa vie après tout. On élève nos enfants en leur donnant tout notre amour, sachant qu'un jour viendra où ils vous quitteront, qu'il faudra les laisser partir et se réjouir qu'ils fassent d'autres choix que les vôtres. Preuve douce et amère que nous aurons réussi à les rendre adultes et autonomes. En même temps, je vous avoue humblement avoir cru toute ma vie qu'être adulte c'était savoir ce que l'on veut et ce à quoi on croit, aujourd'hui je ne veux plus rien et je ne crois plus à rien.

Sam se tut, il hésita, se sentant maladroit, et finit par serrer Josh dans ses bras.

— Merci de lui avoir donné ce dont j'étais incapable. Nous garderons quelque chose de précieux en commun, l'amour que nous portons à Hope, il est immense, n'est-ce pas.

Sam s'éloigna sans lui dire au revoir.

— Vous ne restez pas ?

— Non, elle me l'a interdit aussi, elle veut être seule avec vous. C'est probablement mieux ainsi. Je reviendrai quand tout sera fini.

Le père de Hope monta dans son taxi et Josh l'appela une dernière fois.

— Sam, la donation, c'était vous ?

— Non, c'était Amelia, répondit-il en tournant la tête.

La voiture disparut au coin de la rue.

*

Josh remonta l'escalier. Luke était déjà là, il l'attendait dans le fauteuil.

Hope, allongée sur le lit, n'arrivait presque plus à respirer, ses poumons sifflaient à chaque inspiration.

Il s'assit près d'elle, lui prit la main et caressa ses doigts. Puis il retourna vers la fenêtre.

Son regard se perdait à travers la vitre vers les façades de brique du quartier où Hope et lui s'étaient installés un an plus tôt. Un scintillement de lumières bleues et rouges apparut sur l'avenue déserte illuminant la pièce alors que la fourgonnette s'immobilisait devant la porte de l'immeuble.

— Josh, murmura Hope d'un souffle à peine audible, ne regarde pas, ce n'est pas nécessaire, nos silences nous ont toujours suffi.

Josh se pencha vers Hope et l'embrassa.

Elle entrouvrit ses lèvres pâles.

— Ce fut un privilège de te connaître, mon Josh, dit-elle en lui souriant.

Ce furent ses derniers mots.

*

Le lendemain soir, Luke rendit visite à Josh.

Il le trouva assis dans le fauteuil de Hope, près de la fenêtre.

Les branches nues des cerisiers montaient jusqu'aux vitres.

La chanson de Simon and Garfunkel qu'on entendait en fond grignotait la solitude.

C'est terrible comme quelqu'un qu'on aime est présent quand il n'est plus là.

MELODY

15.

Les spectateurs se pressaient sur les marches du Symphony Hall, la pluie qui tombait depuis le début de la soirée n'en avait découragé aucun, la salle affichait complet.

Ils étaient venus des quatre coins de la Nouvelle-Angleterre, du Hampshire, d'York, du Maryland, du Rhode Island et du Connecticut.

Des billets se revendaient à prix d'or sous le manteau à quelques mètres de l'entrée.

Depuis une heure, le défilé des taxis était incessant. Les voitures s'immobilisaient sous l'auvent, laissant descendre leurs passagers avant de repartir dans un léger sifflement qui prévenait de leur présence.

Les tenues rivalisaient d'élégance, exubérantes, sensuelles, souvent provocantes. Les femmes de la haute société portaient les dernières impressions d'Iris van Herpen ou de Noa Raviv. John Twain, présentateur du plus important network du Web, se précipita pour poser quelques questions au maire et à son épouse qui traversaient le hall.

Loin de cette agitation, Melly Barnett vérifiait son maquillage discret dans le miroir pendant que l'habilleuse nouait ses longs cheveux en chignon.

Ce moment calme dans le silence de sa loge lui permettait de se concentrer. Elle ferma les yeux, posa ses doigts sur la coiffeuse et répéta le délicat mouvement d'ouverture des « Jeunes danseuses à la lumière du soir ». Interpréter une œuvre de Jules Matton exigeait une virtuosité hors pair et une grande sensibilité. Melly savait que l'auditoire ne lui pardonnerait rien. Une pianiste de son niveau se mettait en danger à chaque concert. Les critiques seraient assis au cinquième rang, là où l'acoustique était la meilleure, et son vrai public attendrait d'elle une prestation exceptionnelle. On frappa à la porte. George Rapoport, directeur du philharmonique, se tenait dans l'encadrement, de crainte de la déranger. Il la prévint que les portes étaient fermées et les fauteuils tous occupés.

Melly regarda la montre digitale clignoter dans le coin du miroir.

— Vous avez encore quelques minutes avant le lever de rideau, votre public vous attend, annonça le directeur.

Melly repoussa sa chaise et se leva.

— Surprenons-les et commençons à l'heure, répondit-elle pendant que l'habilleuse réajustait une dernière fois sa robe.

Elle précéda le directeur dans le couloir qui menait à l'arrière-scène et s'arrêta quelques instants dans les coulisses pour s'imprégner du murmure de la salle, cherchant à évacuer le trac qui l'étreignait. Il s'effacerait dès les premières mesures jouées, quand elle serait coupée du monde et insensible aux yeux braqués sur elle. Chaque fois qu'elle s'apprêtait à entrer en scène, Melly se demandait pourquoi elle avait choisi ce métier. Elle aurait pu exercer son art dans l'intimité familiale ou le réserver à des assemblées plus modestes qui, au lieu de guetter un moindre faux pas, une syncope trop enlevée, une articulation ratée, se seraient émerveillées de sa dextérité. Le destin en avait voulu autrement, ou plutôt son père qui, depuis son enfance, n'avait voulu que l'excellence. Ne pas cultiver le don que la vie lui avait accordé aurait été indigne d'une Barnett.

Melly prit une courte inspiration et s'élança sous les feux des projecteurs et les applaudissements.

Elle s'installa sur son tabouret, attendit que le silence se fasse et ses doigts se mirent à danser sur le clavier.

Lorsqu'elle joua les dernières notes, l'émotion se prolongea dans la plus grande quiétude avant que fusent les acclamations d'une assemblée subjuguée.

La pianiste se leva pour saluer son public. Rapoport la rejoignit et lui offrit un bouquet de roses qu'elle alla poser sur le piano avant de revenir saluer.

Son cœur tambourinait dans sa poitrine, elle était heureuse, les spectateurs du cinquième rang continuaient d'applaudir. Demain la lecture des journaux serait un vrai plaisir. Elle se réveillerait dans une autre chambre d'hôtel, dans une autre ville et il en serait ainsi jusqu'à la fin de sa tournée.

Au cinquième rappel, Melly disparut pour de bon et les lumières de la salle se rallumèrent.

Elle se changea en traversant les coulisses, abandonnant sa robe de concert au bras de l'habilleuse qui l'aida à enfiler une tenue de ville.

Une voiture l'attendait devant l'entrée des artistes.

Elle emprunta les couloirs prioritaires et gagna très vite l'héliport. Dix minutes de vol suffiraient à rejoindre l'aéroport municipal de Lawrence d'où elle redécollerait aussitôt à bord d'un avion privé. Elle arriverait à Chicago vers une heure du matin et pourrait enfin aller se coucher.

Le rotor se mit à tournoyer, forçant Melly à se courber en deux pour monter à bord. Elle s'installa à l'arrière et posa sur ses oreilles les écouteurs que lui tendait le pilote.

— Très honoré de vous avoir à bord, mademoiselle Barnett. Serrez votre ceinture, le vent se lève et ça risque de secouer un peu, annonça-t-il. Rien de bien méchant, nous arriverons dans vingt minutes. Le vol sera plus long que prévu, mais après vingt-trois heures je suis contraint de passer au-dessus de la baie, pour ne pas survoler les zones résidentielles. Nous mettrons cap à l'ouest à la verticale de Salem et nous poserons quelques minutes plus tard. Votre avion est déjà sur le tarmac.

Le sifflement de la turbine était assourdissant. L'agent au sol vérifia que la passagère était bien attachée avant de refermer la portière et de s'éloigner, le pouce en l'air.

L'hélicoptère s'éleva dans le ciel et Melly observa les lumières de la ville rétrécir, tissant des toiles d'araignée jusqu'aux banlieues lointaines. La pluie était fine et la visibilité encore bonne. Sans le grondement des pales, ce spectacle aurait été apaisant.

La ville s'effaça devant l'océan noir, tacheté par l'écume des vagues qui roulaient vers la côte.

Une bourrasque fit tanguer l'appareil. Des trous d'air semblèrent vouloir l'aspirer vers les flots, mais chaque fois, le pilote réussit à reprendre de l'altitude.

Le vent se renforçait, une giboulée frappa les vitres de la cabine, l'appareil cahotait sur une ligne d'horizon devenue incertaine.

— La météo se dégrade. On va devoir se poser le temps que ça se calme, hurla le pilote dans le micro.

La machine se mit à tanguer, louvoya vers la droite, s'inclina dangereusement en avant et se redressa. Une violente rafale la chassa de travers. Dans les manèges de fête foraine qui vous secouent en tous sens, on crie, on s'amuse, on espère que le tour ne durera pas très longtemps ; dans l'habitacle de l'hélicoptère, le silence régnait.

Le pilote ne disait plus rien. Sa main droite tenait fermement le manche à balai, la gauche manœuvrait la commande du pas général et ses pieds actionnaient le palonnier. Melly hésita à se retenir à la dragonne. Si l'appareil décrochait dans un nouveau trou d'air, elle pourrait se tordre un doigt.

L'hélicoptère repartit en lacet. Le pilote lui demandait un surcroît de puissance que le moteur peinait à délivrer.

Il décida de descendre, la côte n'était pas loin, on voyait par instants les halos des réverbères le long des berges.

— November Quatre Zéro Sept Lima Hector à tour de contrôle Logan, verticale de Thompson Island, cap au 330, sommes pris dans un sérieux grain, impossible de poursuivre, j'essaie de me poser, annonça le pilote d'une voix calme.

— November Quatre Zéro Sept Lima Hector, répondit la tour de contrôle de Logan, déroutez-vous vers nous, vecteur 355.

Le pilote comprit qu'il était trop bas, il n'arriverait pas à regagner assez d'altitude dans cette tourmente. Avec des centaines d'heures de vol à son actif, ce n'était pas son premier coup de tabac, mais certainement le plus soudain. La tempête était venue par la mer, sans prévenir, et il ne pourrait pas se maintenir encore longtemps en l'air. La turbine hurlait, la carlingue vibrait de toute part et les commandes ne répondaient plus normalement.

Un voyant rouge clignota sur le tableau de bord, le moteur était en limite de puissance.

— Négatif, répondit le pilote. Amerrissage Pleasure Bay.

— N407LH, répétez, demanda le contrôleur aérien.

La radio resta silencieuse.

— November Quatre Zéro Sept Lima Hector ? réitéra le contrôle aérien.

Pas de réponse.

La voix du commandant de bord d'un Airbus en approche sur l'aéroport de Logan annonça :

— BA203 à tour de contrôle, il a indiqué vouloir tenter un amerrissage au-dessus de Pleasure Bay.

Le contrôleur aérien déclencha immédiatement la procédure de secours. November Quatre Zéro Sept Lima Hector avait disparu des écrans radars.

*

Les camions de pompiers remontaient Broadway, sirènes hurlantes.

Le gardien de la patinoire de Murphy avait appelé le 911 dix minutes plus tôt. Un hélicoptère venait de s'abîmer sur la plage devant sa patinoire, il avait tout vu, un spectacle effrayant. Il avait d'abord entendu le bruit d'un moteur, un bruit qui témoignait qu'un appareil volait trop bas, c'est ce qui l'avait poussé à sortir par un temps pareil, histoire de voir ce qui se passait. L'engin était malmené par l'orage, son phare avant l'avait même ébloui plusieurs fois. Il était en vol quasi stationnaire au-dessus de la baie, comme si le pilote avait cherché à se poser sur l'eau, et puis soudain il avait piqué du nez, s'était penché sur le flanc et il était tombé comme un caillou. Une vague l'avait ramené d'un coup d'un seul sur le sable.

Le gardien n'avait pas pris le risque de s'approcher de peur que tout explose et l'opérateur du service des urgences lui avait confirmé qu'il avait bien fait de rester à distance, les secours ne tarderaient plus à arriver.

*

Est-ce que mes mains sont intactes ?

Il faisait froid, elle n'entendait plus rien, une douleur insoutenable l'oppressait, alors à quoi bon vouloir bouger ses doigts ?

Tout était flamboyant, elle distingua des formes derrière un rideau rouge et se demanda ce que lui voulait cet homme qui s'approchait d'elle dans une tenue étrange. L'un de ses aficionados peut-être ? Mais pourquoi la regardait-il d'un air si sévère ? Il lui demanda son prénom et elle n'en savait rien. Elle ne pensait qu'à cette terrible pression à l'arrière de son crâne. Elle avait dû se cogner, mais comment et à quoi ? Où était-elle, et qui étaient ces gens qui s'agitaient ? Le rideau rouge vira au noir, elle eut un haut-le-cœur, et s'enfonça dans un abîme sans fin.

*

L'épave reposait sur le dos, patins en l'air. La poutre de queue s'était brisée sous l'impact, le rotor arrière était immergé, mais la cabine était couchée sur le sable.

Le pilote avait péri sur le coup. Le hublot d'atterrissage avait éclaté sous ses jambes, lacérant son corps de blessures mortelles.

Les pompiers s'acharnaient à découper les tôles, tentant de libérer la passagère arrière de l'habitacle déformé. Une longue entaille biffait son front à la racine des cheveux. Elle était inconsciente, le visage ensanglanté, mais en vie.

Lorsqu'elle fut désincarcérée, on la plaça sur un matelas à billes qui épousa ses formes avant de se rétracter pour l'enserrer dans un corset protecteur.

On la chargea à bord d'une ambulance qui partit sans délai vers le City Hospital.

Alors que Melly entrait au bloc opératoire, une infirmière ouvrit le sac à main que les secouristes avaient récupéré dans la carcasse de l'appareil. Elle y trouva des papiers d'identité appartenant à Melody Barnett, ce nom lui disait vaguement quelque chose. Elle alla les montrer à une collègue qui informa aussitôt la sécurité de veiller à ce qu'aucun journaliste ou photographe ne traîne dans les étages.

Un quart d'heure plus tard, Harold Barnett était prévenu que sa fille venait d'être victime d'un accident d'hélicoptère. Son pronostic vital était engagé.

16.

Melly était plongée dans un coma artificiel depuis seize semaines. Trois décennies plus tôt, une sédation profonde aussi longue aurait sans doute été irréversible. Deux décennies plus tôt, Melly n'aurait pas survécu à ses blessures.

Sa cage thoracique avait été reconstruite, ses fémurs réparés, ses reins et sa rate synthétiques avaient pris le relais des organes qui avaient éclaté et fonctionnaient à merveille comme l'attestaient les tests sanguins du jour. D'ici à la fin de la semaine, on achèverait d'imprimer sur ses lésions les dernières couches de cellules épithéliales dont les cultures proliféraient déjà. La cicatrice à son front avait presque disparu.

Le dernier examen encéphalique était encourageant. Le greffon sur le lobe pariétal n'avait pas été rejeté, l'œdème frontal était entièrement résorbé. Si son cerveau continuait de récupérer à ce rythme, d'ici un mois, on pourrait restaurer sa conscience.

L'équipe médicale était confiante, avait assuré le médecin-chef.

Harold et Betsy Barnett comptaient les jours avant que leur fille se réveille, puisse rejoindre enfin la propriété familiale de Weston et y hâter sa convalescence.

Depuis le tragique accident, ils s'étaient installés dans les appartements d'un hôtel luxueux du centre-ville. La vie de Betsy était faite d'incessants allers-retours à New York où se trouvait le siège de sa revue d'architecture. Harold avait muté ses plus proches collaborateurs dans les bureaux de la succursale bostonienne d'où il continuait d'administrer son fonds d'investissement.

Chaque jeudi, en fin d'après-midi, Harold et Betsy se retrouvaient dans un salon privé du Longview Hospital pour y rencontrer le médecin de Melly.

Il se présenta avec sa tablette numérique sous le bras, s'assit au bout de la table en résine de palissandre, prit son stylet dans la poche de sa blouse et fit défiler sur l'écran le compte rendu médical hebdomadaire.

— Des chiffres et des termes savants, un jargon de médecin ! Tout ça est bien joli, mais la seule chose qui m'intéresse est de savoir quand nous retrouverons notre fille, protesta Harold.

— Vous me posez cette question depuis le jour de son admission, monsieur Barnett, soupira le médecin.

— Il y a quatre mois ! Dois-je vous le rappeler ?

— Et dois-je vous rappeler la gravité de l'état de Mlle Barnett quand elle est arrivée chez nous ? C'est une véritable prouesse d'en être là aujourd'hui. Votre fille est une miraculée, mais il faut vous armer de patience.

— Ma fille n'est pas une miraculée, c'est une battante comme tous les Barnett !

— Harold, faut-il que nous souffrions chaque fois tes gesticulations autoritaires ? Si tu l'avais été un peu moins avec Melly, nous n'en serions pas là.

— Je n'ai jamais été autoritaire avec elle, seulement exigeant, et pour son bien, s'emporta Harold.

— Si tu ne l'avais pas poussée à enchaîner les concerts…, soupira Betsy.

— Allons, allons… c'était un accident, il aurait pu se produire dans d'autres circonstances, tempéra le médecin. Je comprends votre douleur, madame, et votre impatience, monsieur, mais soyez tous deux assurés que votre fille bénéficie ici des meilleurs soins possibles. Ses progrès sont encourageants. J'ai bon espoir de pouvoir autoriser son transfert au Centre de Longview d'ici un mois.

— Je sais que je vous ai posé cent fois cette question, mais est-ce qu'elle souffre ? Que ressent-elle en ce moment ? demanda Betsy, les larmes aux yeux.

— Votre fille est en coma profond, madame, elle ne ressent rien.

Sur ces deux points, le neurologue disait la vérité.

Melly était vivante, physiologiquement parlant, mais son cerveau, vide de toute conscience.

Un mois plus tard, une ambulance la convoyait vers une clinique d'une banlieue lointaine avec un anesthésiste à son bord.

*

Le ciel s'obscurcissait. Au-devant des maisons décrépies, des herbes folles tapissaient ce qui avait été jadis de modestes carrés de pelouse. Les balançoires rouillées d'un parc à l'abandon couinaient dans la brise du soir. Des planches de bois bringuebalantes s'accrochaient aux devantures de commerces fermés depuis longtemps.

L'ambulance remonta une avenue bordée d'entrepôts. Elle s'arrêta au-devant d'un portail qui coulissa pour la laisser entrer.

L'intérieur de la clinique détonnait dans le paysage de ce quartier désaffecté.

On transféra Melly dans une chambre située au bout d'une aile réservée aux patients dans son état. Au même étage, dans d'autres chambres, trois femmes et un homme attendaient leur tour.

Un médecin vint lui rendre visite, accompagné d'une infirmière. L'infirmière vérifia les appareils qui surveillaient les constantes vitales de Melly et débrancha la perfusion de solution anesthésiante. Le médecin prit connaissance des informations dont il avait besoin, attendit quelques instants les yeux rivés sur les moniteurs et programma l'intervention.

Le lendemain, à huit heures du matin, il revint dans la chambre, escorté cette fois d'un technicien qui guida jusqu'au lit un chariot motorisé supportant un caisson et un terminal informatique. Le technicien ouvrit le caisson, prit le casque qui se trouvait à l'intérieur et le plaça délicatement sur la tête de Melly.

Ce casque, d'une épaisseur avoisinant le millimètre, semblait à des années-lumière du prototype qui avait vu le jour quarante ans plus tôt dans une autre aile du Centre. Sa structure cratériforme et élastique s'ajustait spontanément au crâne qu'il devait épouser.

Le technicien s'assura qu'il était bien en place, souleva le faisceau de fibres optiques qui partait du sommet du casque et le connecta au terminal informatique. Il entra une séquence chiffrée sur le clavier et l'écran s'illumina, laissant apparaître une représentation en trois dimensions du cerveau de Melly, sous laquelle on pouvait lire : « 0 % ».

Le technicien se retira en silence.

Le médecin vérifia une dernière fois les paramètres vitaux de sa patiente et quitta les lieux à son tour. Il remonta le couloir et se rendit dans la salle de contrôle où le technicien l'attendait devant une console.

— Tout est prêt ? demanda-t-il.

— Le bloc de sauvegarde est chargé, nous commençons quand vous voulez.

Le médecin observa les trois moniteurs au-dessus de la console.

Celui situé au centre reproduisait l'image en trois dimensions du cerveau.

Celui de gauche affichait les informations suivantes :

Patient n° 102
Melody Barnett (Source)
Âge 29 (10 651 jours)
Mémoire 100 %
Transfert sortant 0 %

Celui de droite :

Patient n° 102
Melody Barnett (Destination)
Âge 30 (10 957 jours)
Mémoire – %
Transfert entrant 0 %
~
Restauration 0 %
Activité électrique 0 %
Vigilance 0 %

Il apposa sa signature électronique sur la console et s'adressa au technicien.

— 8 h 17, initiez la séquence de restauration. Quand vous serez au tiers de la procédure, appelez-moi pour me tenir au courant de son bon déroulement.

Le médecin quitta la pièce, laissant le technicien qui n'avait rien d'autre à faire que de surveiller ses écrans. Neurolink se chargeait de tout.

Il appuya sur une touche et les compteurs se mirent à tourner.

À 8 h 20, une anomalie échappa à son attention.

Si l'écran de droite affichait désormais :

Patient n° 102
Melody Barnett (Destination)
Âge 30 (10 957 jours)
Mémoire 0,03 %
Transfert entrant 0,03 %
~
Restauration 0,03 %
Activité électrique 0,03 %
Vigilance 0,03 %

Celui du centre affichait :

Patient n° 2
???? (Source)
Âge ?? (???? jours)
Mémoire 96 %
Transfert sortant 0,03 %

Un peu plus tard, le technicien finit par repérer l'erreur et resta perplexe, s'interrogeant sur la conduite à tenir. Il tapota machinalement sur la façade de l'écran, geste qu'il savait lui-même être d'une inutilité absolue et décrocha le téléphone.

Le médecin ne répondit pas à son appel. Il devait être au chevet d'un autre patient et le technicien se retrouva livré à son seul jugement.

La procédure était entièrement automatisée, son rôle se limitait à la mettre en pause dans deux cas seulement : si le pourcentage de l'activité électrique du cerveau différait de celui du transfert entrant, ou si Neurolink signalait un problème. Ni l'une ni l'autre de ces conditions ne se présentaient. L'écran de la zone de restauration n'affichant que des paramètres normaux, il estima qu'il s'agissait probablement d'un simple dysfonctionnement du moniteur. Il préviendrait la maintenance de venir le changer.

Pour assurer ses arrières, il fit une copie d'écran, tapa un mémo et l'adressa *via* la messagerie interne à la superviseuse générale.

La superviseuse générale prit connaissance de l'incident en début d'après-midi, imprima une copie du mémo et l'effaça du serveur avant de quitter son bureau pour se rendre dans celui de son supérieur hiérarchique.

Kasuko entra sans frapper dans le bureau du directeur de recherche.

— Je pense que tu voudras lire ceci, annonça-t-elle, radieuse.

Luke relut deux fois le rapport et dévisagea Kasuko.

— Il faut interrompre cette procédure tout de suite, dit-il.

— Tu es fou ? Nous avions fait un pacte !

— C'était il y a quarante ans, il est caduc, objecta Luke en regardant le rapport disparaître dans la fente du destructeur de documents où il l'avait glissé.

— Un pacte est un pacte !

— Peut-être, mais poursuivre serait une folie. Le programme Neurolink est en voie d'être reconnu par toutes les autorités scientifiques, ce n'est vraiment pas le moment de se prendre un procès sur le dos.

— C'est d'un procès que tu as peur ?

— Sinon de quoi ?

— Que ça ne marche pas…, supposa Kasuko.

— Si j'en étais certain, je laisserais Neurolink aller jusqu'au bout.

— Alors, tu t'es trahi et c'est encore pire, parce que c'est d'elle que tu as peur.

— Tu dis n'importe quoi. Et la famille Barnett, tu y as pensé ? Son père est un de nos plus gros donateurs.

— À supposer que l'on stoppe la procédure, qu'est-ce que tu raconteras à la famille Barnett ?

— La vérité, qu'il y a eu un bug dans le bloc mémoire, c'est un risque qui figure dans le contrat qu'ils ont signé.

— Flinch n'avait qu'une parole, tu t'étais engagé à la respecter.

— Je lui ai donné la moitié de ma vie, et à toi l'autre.

— Tu sais bien que ce n'est pas vrai, répondit Kasuko en tournant les talons.

Luke se leva pour la rattraper, mais elle lui claqua la porte au nez avant qu'il l'ait rejointe.

Il retourna à son fauteuil, entra son mot de passe dans le terminal informatique et tenta d'arrêter la cent deuxième procédure de restauration. Neurolink ne l'autorisa pas à le faire.

*

Ce fut une charge de lumières, un bombardement de sons, un kaléidoscope d'images diffusées si vite qu'il était impossible d'en retenir une seule. Un déferlement de voix distordues, un déluge de mots et de phrases, et le cycle se répétait.

Cinquante heures après l'initialisation de la séquence, le corps de Melly fut parcouru de légers soubresauts. L'indicateur du taux de restauration de sa mémoire franchissait le cap des 30 %. Son cerveau récupérait ses fonctions cognitives.

Le terminal de sa chambre enregistrait en permanence ses paramètres vitaux. L'activité électrique s'élevait normalement, le taux de transfert était constant, la vigilance évoluait selon une progression régulière, tout se déroulait parfaitement puisque Neurolink veillait à tout.

Le troisième jour, à 8 h 17, le taux de récupération atteignait 43,2 %.

À 12 h 17, le quatrième jour, les paupières de Melly s'agitèrent brièvement. Restauration à 60 %.

À 21 h 37, le lendemain, soit cinq jours, treize heures et vingt minutes après le début des opérations, le médecin retira la sonde d'intubation trachéale. Les poumons de Melly se remirent à fonctionner sans assistance respiratoire, la récupération cérébrale atteignait 80 %.

Le dimanche, à 14 h 17, Melly ouvrit les yeux, sous le regard bienveillant du médecin. Il la rassura et lui fit une piqûre pour qu'elle se rendorme. Restauration à 90 %.

Le lundi, à 6 h 50, Luke, Kasuko et le médecin entrèrent dans la chambre.

À 6 h 57, le technicien confirma que la séquence venait de s'achever.

Le médecin réveilla Melly. Elle ouvrit les yeux et observa en silence ces visages inconnus qui la contemplaient.

Luke s'assit au bout du lit et lui sourit.

— Savez-vous ce qui vous est arrivé ? questionna-t-il d'une voix calme.

Melly secoua la tête pour dire non.

— Rien d'anormal. Vous avez eu un accident d'hélicoptère et subi un important traumatisme crânien. Tout cela appartient au passé, vous êtes en parfaite santé maintenant.

Melly examina ses mains et remua lentement les doigts.

— D'ici quelque temps, ils retrouveront leur agilité, mademoiselle Barnett, intervint le médecin pour devancer ses craintes.

Melly le regarda, intriguée. L'expression sur son visage laissait entendre qu'elle n'avait pas la moindre idée de ce dont il lui parlait. Le médecin s'en étonna et s'approcha du lit.

— Vous vous souvenez être pianiste ?

Melly afficha un air triste et détourna les yeux vers la fenêtre. Le médecin consulta sa tablette, cherchant à comprendre pourquoi sa patiente réagissait ainsi.

— Savez-vous pourquoi vous êtes là ?

Et comme Melly restait silencieuse, il se pencha à l'oreille de Luke pour lui demander s'il pouvait en dire plus.

Luke prit la parole.

— Il y a dix ans, votre père a souscrit pour vous au programme Neurolink. Depuis, vous êtes venue ici chaque année sauvegarder votre mémoire.

— Celle que nous avons restaurée date de onze mois, reprit le médecin. La procédure s'est déroulée parfaitement et vous devriez vous remémorer tout ce qui précède cet enregistrement. D'ordinaire, nos patients sont plus alertes à leur réveil, mais je ne doute pas que les choses se remettent très vite en place.

— À quand remonte cet accident ? murmura Melly.

*

Luke et Kasuko laissèrent le médecin au chevet de Melly pour aller s'enfermer dans une chambre voisine inoccupée.

— Qu'est-ce que tu as fait ? lui demanda Kasuko.

— Ne me regarde pas avec cet air accusateur, je n'y suis pour rien. Neurolink a pris le contrôle des opérations et m'en a interdit l'accès. Cette foutue intelligence artificielle n'en a fait qu'à sa tête !

— Et pourtant, bien que tous les résultats soient normaux, la patiente ne se souvient de rien. Même les premiers candidats étaient plus au fait de leur situation à leur réveil.

— Que veux-tu que je te dise, je n'ai pas la moindre idée de ce qui s'est produit… et encore moins de ce qui nous attend. Je te le répète, Neurolink a agi seul.

— Je ne te crois pas, et je vais te dire ce qui t'attend. Demain, quand sa famille l'aura vue, tu devras leur expliquer qu'ils ont dépensé un million de dollars pour qu'on leur rende leur fille amnésique alors qu'ils avaient justement investi cette somme pour s'assurer que dans l'éventualité d'un accident une telle chose ne se produirait pas. C'est la raison d'être de notre programme. Alors je crains bien que le procès que tu redoutais nous tombe dessus.

— Pour l'instant, on ne va rien leur expliquer, sinon que la mémoire de leur fille est un peu paresseuse. L'anomalie que tu as constatée n'était peut-être pas ce que tu as voulu croire.

— Ça t'arrangerait bien, n'est-ce pas ?

— Tu n'as pas le droit de dire ça, et puis tu as entendu comme moi le toubib expliquer que les choses se remettraient en place progressivement.

— Tu ne vas quand même pas croire à ses conneries ?

— Elle est arrivée chez nous en état de mort cérébrale. Aujourd'hui, elle est consciente, elle a récupéré sa motricité, elle voit, elle entend, elle parle et elle pose même des questions, ce qui prouve que son intelligence est opérationnelle. Nous allons attendre la fin de sa rééducation fonctionnelle et nous verrons où elle en est à ce moment-là.

— C'est moi qui ai reçu M. Barnett quand il a souscrit à notre assurance « seconde chance », répliqua Kasuko d'un ton pince-sans-rire. De la chance, je t'en souhaite beaucoup pour aller lui raconter ça. Et ne compte pas sur moi pour t'aider.

Luke retint Kasuko par la main.

— Je sais que tu es déçue, crois bien que je le suis aussi, soupira Luke.

— J'avais attendu ce moment depuis si longtemps.

*

Lorsque Harold et Betsy Barnett entrèrent dans sa chambre, Melly se demanda qui ils étaient, ce qu'ils faisaient là, pourquoi la femme, qui s'agenouillait devant le fauteuil où on l'avait assise, était émue aux larmes, et l'homme qui lui caressait tendrement la main, aussi bouleversé qu'elle, bien que sans larmes. Chaque fois que l'un des deux lui posait une question, elle hochait la tête pour leur signifier oui ou non, ânonnait parfois une réponse qui lui semblait logique sans qu'elle y ait vraiment réfléchi. Quand elle ne savait pas quoi dire, elle se taisait.

Harold s'alarma de son état dès la fin de la visite et Betsy lui ordonna de faire preuve de plus de retenue. Sa fille était consciente, elle lui avait parlé et il fallait remercier la vie de ce miracle auquel elle ne croyait plus.

— Elle n'est pas dans son état normal, ce n'était pas ce qu'on nous avait promis, soutint Harold quand ils eurent regagné leur hôtel, et j'ai trouvé les justifications de ce médecin peu convaincantes.

— Enfin, est-ce que tu t'entends, Harold ? Melly est restée cinq mois dans le coma, tu veux bien lui accorder quelques jours avant qu'elle redevienne elle-même ! s'emporta Betsy en sifflant le Dry Martini qu'elle venait de se servir.

— J'exigerai d'être reçu par le directeur du Centre dès demain. Ce que j'ai vu aujourd'hui est loin de correspondre à ce qui m'avait été promis.

— Arrête ! C'est ta fille que tu as vue aujourd'hui. Tu as pu la prendre dans tes bras et l'embrasser. Tu l'as vue se lever toute seule de ce fauteuil, marcher jusqu'à son lit, nous regarder tous les deux, nous sourire, elle était aussi belle qu'avant cet horrible accident. Tu devrais te réjouir avec moi, mais tu n'es qu'amertume et colère. Et tu voudrais blâmer ceux qui ont rendu ce miracle possible ? Je te préviens Harold, si tu ne changes pas tout de suite d'attitude, je préfère que tu rentres à New York et me laisses seule avec elle pendant sa convalescence, répliqua Betsy en s'offrant un deuxième Martini.

Harold fit les cent pas dans la suite d'hôtel. Dès que Betsy alla se détendre dans un bain, il claqua des doigts pour activer la commande vocale de l'écran mural.

— Hello Skivy, appelle mon assistante ! dit-il à haute voix.

— Monsieur Barnett, que puis-je faire pour vous ? interrogea l'assistante dès que la communication fut établie.

Harold lui ordonna de lui obtenir un rendez-vous sans délai avec le directeur de Longview.

*

Kasuko le reçut le lendemain matin. Il fallait prêter la plus grande attention aux doléances de Harold Barnett et faire preuve de diplomatie pour ne pas s'attirer ses foudres. Luke avait passé la nuit au Centre et la délicatesse n'avait jamais été son fort.

— Lorsque j'ai souscrit à votre programme, et il me semble avoir été l'un des premiers à vous avoir fait confiance, vous m'aviez assuré que si un jour ma fille avait un accident, à condition qu'elle y survive, vous seriez en mesure de la guérir. Or, hier, c'est à peine si elle nous a reconnus !

— Monsieur Barnett, soixante familles nous avaient fait confiance avant vous et tant d'autres depuis, aucune ne le regrette aujourd'hui. Vous étiez venu me voir à l'époque, si je m'en souviens bien, parce que Melly s'était amourachée d'un as de la voltige aérienne qui voulait l'initier à ce sport, un débile mental, disiez-vous. Ou était-ce un champion de kitesurf ? Mais je confonds peut-être avec d'autres parents.

— Parachutiste acrobatique et champion mon œil !

— Absolument ! Je me le rappelle maintenant… mais vous l'aviez bien traité de débile mental, n'est-ce pas ? Vous redoutiez qu'il arrive quelque chose à Melly et nous vous avions promis que dans l'éventualité d'un accident, le programme Neurolink permettrait de préserver son intégrité cérébrale et de la restaurer, que d'une manière plus générale, Longview serait en mesure de prodiguer à votre fille les soins les plus avancés dont la médecine dispose. C'est exactement ce qui s'est produit, même si finalement, le débile mental ne fut pour rien dans ce regrettable drame. Votre fille revient de loin, de très loin, si l'on considère les blessures dont elle souffrait à son arrivée. Son état de santé actuel est remarquable, conclut Kasuko, en imaginant le portrait de Flinch en train de lui sourire accroché au mur de la salle de réunion. Nous vous avions promis le meilleur de ce que la science pouvait offrir, pas un miracle. Melly retrouvera sa mémoire. Je tiens à votre disposition le rapport de la procédure de restauration et vous pourrez constater que tout s'est parfaitement déroulé. Mais je vous en prie, soyez raisonnable, laissez-lui le temps de se remettre.

— Du temps, toujours du temps, combien encore ?

— Il faut compter en moyenne deux bons mois de rééducation fonctionnelle avant que le patient ne récupère complètement, d'un point de vue physique, j'entends.

— Et elle pourra poursuivre sa carrière ?

— Au terme de cette rééducation, oui. Je ne vois aucune raison pour qu'il en soit autrement.

— Et son intelligence, son caractère, et sa mémoire ? Tout cela faisait aussi partie de vos engagements.

— Mais son intelligence est intacte. Quant à la mémoire, permettez-moi une petite explication. Vous devez comprendre qu'il en existe différentes sortes. Cinq d'entre elles sont liées à nos sens et trois autres se distinguent en fonction du temps. La mémoire immédiate gère le présent, celle à moyen terme permet de se rappeler une information ou un événement vieux d'une minute à quelques heures. Ces deux mémoires fonctionnent déjà normalement chez Melly. Elle se souvient de son réveil, de ceux qui sont venus à son chevet et demain elle se rappellera parfaitement vous avoir vu. La mémoire du long terme est un peu plus complexe, n'oubliez pas qu'il y aura toujours un trou dans la vie de Melly, entre la date où nous avons fait sa dernière sauvegarde et celle du crash. La mémoire procédurale, celle qui vous inquiète pour la carrière de Melly, est l'une des plus performantes. Je vous assure que votre fille retrouvera sa virtuosité. Quant à sa mémoire émotionnelle, elle resurgira, mais au prix de certains efforts. Il n'existe pas deux cerveaux identiques, chaque patient réagit à sa manière. Quand votre fille rentrera chez elle et reprendra le cours de sa vie, elle sera de facto confrontée à toutes sortes de stimulations qui réveilleront ses souvenirs. En résumé, plus Melly vivra, mieux elle se souviendra. Son seul ennemi est le stress, il est paralysant pour le cerveau. Alors, suivez mon conseil et ne manifestez surtout aucune inquiétude devant elle.

— Très bien. Deux mois de rééducation et deux autres pour qu'elle reprenne une existence normale. Je vous donne donc quatre mois pour me rendre ma fille telle que je l'ai connue.

Après avoir conclu cet entretien d'une menace à peine dissimulée, Harold Barnett se leva, dubitatif, mais néanmoins un peu rassuré. Il serra la main que lui tendait Kasuko et s'étonna de la poigne de cette femme qui devait avoir dix ans de plus que lui.

Avant de regagner ses bureaux, il souhaita aller voir sa fille.

La chambre était vide. L'infirmière informa Harold qu'il trouverait Melly en salle de rééducation à l'étage inférieur.

Harold renonça à prendre l'ascenseur qu'il jugeait bien trop lent et descendit les escaliers de secours.

Derrière les hublots d'une porte battante, il vit sa fille, un casque tapissé d'électrodes sur la tête, s'exercer à la marche entre deux barres parallèles auxquelles elle s'accrochait.

Il tapota sur le hublot pour attirer son attention, lui fit un petit geste de la main auquel elle ne put répondre autrement que par un sourire puisqu'elle avait les deux mains occupées.

Ce sourire, aussi simple fût-il, provoqua chez Harold Barnett une sensation de plénitude qu'il n'avait pas connue depuis longtemps.

Depuis quand d'ailleurs ? songea-t-il en montant à bord de sa voiture. Il était incapable de s'en souvenir.

*

— Et vous êtes certain que cet homme est mon père ? questionna Melly.

— Tout à fait, répondit le kinésithérapeute d'un ton affable, et la femme qui l'accompagnait hier est votre mère.

— J'ai des frères et sœurs ?

— Je n'en sais rien, mademoiselle, je me renseignerai. Maintenant, concentrez-vous sur vos exercices.

Melly repéra le piano droit au fond de la salle.

— Je pourrai l'essayer un jour ?

— Oui, un peu plus tard.

*

Melly noua une complicité avec son kinésithérapeute. Au cours de l'entraînement du matin, elle lui faisait part des questions que ses parents lui avaient posées la veille. Questions qu'elle mémorisait sans la moindre difficulté.

Le kinésithérapeute partait à la pêche aux renseignements, fouillant dans son dossier, interrogeant le médecin, mettant souvent l'infirmière à contribution pour qu'elle questionne Betsy de la façon la plus anodine possible. Kasuko fut mêlée à la combine et glana sur Externet une multitude d'informations, tant sur la vie privée que sur la carrière de Melly, dont les journaux, blogueurs ou simples fans étaient friands. Melly consultait avidement ces dossiers que lui remettait le kinésithérapeute chaque jour à la fin de l'entraînement, dossiers qu'elle dissimulait dès que Harold ou Betsy lui rendaient visite.

Jour après jour, elle réapprit qui elle était, assimilant les visages et les noms de ceux qu'elle avait fréquentés, amis, amants, collègues musiciens, chefs d'orchestre, journalistes, et même parents éloignés. Constatant que sa mémoire lointaine lui faisait toujours défaut, Melly apprit au fil du temps à jouer la comédie, interprétant de mieux en mieux le personnage de Melody Barnett, concertiste de renom.

Si Harold était plus réservé, Betsy se laissa convaincre, comblée de retrouver sa fille et plus encore quand Melody fut autorisée à quitter le Centre afin de poursuivre sa convalescence dans la propriété familiale.

Huit mois après son accident, Melly allait reprendre le cours d'une vie qui avait été écrite pour elle. Un nouveau chapitre s'ouvrait, dont la lecture serait sans doute plus rassurante que les pages blanches de sa mémoire.

Tout allait bientôt redevenir normal.

17.

Le domaine familial s'étendait sur le comté de Weston, où vivaient les familles aisées de la société bostonienne. Harold Barnett y avait fait construire sa demeure à la fin des années 20. Les gisements de gaz de schiste avaient fait des États-Unis d'Amérique la première puissance énergétique du globe. En 2030, 80 % des véhicules sortis des chaînes de montage des constructeurs automobiles roulaient à l'électricité. La baisse du prix du baril de pétrole qui s'échangeait à moins de dix dollars avait plongé les monarchies du Golfe dans une crise économique qui n'avait pas tardé à provoquer leur chute. La maîtrise de l'énergie solaire avait permis d'éclairer et d'irriguer le continent africain, devenu un véritable eldorado. De l'Orient à l'Occident, vieilles démocraties et nouvelles oligarchies convolaient tranquillement en régnant sur un monde surveillé au millimètre carré, un monde moderne où le consumérisme était plus que jamais l'opium des peuples. Harold Barnett avait su surfer savamment sur les marchés des énergies propres, s'assurant une fortune considérable.

Mais rien ne comptait plus pour lui que sa fille, à laquelle il vouait une passion sans limites. Elle était sa fierté, son unique descendance et donc son éternité. Depuis la naissance de Melody, Harold avait deux vies, la sienne et celle de sa fille. Et pour lui plaire, Melly ne tarda pas à se rasseoir devant le Bösendorfer Imperial qui trônait dans le salon de musique.

Déjà, au Centre de Longview, en cachette de tous, mais avec la connivence de son kinésithérapeute, elle s'était exercée sur le vieux piano droit qui traînait contre un mur de la salle de rééducation. À sa grande surprise, ses doigts s'y étaient déliés sans qu'elle eût rien d'autre à faire que de les poser sur le clavier. Ses mains étaient agiles, mais elle peinait à lire les partitions et elle s'attela au solfège avec la plus grande ferveur.

Quand elle ne répétait pas, Melly occupait son temps à instruire sa mémoire. L'impression d'être une étrangère dans cette grande maison engendrait un malaise qui ne la quittait pas.

Le personnel qui travaillait sur le domaine constituait une véritable mine d'informations. Le majordome, la cuisinière, les servantes, les techniciens de ménage, les jardiniers, tous l'avaient vue grandir et elle sollicitait chacun d'eux à la moindre occasion. Elle se promenait dans la demeure et s'arrangeait pour que l'un ou l'autre lui raconte des anecdotes à son sujet.

Un jour, Walt, le chauffeur de sa mère, évoqua une gouvernante qui l'adorait et avait tant de fois arrondi les angles avec son père. Nadia était la seule à faire preuve d'autorité devant Harold, lui avait-il raconté goguenard. Melly feignit de se souvenir d'elle et obtint de Walt qu'il la conduise à la maison de retraite où Nadia Volenberg coulait sa vieillesse.

Melly choisit de s'y rendre un matin où Betsy était en réunion au journal et Harold en voyage d'affaires sur la côte Ouest.

Nadia Volenberg lisait sur un banc, à l'ombre d'un aulne. Lorsqu'elle aperçut Melly marcher vers elle, son regard se troubla de larmes qu'elle effaça d'un revers de la main.

Melly s'assit près d'elle et l'observa attentivement.

— Ainsi, tu es enfin venue voir ta vieille gouvernante.

— C'est la première fois ? demanda Melly d'une voix hésitante.

— Autant que je m'en souvienne, répondit Nadia en refermant son livre.

— Depuis combien de temps vivez-vous ici ?

— À ton âge, j'avais lu le merveilleux roman d'un écrivain d'origine polonaise, comme moi, quoique nos destins aient divergé, lui est devenu français et moi américaine. Il faut croire que nous, les Polonais, avions la maladie de vouloir changer de nationalité. Où en étais-je ? Ah oui, ce merveilleux roman, *Au-delà de cette limite votre ticket n'est plus valable*. Je te l'avais prêté en cachette de ton père, le texte était assez cru. Tu l'avais beaucoup aimé. À l'époque je m'imaginais dans le rôle de la jeune Brésilienne qui faisait tourner la tête de cet homme. Enfin, la tête, façon de parler. Aujourd'hui, je pourrai être sa grand-mère. Alors pour répondre à ta question, je vis dans ce mouroir depuis que mon ticket est périmé. Tu sortais triomphante du conservatoire et entamais tes tournées, je n'étais plus d'une grande utilité. Mais je suis reconnaissante à ton père de m'avoir toujours bien payée, sans quoi je n'aurais pu me permettre de finir mes jours dans cette résidence.

Melly baissa les yeux et resta silencieuse. Elle se sentit soudain dans la peau d'une intruse, s'immisçant dans un passé qui ne lui appartenait pas.

— J'aurais dû vous rendre visite plus tôt, murmura-t-elle confuse.

— Pourquoi l'aurais-tu fait ? Tu avais la vie devant toi, une carrière à mener et des préoccupations bien plus passionnantes que de te soucier d'une vieille employée.

— Je le regrette, je sais que vous m'avez élevée.

— Ce sont tes parents qui t'ont élevée, moi je n'ai fait que servir.

— Pourquoi êtes-vous si cruelle envers vous ?

— J'ai quatre-vingt-onze ans et pour seuls amis mes livres, tu ne trouves pas ça cruel ?

— Nous avons connu des moments complices, n'est-ce pas ?

— C'est vrai, je ne le nie pas. Quel est celui que tu chéris le plus ?

— Et vous ?

Nadia leva la tête pour réfléchir.

— Tous, je les chéris tous. Mais je t'ai posé la question la première.

— Lorsque vous veniez me chercher au conservatoire et m'emmeniez voir de vieux films en ville en racontant à mon père que nous avions passé la fin d'après-midi au musée.

— C'est Walt qui t'a rappelé cela, n'est-ce pas ?

Melly ne répondit pas et la vieille gouvernante reprit le cours de sa lecture. Elle humecta son doigt pour tourner une page et releva les yeux.

— Tu as besoin de quelque chose ?

— J'avais juste envie de vous retrouver.

— Tu étais une petite fille merveilleuse et émerveillée de tout, pleine de poésie. Je n'ai cessé de me demander ce que j'ai bien pu rater pour que tu deviennes une jeune femme égoïste et carriériste. De jolie tu étais devenue belle et la beauté peut faner les plus jolies âmes.

— J'ai changé depuis l'accident. Je ne vous l'ai pas dit, mais…

— Je sais, l'interrompit la gouvernante, je lis aussi les journaux ; Walt vient me voir chaque mois et me donne de tes nouvelles.

— J'ai perdu la mémoire, avoua Melly.

— Non, rétorqua la gouvernante en plongeant ses yeux dans les siens, c'est autre chose. Si je n'avais pas reconnu ce visage, je t'aurais prise pour un imposteur qui en voudrait à la fortune de M. Barnett. Mais ce qui se passe au domaine ne me concerne plus. L'heure de mon déjeuner approche, tu ferais mieux de t'en aller.

Melly quitta la pension troublée. Elle resta silencieuse tout le trajet, jusqu'au moment où la voiture franchit les grilles du domaine.

— Walt, j'ai beaucoup changé depuis mon retour ?

— Je ne saurai vous le dire, mademoiselle Barnett, lui répondit-il.

Mais lorsqu'il lui ouvrit la portière et qu'elle descendit de la voiture, il profita de leur proximité pour lui chuchoter.

— La vraie Melody Barnett ne se serait jamais assise à côté de moi.

*

Harold rentra de voyage, il avait organisé une surprise pour sa fille. Lorsqu'ils se rendirent dans l'un des restaurants les plus huppés de la ville pour un brunch, Melly découvrit que son père avait convié trois invités à leur table. Elle en reconnut deux sur-le-champ, grâce aux dossiers que son complice de Longview lui remettait à la fin des séances de rééducation. À sa droite se trouvait Simon Beaulieu, premier violon de l'orchestre philharmonique de Boston, à sa gauche, George Rapoport et son épouse Nina. Melly avait joué de nombreux concerts accompagnée de l'un et sous la direction de l'autre. La conversation fut entièrement dédiée à la musique, après des échanges mondains où furent évoqués quelques souvenirs des plus belles représentations qu'ils avaient données ensemble. Rapoport se tourna vers Melody (il ne s'était jamais autorisé à l'appeler autrement) et lui demanda si elle se sentait prête à remonter sur scène. L'embarras de Melly était si évident que Simon vint aussitôt à sa rescousse.

— Pas en public bien sûr. George suggère que tu reviennes travailler avec nous, pour le plaisir et seulement pour cela. Nous pourrions commencer par répéter tous les trois, et si tu te sens à ton aise, je suis certain que d'autres musiciens du philharmonique seront ravis de se joindre à nous, mais pas avant que tu en aies exprimé le désir.

Harold et George n'avaient pas prévu cette intervention et ils affichèrent le même regard dépité. Leur désenchantement redoubla quand Betsy prit la parole pour dire combien Simon avait raison. Melly ne devait faire que ce qui lui plairait, que cela chante ou non à son père. Qui mieux qu'elle savait combien chaque jour était important.

Melly s'excusa auprès des convives, elle ne se sentait pas très bien et avait besoin de se rafraîchir. Dès qu'elle quitta la table, Betsy pointa son mari d'un doigt rageur, sans avoir besoin d'ajouter le moindre mot. Harold savait que quand Betsy faisait ce geste, un orage arrivait à grands pas.

Simon posa sa serviette et s'excusa à son tour.

Il traversa la salle à la recherche de Melly, ouvrit délicatement la porte des toilettes et la vit, face au miroir, blême.

— Je pense que cet endroit est réservé aux femmes, suggéra-t-elle d'une voix timide.

— Tout dépend des circonstances, répondit-il en s'approchant.

Simon ferma le robinet d'eau qui s'écoulait et s'assit sur le plan de la vasque.

— Nous sommes seuls ? chuchota-t-il.

— Je n'ai entendu personne, sourit Melly, mais vous pouvez regarder sous les portes si vous voulez vous en assurer.

— Non, je préfère encore courir le risque. Je suis désolé, j'ignorais que ce brunch serait un traquenard. Si je l'avais su…

— C'est très délicat de votre part, l'interrompit-elle. Et merci d'être venu à mon secours.

— C’est un joli mot, je ne t’avais encore jamais entendu le prononcer.

— Quel mot ?

— Délicat.

— C’est le premier qui me soit venu à l’esprit.

— Comment te sens-tu ? demanda Simon.

— Perdue, répondit Melly sans même y réfléchir.

— Je ne suis jamais très… délicat… quand je dois m’exprimer, mais je voulais que tu saches que je suis heureux que tu t’en sois sortie. Je t’ai rendu visite une fois à l’hôpital, au début, mais tu ne peux pas t’en souvenir, tu étais dans le coma.

— Si c’était la seule chose dont je ne me souvienne pas, tout irait bien.

Melly ne savait pas pourquoi elle avait soudain envie de se confier à Simon. Peut-être que la spontanéité dont il avait fait preuve en affrontant son père à table l’incitait à lui faire confiance, ou simplement ressentait-elle le besoin de partager avec quelqu’un le mensonge dans lequel elle vivait et qui l’étouffait au point de s’être sentie au bord du malaise tout à l’heure. Comment imaginer remonter sur scène quand la seule certitude d’avoir joué devant un public lui était apparue en visionnant la captation de l’un de ses derniers concerts. Le pire c’est qu’elle ne s’était même pas reconnue.

— Tu es une miraculée, tu dois t’accorder du temps. Essaye de voir du monde, va t’aérer l’esprit, renoue avec la vie et le reste suivra.

— M’aérer auprès de qui ? Je ne me souviens de personne.

— Même pas de nous ?

— Nous… ?

— Nous ! répéta Simon d'un air espiègle.

— Parce que nous… ?

— Bien sûr !

— Vous voulez dire que nous avons… ?

— Chaque fois que nous partions en tournée, et quelles nuits !

— Vraiment ???

— Non, pas vraiment. Je suis désolé, je te faisais marcher, avoua Simon. J'aime passionnément les femmes, mais pas dans un lit. Ce qui doit rester un secret entre nous, tu as toujours été la seule de notre troupe à le savoir, avec Samy le maquilleur. Bref, tu l'auras compris, je n'ai pas fait mon coming out.

— Mon père ne t'a rien dit de ce qu'il appelle mes troubles passagers ? reprit Melly.

— Rien, je te le jure, seulement que tu étais encore fragile.

— Alors secret pour secret, je vais te révéler l'ampleur du mien, et personne non plus n'est au courant, à part ceux qui m'ont soignée. Je ne me souviens de rien, ni de ma vie, ni de nos concerts, ni de George, pas même de mes parents. Mon intelligence est intacte, je ne suis pas retombée en enfance, enfin c'est ce qui me semble, je ne manque pas de vocabulaire, les gestes usuels de l'existence me viennent sans que j'y réfléchisse, je joue des partitions avec virtuosité sans savoir comment, mais tout ce qui a existé avant cet accident a cessé d'être, c'est un blanc immense. J'ai voulu bien faire, satisfaire tout le monde, alors je triche. Ce que je sais, je l'ai appris par cœur. Quand je déambule dans cette maison il arrive parfois qu'une sensation de déjà-vu surgisse et avec elle quelques fragments de mon adolescence. Mais est-ce que ce sont de vrais souvenirs, ou des réminiscences que je me suis fabriquées ? En résumé, je suis une imposture, comme me l'a clairement dit mon ancienne gouvernante.

— Ne sois pas aussi exigeante envers toi et ne laisse pas ton père l'être à ta place. Cette amnésie a toutes les chances d'être passagère. Et si tu as besoin de jouer la comédie pour te sentir toi-même, ne t'en prive pas, je sais de quoi je parle. Je joue à être un autre depuis que j'ai quatorze ans. Oh, j'ai eu des amants qui m'ont accusé de ne pas assumer ce que j'étais, ils se trompaient, ce n'est pas ce que l'on est qui compte, mais qui on est. Maintenant, sur ces paroles profondes que je regretterai probablement tout à l'heure, nous devrions rejoindre nos hôtes, ils vont finir par croire que nous sommes en train de faire des choses pas très catholiques.

— On s'en fout, Harold est protestant et Betsy bouddhiste, répondit-elle du tac au tac.

Simon la dévisagea et éclata de rire.

— Au moins nous venons d'apprendre une chose à ton sujet que même moi j'ignorais, dit Simon alors qu'ils ressortaient des toilettes. Tu as de l'humour.

*

Harold avait auguré un orage, ce fut un ouragan qui s'abattit sur lui. Betsy ne décolérait pas. Après le déjeuner, Melly et Simon étaient allés se promener le long de la Charles River.

Harold s'était retrouvé seul avec sa femme dans la voiture et il n'avait dû son salut éphémère qu'à la présence de Walt, qui avait tout de même conduit plus vite que d'habitude.

À peine arrivée au domaine, Betsy prit vigoureusement son mari par l'épaule – il avait voulu d'une femme plus grande que lui, il lui fallait parfois en assumer les conséquences –, et l'entraîna sans ménagement vers le salon.

La femme de chambre se garda bien de venir leur proposer un café et resta en compagnie du valet derrière la porte, cette fois aucun besoin d'y coller l'oreille, on entendait l'engueulade jusque dans les cuisines.

À des « Comment as-tu pu faire une chose pareille… » succédèrent « Tu ne reculeras donc devant rien… » puis « Elle n'est pas ta chose… », « Tu es un caractériel obsessionnel… » et encore « Tu devrais avoir honte de toi… », et enfin « J'exige que tu lui présentes tes excuses ! ».

Harold garda son calme, sachant que dans de tels moments toute riposte serait vaine et ne ferait qu'envenimer la situation.

Il encaissa en silence, affichant la mine repentie d'usage, guettant les larmes de sa femme qui finiraient bien par lui monter aux yeux. Elles annonçaient généralement la fin des hostilités.

Quand Betsy attrapa un mouchoir en papier dans la boîte en argent posée sur le guéridon, Harold sut qu'il allait s'en sortir.

Il soupira longuement et s'excusa.

— Je ne voulais pas la heurter, je n'ai pas songé une seconde que l'offre généreuse de George la mettrait dans l'embarras.

— Dans l'embarras ? Elle a été contrainte de quitter la table tant elle s'est sentie mal ! Et tu voudrais me faire croire que cette idée grossière venait de George ?

— D'accord, j'ai peut-être été un peu maladroit en brusquant les choses, mais j'avais la conviction qu'elle serait heureuse qu'il lui propose de rejoindre le philharmonique.

— Tu n'as pas été maladroit, mon pauvre Harold, tu es la maladresse incarnée. Et c'est toi, et toi seul, qui serais heureux qu'elle reprenne ses tournées.

— Enfin Betsy ! Melody ne va pas continuer à errer dans cette maison comme une âme en peine. Combien de temps ce manège doit-il durer ?

— Jusqu'à ce qu'elle se sente prête.

— Elle n'est plus elle-même, même les gens qui travaillent ici s'en rendent compte, des propos me reviennent aux oreilles, tu sais.

— Quels propos ? Que son père, non comblé que sa fille ait survécu à un accident d'hélicoptère, réclame encore plus ! Parce que la seule chose qui ait jamais compté pour ce monstre d'égoïsme était de briller à travers elle, sa seule jouissance, de la voir acclamée par un public ? Tu es pathétique !

Il arrivait qu'une deuxième salve rageuse succède à la première, encore plus meurtrière. Harold la sentait approcher à grands pas et changea de tactique.

— Melody a toujours vécu pour la musique, j'espérais que renouer avec la scène lui ferait du bien. Je me suis trompé, et j'ai compris à table qu'il était trop tôt. Dès qu'elle sera rentrée, j'irai lui présenter mes excuses.

— C'est son père que tu devrais lui présenter, voilà ce qui pourrait lui faire du bien !

— Qu'est-ce que cette phrase veut dire ? s'indigna Harold.

— Que depuis ses onze ans, la figure paternelle a été remplacée par celle d'un précepteur, un maître de musique obsessionnel et obstiné. À quand remonte la dernière fois où tu as passé un moment avec elle sans qu'elle soit assise sur le tabouret d'un piano et toi à l'écouter jouer ? Je te parle de quelques heures normales entre un père et sa fille, un déjeuner en tête à tête, une promenade pour qu'au détour d'une conversation elle puisse enfin te parler d'elle, un après-midi où vous seriez allés lui choisir une robe ou un objet qui lui aurait fait plaisir. Ne cherche pas, Harold, il n'y en a jamais eu. Vous n'avez partagé que des notes, c'est triste pour elle et consternant pour toi. Comment as-tu pu te priver d'une vraie relation avec ta fille ?

Harold n'avait pas vu venir la balle et il la prit en pleine poitrine. Il se laissa tomber dans un fauteuil, l'air totalement perdu, et pour une fois il ne jouait pas la comédie.

— Sans doute, bafouilla-t-il.

— Sans doute quoi ?

— J'ai dû merder quelque part.

— Enlève le « quelque part ».

— Qu'est-ce que je dois faire ? soupira-t-il.

— Je viens de te le dire.

— Ah ? Ah oui… alors… le déjeuner, la promenade ou la robe ?

— C'est à elle qu'il faut le demander !

18.

Harold laissa passer quelques jours durant lesquels il s'interdit d'entrer dans le salon de musique où Melly répétait.

Il se hasarda une fois à entrouvrir la porte pour s'assurer que tout allait bien et une autre pour lui suggérer d'aller se promener.

De son côté, Betsy avait accepté une invitation au salon d'architecture moderne qui ouvrait ses portes au Jacobs Center à New York. Elle avait offert à Harold sa dernière chance et elle espérait qu'il profiterait de son absence pour la saisir.

Harold choisit d'emmener Melly faire des courses, et pensa à lui demander si cela lui faisait plaisir alors qu'ils entraient dans la voiture. À nouvelle vie, nouvelle garde-robe, avait-il ajouté, affable, avant qu'elle ne réponde.

Depuis son retour à la maison, il était arrivé à Melly de s'interroger sur ses choix vestimentaires. Les tenues qu'elle redécouvrait dans son dressing lui semblaient intrigantes, inconfortables, et sans le moindre charme. Mais elle accepta surtout l'offre d'Harold pour la joie que lui procurait l'idée de passer un moment seule avec lui.

Harold avait demandé à son assistante de lui établir une liste des magasins en vogue. Walt en avait une copie, et il les conduisit sur Boylton Street, la rue commerçante où l'on pouvait acheter les collections les plus élégantes, à condition d'en avoir les moyens.

Il n'y avait rien à dire, les créations d'Iris van Herpen étaient à couper le souffle, dans tous les sens du terme, et les robes en fibres végétales de Noa Raviv, sublimes.

— Mais pourquoi n'en choisis-tu aucune ? C'est la quinzième que tu essayes, s'inquiéta Harold.

— Je n'en sais rien, pas encore eu de coup de foudre, je cherchais quelque chose de différent, expliqua Melly incapable de définir ce qu'elle entendait par là.

Elle affirma à son père qu'il lui faudrait plus de quatre saisons pour porter toutes les robes, jupes et chemisiers accrochés dans sa penderie. Elle ne manquait pas de vêtements et préférait mille fois qu'ils aillent s'installer à la terrasse d'un restaurant pour parler.

— Parler de quoi ? demanda Harold.

Et pendant que Melly se changeait dans la cabine, il en profita pour joindre Walt afin qu'il leur dégote illico une table en terrasse chez Mimi.

*

— … De mon enfance, répondit Melly en consultant le menu.

— Quelle drôle d'idée, s'esclaffa Harold. Tu la connais mieux que moi, c'est toi qui l'as vécue.

— Question de point de vue. J'étais quel genre de petite fille ?

Harold demanda au serveur de lui apporter la carte des vins. Il n'en buvait que rarement, mais il avait besoin de gagner du temps.

— Discrète, lâcha-t-il en posant ses yeux sur un Château Gruaud Larose, soulagé d'avoir trouvé quelque chose à dire.

— C'est tout ?

— Réservée !

— C'est un peu pareil, non ?

— Peut-être, mais c'est déjà pas mal !

Le regard de Melly fut attiré par une jeune femme qui traversait la rue en dehors du passage piéton.

— Différent comme ça, dit-elle soudainement.

— De quoi parles-tu ?

— De la façon dont cette fille est habillée, répondit-elle en la montrant du doigt.

— Tu plaisantes ? Un jean et un vieux pull !

— Je trouve ça charmant.

— C'est d'un vulgaire… Enfin qu'est-ce qui te prend, tu n'as jamais porté ce genre d'horreurs !

— Eh bien maintenant j'en ai envie.

— À ton âge ?

— Là, j'espère que c'est toi qui plaisantes !

Harold fronça ses épais sourcils.

— Tu me fais marcher, c'est ça ?

— Bon, tu voulais me faire plaisir, mais puisque j'ai si mauvais goût, oublions.

L'ombre de Betsy plana au-dessus de la table. Harold bondit, alors que le serveur s'approchait pour prendre leur commande.

— Allons-y, ne traînons pas !

Il attrapa la main de sa fille et marcha d'un pas pressé vers la voiture.

— Dépêche-toi, nous allons la perdre de vue !

— Et c'est si grave que ça ?

— Tu veux que je t'offre des antiquités, soit, mais encore faut-il savoir où les trouver. Qui porte encore des jeans à notre époque, à part cette fille déguisée en hippie !

Ils s'engouffrèrent dans la voiture et Harold montra à Walt la silhouette au loin qui montait dans un tramway pneumatique.

Walt le dépassa, conduisit jusqu'au quartier de SoWa, au sud de Washington Street et s'arrêta devant le Vintage Market.

En parcourant les allées de ce marché aux puces, Melly fut gagnée par un sentiment de bien-être qu'elle n'avait pas connu depuis son réveil au Centre.

— Voilà ce que je voudrais, dit-elle en désignant un pull bleu marine sur l'étagère d'un fripier.

Harold leva les yeux au ciel. Quelle éducation avait-il donnée à sa fille pour qu'à trente ans elle ait envie de se vêtir en guenilles. Mais Harold Barnett était en mission, il n'était pas question de décevoir Melly et encore moins sa mère.

Et il n'était pas au bout de ses peines… Lorsqu'ils quittèrent SoWa, les achats de Melly remplissaient quatre sacs et, comme si cela n'était pas suffisant, elle avait refusé catégoriquement de les confier à Walt pour qu'il les porte à sa place.

*

Betsy rentra le lendemain. Elle s'étonna de ne pas entendre le piano et frappa à la porte de la chambre de Melly. Elle portait une jupe longue en mousseline, une blouse sans manches et un pashmina camel.

— Comment tu me trouves ?

— Radieuse, répondit Betsy.

— J'ai un doute sur le pashmina.

Betsy tourna autour d'elle, et le lui ôta des épaules.

— Je crois que c'est la blouse qui ne va pas avec l'esprit bohème de la jupe. Je dois avoir une chemise qui t'irait à merveille. Suis-moi.

Betsy entraîna sa fille vers ses appartements, fouilla sa penderie et s'arrêta sur un cardigan tissé de motifs indiens.

— Tiens, c'est encore mieux et ce sera parfaitement assorti.

— Tu as vraiment porté ça ?

— J'ai eu vingt ans.

— J'en ai trente.

— Raison de plus pour t'habiller enfin comme quelqu'un de ton âge.

Melly ôta la blouse, enfila le T-shirt que lui tendait sa mère et le cardigan. Elle se regarda dans le miroir et fut ravie de ce qu'elle voyait.

— Où vas-tu, si jolie ? demanda sa mère.

— Retrouver Simon.

— Il te drague ?

— Je ne crois pas, s'amusa Melly.

— Moi je crois que si. Il est assez bel homme. Où t'emmène-t-il ?

— Nous avons rendez-vous à la salle de concert.

— C'est encore une idée de ton père ? demanda Betsy.

— Non, il n'y est pour rien, cette fois. C'est moi qui ai appelé Simon. Après tout, je ne risque rien à essayer de m'y remettre et puis nous ne serons que tous les deux.

— Il y a d'autres choses que le piano dans la vie, Melly.

— Pourquoi dis-tu ça ?

— Qu'as-tu fait de tes vingt ans à part des tournées à travers le pays ? Je ne t'ai jamais vue engagée dans une vraie relation avec un homme. Je me doute que tu as dû avoir des amants de voyage, mais c'est différent. Peu de temps avant ton accident, tu m'as dit une chose qui m'a terrifiée.

— Quoi ?

— Que tu n'avais pas connu de chagrin d'amour.

— Et c'est grave ?

— Si c'est vrai, c'est que tu n'as jamais été amoureuse.

— Tu en as connu, toi, des chagrins d'amour ?

— Bien sûr, effroyables ! De ceux qui te font penser que la terre s'est arrêtée de tourner. Des mois à suffoquer de solitude, à guetter la sonnerie d'un téléphone comme si la vie ne dépendait plus que d'un appel et que le reste de ton existence ne serait qu'un long hiver. Et puis le printemps revient, parce qu'il revient toujours. Il suffit d'un regard pour se remettre à aimer. Et il y a eu ton père.

— Comment vous êtes-vous rencontrés avec Sam ?

— Sam ?

Betsy vit le trouble de Melly dans son regard.

— Ça ne va pas, Melly ? Tu es toute pâle.

— Ce n'est rien. C'est ce rêve que j'ai fait la nuit dernière. Il m'a hantée toute la matinée.

— De quoi as-tu rêvé ?

— Ça ressemblait à un souvenir d'enfance. J'étais dans ma chambre, je me levais au milieu de la nuit, et m'installais à la fenêtre. Je grelottais de froid et j'appelais Sam pour qu'il vienne à mon secours.

— Mais enfin, qui est-ce Sam ?

— Je n'en sais rien.

— Es-tu certaine que ce soit une bonne idée d'aller répéter avec Simon ?

— Tout ce qui me permet de sortir de cette maison est une bonne idée.

Betsy ajusta les épaules du cardigan, tira un peu sur le T-shirt et contempla sa fille.

— Je ne peux pas croire que tu aies réussi à convaincre Harold de t'offrir ces vêtements.

— Je ne lui ai pas laissé beaucoup le choix.

— Ton père n'est pas un mauvais homme, c'est juste un homme. Derrière son orgueil démesuré se cache un être inquiet et si fragile. Il est autoritaire, exigeant, mais au fond il est très généreux. Il m'insupporte autant que je l'aime. À l'époque où nous nous sommes rencontrés… mais je t'ai raconté cent fois cette histoire et tu vas être en retard.

Betsy prit Melly dans ses bras et l'embrassa tendrement.

— File, maintenant, nous déjeunerons toutes les deux un autre jour et je te la raconterai à nouveau.

*

Melly prit un taxi, aperçut en chemin le tramway qui se dirigeait vers sa destination et décida de l'emprunter, parce que ça l'amusait. Elle en redescendit devant l'imposant bâtiment du Symphony Hall, érigé au début du siècle. On devait son architecture à un élève de Pei.

Simon était seul sur la scène, il accordait son violon et tourna la tête quand Melly s'approcha. Le piano trônait au milieu, couvercle relevé. Elle salua Simon et alla prendre place sur son tabouret, faisant bonne figure.

Simon lui proposa de commencer par le deuxième mouvement du dernier concerto qu'ils avaient joué ensemble, et comme Melly le regardait d'un air inquiet, il précisa que la partition était sur le chevalet.

Il la laissa d'abord s'exercer seule et se joignit à elle dès qu'elle interpréta les premières mesures des *Jeunes Danseuses à la lumière du soir*.

George Rapoport sortit de son bureau et resta caché dans les coulisses. Une demi-heure plus tard, il haussa les épaules et repartit vaquer à ses affaires.

À la fin de l'après-midi, Simon jugea qu'ils avaient assez travaillé pour une première séance et l'emmena dîner dans un restaurant du quartier.

Quand ils furent partis, Rapoport prit son téléphone pour appeler Harold.

*

Melly emmena Simon chez Mimi. La salle était bondée et ils décidèrent de dîner au bar. Simon commanda deux coupes de champagne.

— C'était intéressant pour une première fois, dit-il en invitant Melly à trinquer.

— Donc très insuffisant, répondit-elle.

— Nous aurons besoin de répéter encore pour que tu retrouves ton jeu, mais je t'assure, tu t'en es bien tirée. Nous n'avons pas commencé par une œuvre facile.

— Tu mens mal et c'est dommage, car je ne peux m'en remettre qu'à ton jugement.

— Tu n'exagères pas un peu ? questionna Simon en la taquinant.

— Non, je lis la partition et mes mains font le reste sans que je décide de rien, c'est une sensation étrange, presque dérangeante.

— Je connais beaucoup de pianistes qui aimeraient être aussi dérangés que toi. Tu n'as rien perdu de ta virtuosité.

— Alors qu'est-ce qui ne va pas ?

Simon lui tendit la carte des plats.

— J'ai une faim de loup, qu'est-ce qui te ferait plaisir ? Tu es mon invitée.

*

Betsy s'étonna de ne pas voir Harold dans la salle à manger. Il était toujours d'une ponctualité exemplaire quand il s'agissait d'aller à table. Elle l'appela dans le couloir, passa la tête dans son bureau, monta dans la chambre et téléphona à Walt pour vérifier que monsieur était bien rentré. Le chauffeur le lui confirma, mais il ignorait où il se trouvait.

Inquiète, Betsy inspecta les deux ailes de la demeure. Prise d'un doute, elle rebroussa chemin et poussa la porte du salon de musique. Harold était avachi dans le fauteuil qu'il occupait toujours pour écouter jouer sa fille, la tête au creux des mains. Il n'entendit même pas Betsy entrer.

— Ça ne va pas, Harold ?

Il se redressa, la mine défaite, et Betsy redoubla d'inquiétude.

— Il est arrivé quelque chose à Melly ?

— Non, soupira-t-il.

— Tu me le jures ? insista Betsy.

— Elle va très bien, elle dîne en ville.

Betsy le regarda, l'air interdit.

— Tu as une maîtresse et elle t'a quitté ?

— Ne dis pas de sottises.

— Alors qu'est-ce qui ne va pas, Harold ?

— Rapoport !

— George est souffrant ?

— Non, clairvoyant. Et j'ai découvert chez lui un sens aigu de la cruauté que je ne lui connaissais pas.

— Il trompe Nina ?

— Arrête avec tes histoires d'adultère, c'est agaçant à la fin ! Il m'a téléphoné tout à l'heure pour m'expliquer que ma fille n'avait plus de talent. « Elle joue avec une dextérité qui n'est pas critiquable, mon cher Harold. Après toutes ces années, c'est le minimum, mais l'émotion, Harold, où est passée l'émotion ? Melody a perdu sa sensibilité artistique, Harold. » Cet abruti se sentait obligé de répéter mon prénom à chaque phrase, comme un marteau qui s'acharne à enfoncer le clou et tape encore dessus quand il a disparu dans le mur. « Nous ne pourrons pas la réintégrer dans le philharmonique, comprenez bien mon cher Harold, ce n'est pas de gaieté de cœur que… »

— Que quoi ?

— Je n'en sais rien, je lui ai raccroché au nez.

— Tu as bien fait.

— Je devrais racheter le philharmonique et le virer.

— Réfléchis plutôt à la façon d'annoncer cela à ta fille.

— Quelque chose a déraillé, Melly n'est plus elle-même. Tu as vu ses nouveaux goûts vestimentaires ?

— Harold…

— Ah, tu ne vas pas t'y mettre toi aussi, je connais mon prénom bon sang de merde !

— Calme-toi, je t'en prie, et écoute-moi. Nous avons failli la perdre et les miracles de la médecine moderne nous l'ont rendue. Mais le temps est venu que nous acceptions de faire le deuil de la personne qu'elle était avant cet accident. C'est vrai qu'elle a changé. Elle est plus insouciante, moins acharnée à sa musique, elle a parfois l'esprit ailleurs, parle un peu différemment et s'intéresse à d'autres choses. Aux autres notamment, ce qu'elle ne faisait jamais. Ses goûts aussi ont changé et quand bien même devrait-elle arrêter sa carrière, une chose reste immuable, elle est Melly, notre fille.

— Eh bien moi, je ne la reconnais plus ! Et ne me regarde pas comme si j'étais un monstre. Je ne te parle pas de ses absences, de ses réponses incohérentes ou maladroites dès que nous évoquons le passé, de ses mensonges naïfs pour nous faire croire qu'elle se souvient de ce dont nous lui parlons. C'est bien plus que cela, comme si elle n'avait jamais vécu dans cette maison ni partagé quoi que ce soit avec nous, d'ailleurs. Ne dis rien, je lis dans tes yeux ce que tu penses. D'accord, je suis un monstre et toi une sainte, mais je suis un monstre lucide et toi tu es dans le déni.

Harold se leva, passa devant sa femme et alla s'enfermer dans son bureau.

*

Betsy ne ferma pas l'œil de la nuit. Un orage grondait sur la région. La pluie frappait aux carreaux, les éclairs irradiaient une lumière blanche dans la pièce. Betsy se moquait bien du tonnerre, mais les hurlements du vent qui courait entre les cimes des chênes du domaine la faisaient frémir, la ramenant à cette nuit où sa vie avait basculé. Se retournant maintes fois sur l'oreiller, elle repensa au cauchemar de Melly. Ce n'était pas le premier. L'autre soir déjà, en passant devant la porte de sa chambre, elle l'avait entendue gémir.

À cinq heures trente du matin, Betsy se rendit dans la cuisine. Le personnel n'avait pas encore pris ses quartiers, peu lui importait, car elle se réjouissait d'être seule. Elle se prépara un thé et s'installa à la table. Elle avait besoin de réfléchir.

À six heures, prenant son courage à deux mains, elle dicta un message vocal qu'elle envoya au médecin de Melly, lui demandant de la rappeler au plus vite et de la recevoir dans la journée.

*

Le rendez-vous eut lieu en milieu d'après-midi. Betsy dut patienter une demi-heure dans une salle d'attente avant d'être reçue. Le médecin s'excusa, il avait fait de son mieux pour la caser entre deux patients. Elle lui signifia poliment qu'elle n'était pas une de ses patientes et le médecin en profita pour rappeler qu'il ne pouvait évoquer la santé de Melly en son absence. Secret médical oblige.

Mais Betsy lui rappela à son tour que son mari avait fait une donation considérable à Longview. Et elle lui exposa ses doléances, ou plutôt celles de Harold.

Le médecin avança sa tablette numérique et traça du doigt sur l'écran une forme vaguement ovale. Elle était censée représenter un cerveau. Tous les médecins ne savent pas faire de beaux dessins. Il marqua d'une croix la partie du lobe occipital qui avait été endommagée et réexpliqua que les chirurgiens l'avaient remplacée par un greffon. Il fallait se féliciter qu'il n'y ait eu aucun rejet.

Avant d'autoriser Melly à quitter le Centre, on lui avait fait passer une énième batterie d'examens, ajouta-t-il. En temps normal ces investigations fort coûteuses auraient été jugées superflues, mais le directeur de recherche en personne les avait exigées, par précaution.

Et elles s'étaient en effet avérées superflues, les résultats des imageries atomiques et biologiques confirmaient une nouvelle fois l'intégrité du cerveau de Melly. Les tests cognitifs également.

Ses troubles mnésiques étaient un mystère, mais le médecin ne doutait pas qu'ils soient le fruit d'une affection passagère.

Betsy prit son courage à deux mains pour poser la question qui l'avait empêchée de dormir toute la nuit. Était-il possible que sa fille souffre d'un trouble du comportement ? Le médecin lui demanda de préciser ce qu'elle entendait par là, et Betsy dut s'y reprendre à deux fois avant d'oser prononcer le mot « schizophrénie ».

L'air condescendant, le médecin lui tapota la main pour la rassurer. Melly ne présentait aucun symptôme qui puisse permettre d'envisager une telle chose.

Mais alors, comment justifier ses troubles, le désarroi qui se peignait parfois sur son visage, cet air perdu qu'elle arborait si souvent, les cauchemars qui la hantaient la nuit ?

Le médecin prétendit que les cauchemars étaient bon signe. La mémoire émotionnelle avait besoin de stimuli pour être réveillée. Le processus lui semblait trop complexe pour qu'il se donne la peine de le détailler à Betsy, mais il le résuma en lui disant qu'au fil du temps Melly serait confrontée à des événements anodins qui agiraient comme des commutateurs rallumant les flux électriques de son cerveau. Il s'en tint là, car ce n'était déjà pas très clair, et préféra évoquer la fameuse brioche de Froust. Betsy le corrigea. L'écrivain français auquel il faisait référence s'appelait Proust, et la brioche était une madeleine. Le médecin la remercia de cette précision, il avait toujours cru que Madeleine était sa femme.

Soudain, il releva la tête, songeur, et Betsy détecta une étincelle dans ses yeux, comme s'il avait eu enfin une idée qui donne du sens à ce rendez-vous.

Compte tenu du stress traumatique qu'avait subi Melly, il était possible, et il ajouta aussitôt que ce n'était qu'une hypothèse, que Melly ait un trouble dissociatif de l'identité. Les symptômes variaient, mais le malade pouvait en effet présenter des inaptitudes à une situation vécue. On parlait aussi d'amnésie dissociative ou de trouble de la dépersonnalisation. En résumé, le patient ne savait plus bien si ses souvenirs étaient authentiques, ni même parfois qui il était.

Ce diagnostic, aussi hypothétique fût-il, satisfit immédiatement Betsy et le médecin remonta en flèche dans son estime, qui était au plus bas quand il lui expliquait un peu plus tôt que tout était normal alors qu'elle savait bien que ce n'était pas le cas.

Dépersonnalisation, c'était exactement ce que Harold avait cherché à exprimer. Sacré Harold, qui finalement ne manquait pas de bon sens derrière son côté râleur.

Melly avait donc perdu sa personnalité, et ce ne devait pas être bien grave, parce qu'une personnalité, ça se retrouvait forcément. Surtout celle de sa fille, qui occupait tant de place.

Mme Barnett semblait plus calme, et le médecin sentit qu'il avait mis le doigt sur une explication rationnelle qui contenterait aussi Harold Barnett. La montagne de problèmes qu'il avait redoutée en apprenant que Mme Barnett souhaitait le rencontrer sans délai était en train de s'effondrer comme un tas de sable, alors tant pis pour le rendez-vous suivant qui accusait déjà une heure de retard, il allait faire en sorte que tas de sable elle reste.

Maintenant que l'on savait à quoi s'en tenir, que faire ? questionna Betsy.

En temps normal, le médecin aurait recommandé des examens complémentaires pour valider son diagnostic, mais pas cette fois-ci. Il griffonna une ordonnance sur sa tablette et prescrivit un traitement médicamenteux. Il abandonna Mme Barnett le temps d'aller le chercher à la pharmacie du Centre et revint lui expliquer la posologie.

Après une poignée de main émouvante, Betsy quitta le Centre, plus heureuse que jamais. Et tandis que Walt lui ouvrait la portière, elle pensa que si des femmes comme elle régnaient aux destinées du monde, il y aurait sur terre plus de solutions que de problèmes.

*

Ce soir-là, le dîner fut avancé d'une demi-heure. Betsy ne tenait plus en place et elle convoqua sa famille à dix-huit heures trente dans la salle à manger. Elle attendit que chacun soit assis autour de la table et annonça avoir une déclaration importante à faire.

Un peu plus tard, devant une Melly intriguée et un Harold stupéfait, elle acheva le compte rendu de son entretien avec le charmant et si compétent médecin du Centre de Longview.

— Donc ma chérie, tu prendras deux de ces cachets, matin et soir, et d'ici quelques semaines, ta mémoire te reviendra. Alors, tu pourras laisser libre cours à tes émotions, et ta sensibilité artistique se réveillera avec elle.

— Je ne me savais pas malade, protesta Melly en faisant tourner le tube de comprimés entre ses doigts.

Harold toussota à deux reprises, parce que pour une raison qui, même dans la seconde moitié du XXIe siècle, restait un mystère pour la science, la lâcheté fait toussoter les hommes, et Betsy vola à son secours.

— Ton père et moi ne sommes pas aveugles. Nous savons que ça ne va pas comme tu le voudrais, nous sommes tes parents. Je te demande juste de suivre ce traitement pendant quelques mois avec une régularité sans faille. Le docteur a bien insisté là-dessus.

Betsy se trompait sur un point, Melly ignorait ce qu'elle voulait, à part quitter à tout prix cette salle à manger. Mais, soucieuse de rassurer ceux qui lui témoignaient tant d'amour elle avala deux comprimés avec un grand verre d'eau, sous le regard émerveillé de sa mère.

*

Au même moment, le médecin du Centre était convoqué dans le bureau du directeur de recherche pour lui faire un rapport détaillé de son rendez-vous avec Mme Barnett. Le médecin se félicita de la conclusion à laquelle il était arrivé, ajoutant qu'il n'y avait plus à craindre un éventuel procès.

Avant de se retirer, il ne put s'empêcher de demander à son supérieur hiérarchique, pourquoi il avait tant voulu qu'il prescrive un antidépresseur aussi puissant à sa patiente, surtout compte tenu de sa pathologie. On connaissait depuis longtemps les effets secondaires de ces médicaments, et la perte de mémoire en était un notoire.

Pour seule réponse, Luke lui demanda s'il était un jeune médecin ou un directeur de recherche qui, comme lui, avait consacré quarante années de sa vie à l'élaboration et au perfectionnement du programme Neurolink. La réponse était évidente, mais il prit la peine d'ajouter qu'il savait très bien ce qu'il faisait. La restauration mémorielle pouvait engendrer un état dépressif larvé qui, lui-même, pouvait engendrer un blocage de la mémoire. Combattre le mal par le mal n'était pas une expression vide de sens. Jusqu'à ce que le vaccin soit découvert, on utilisait bien les rayons X pourtant cancérigènes pour éradiquer le cancer.

Le médecin réfléchit et trouva une certaine logique à ce raisonnement. Il salua Luke et le remercia de l'aide qu'il lui avait apportée dans ce dossier difficile.

Un peu plus tard, en rentrant chez lui, le médecin du Centre se demanda tout de même par quelle prescience son patron avait pu décider du traitement nécessaire, sachant qu'il lui avait ordonné sa prescription juste avant la visite de Madame Barnett.

Et il trouva pour seule explication logique que s'il occupait le poste de directeur de recherche d'un des laboratoires les plus en pointe c'est qu'il était certainement d'une intelligence qui le dépassait.

Et le traitement ne tarda pas à porter ses effets.

Melly retrouva un sommeil exempt de tout cauchemar.

Elle dormait tard le matin.

Se sentait légère l'après-midi.

Presque vaporeuse après la seconde prise du soir.

Surtout, elle souriait beaucoup, ce qui ravissait sa mère.

Travaillait sans relâche à son piano, ce qui ravissait son père.

Enfin, elle ne se souciait plus de se souvenir de quoi que ce soit.

19.

Melly répétait un concerto quand la cuisinière frappa à la porte du salon de musique. Elle informa Melly que quelqu'un la demandait.

— Mon père ne veut pas qu'on me dérange pendant mes répétitions, protesta Melly les yeux rivés à sa partition.

— Monsieur dit ce qu'il veut dans sa maison, et moi je fais ce que je veux dans ma cuisine.

Dolores se tenait dans l'encadrement de la porte, laissant entendre qu'elle ne s'était pas déplacée pour rien.

— Alors transférez l'appel ici, demanda Melly.

— Qui vous a parlé de téléphone ? Venez et ne posez pas de question.

La cuisinière passa par l'aile gauche de la demeure pour éviter le bureau de Harold. Melly la suivit.

— Là, dit Dolores en lui montrant la porte de l'office.

Dans la pièce, elle trouva Simon, assis sur le rebord de la fenêtre.

— Qu'est-ce que tu fais ici ?

— Tu ne réponds plus à mes appels, alors me voilà.

— Personne ne m'a dit que tu avais cherché à me joindre.

— Tu n'écoutes jamais ta messagerie ?

— Quelle messagerie ?

— Bon sang, Melly, dans quelle époque vis-tu ? Elle est accessible partout, il suffit que tu l'interroges.

— Comment ?

— Je t'expliquerai, mais je ne suis pas venu pour t'apprendre à te servir d'une commande vocale.

— Alors pourquoi es-tu là ?

— Je t'emmène en week-end à Barnstable, je suis invité chez des amis et je ne veux pas m'y rendre seul. Tu es bien placée pour savoir que je n'ai rien du prince charmant dont une femme pourrait rêver, mais je t'enlève, de gré ou de force.

— En même temps, si j'étais d'accord, ce ne serait plus vraiment un enlèvement.

— Eh bien ne sois pas d'accord, répondit Simon en la tirant par la main.

— Attends ! Il faut que je prenne quelques affaires.

— Non, nous pourrions croiser ton père, et si je me suis donné la peine de garer ma voiture derrière les cuisines, c'est précisément afin de l'éviter. Il trouverait mille raisons pour que tu restes cloîtrée dans cette maison.

Melly n'eut pas le temps de réfléchir plus longtemps. Simon l'entraînait dehors, sous le regard complice de la cuisinière, ravie d'avoir joué ce tour à son patron. Elle avait vu grandir Melly et elle n'aimait pas du tout ce qui se passait ces dernières semaines. Elle s'en était même plainte auprès de Walt en lui disant que la petite était littéralement emprisonnée par son père, et Walt, qui partageait son avis, avait eu l'idée, deux jours plus tôt, après avoir accompagné madame à la gare prendre son train pour New York, de faire un petit détour vers le Symphony Hall avant de rentrer.

Le cabriolet de Simon filait vers le sud sur la MA-3S. Barnstable était à une heure trente de route. Les cheveux de Melly giflaient sa figure, et Simon lui prêta son foulard pour qu'elle les noue.

Il n'y avait pas de nuage dans le ciel, hormis quelques légers cirrus aperçus en chemin, dont un qui avait pris la forme d'un chapeau, ou d'un boa qui aurait avalé un éléphant.

*

Perchée sur pilotis, la maison tout en bois dominait la plage. La décoration intérieure était simple, mais pleine de charme. Le salon oblong baignait dans la lumière d'une grande fenêtre qui offrait une vue spectaculaire sur la baie de Cape Cod.

Pia et son mari les accueillirent à bras ouverts. Melly apprécia tout de suite cette jeune femme. Son naturel semblait sincère et elle portait au visage un sourire qui ne la quittait pas.

Simon leur présenta Melly, laissant planer un doute sur la nature de leur relation.

— Ne me dis pas que tu m'as amenée ici pour que je te serve de couverture ? chuchota Melly, alors que la maîtresse de maison les guidait vers l'étage.

Simon n'eut pas besoin de répondre puisque Pia les installa dans une chambre où un grand lit faisait face à l'océan.

— Vous verrez, dit-elle, on dort très bien, surtout en ce moment où la marée monte avec la nuit. Je ne connais rien de plus apaisant que le ressac. Reposez-vous, ou allez vous promener sur le sable si le cœur vous en dit. On se retrouve vers dix-huit heures pour un apéritif sur la terrasse. Mais nous dînerons à l'intérieur. Il fait frais dès que le soir tombe.

Pia se retira et Melly observa tour à tour Simon et le lit.

— Je dormirai très bien par terre, dit-il, et je ne ronfle pas.

— Combien d'invités serons-nous, ce week-end ?

— Toi, moi, et nos deux hôtes.

— Enfin Simon, si ce sont des amis, pourquoi tu ne leur dis pas la vérité ?

— Parce que le mari de Pia est une pipelette, et ses parents de très bons amis des miens.

— Je vois. Et je mets quoi ce soir ?

— Ta cuisinière a eu la gentillesse de te préparer un sac, il est dans le coffre de la voiture. Allons voir cette plage de plus près, nous le récupérerons en rentrant.

*

La plage s'étendait jusqu'à l'extrémité septentrionale de la baie, rousse comme un croissant de lune posé au ras des flots.

Dès qu'ils foulèrent le sable, Melly ôta ses chaussures, releva sa jupe et fonça vers les vagues.

Simon s'assit au pied d'une dune et l'observa. Elle courait derrière une mouette, aussi rieuse qu'elle, et s'enivrait de la tiédeur de cette fin d'après-midi. Dès qu'elle s'approchait, le palmipède s'envolait dans un cri râleur, faisait un petit tour en l'air et revenait se poser obstinément à quelques mètres de son point de départ. Et le manège recommençait, à croire que Melly n'était pas la seule à s'amuser de ce petit jeu.

À bout de souffle, elle finit par rejoindre Simon. Ils regardèrent ensemble le soleil dont la course déclinait lentement à l'ouest.

— Tu sais quoi, Simon, dit-elle en posant sa tête sur son épaule, les petits moments de la vie, eh bien ils ne sont pas petits du tout.

De retour dans la chambre, Melly fouilla son sac de voyage. Elle y trouva une jupe longue et décontractée, un chemisier en coton, une paire de jeans, des dessous, des ballerines, une chemise de nuit et une trousse de toilette. Elle pensa qu'il lui faudrait remercier Dolores qui n'avait rien oublié, à part ses médicaments. Comment aurait-elle pu y penser puisque Harold et Betsy n'avaient dit à personne que leur fille suivait un traitement.

*

Le repas de Pia était délicieux. Au moment du dessert, elle se tourna vers son invitée et la bombarda de questions : sur la façon dont elle avait rencontré Simon, sur son métier, sa famille, son enfance… Quand Simon ne répondait pas à sa place, il s'efforçait de changer de conversation.

Melly se proposa d'aider à débarrasser la table. Elle rapportait des assiettes à la cuisine quand Pia lui fit signe de la suivre. Elles sortirent par la porte arrière de la cuisine et se retrouvèrent sur un coin de la terrasse en bois qui cintrait la maison.

— Tu fumes ? demanda Pia.

— Non.

— Moi si, dit-elle en se hissant sur la pointe des pieds pour attraper un paquet de cigarettes caché au-dessus d'une applique. Fumer est mortel et bien plus encore quand tu es seule… Alors, Simon et toi jouez ensemble depuis longtemps ? enchaîna-t-elle.

— Un certain temps, répondit Melly laconique.

Le silence dura jusqu'à ce que Pia exhale sa dernière bouffée.

— Le petit sofa de votre chambre est convertible, dit-elle. Simon y dormira mieux que sur le plancher.

Elle lui fit un clin d'œil, jeta sa cigarette au loin et retourna dans la cuisine.

*

Melly monta se coucher la première. Simon la rejoignit quelques instants plus tard. Le canapé-lit n'était pas déplié et Melly tapota sur l'oreiller à côté d'elle.

— Tu peux coucher là, à condition que tu ne dormes pas tout nu.

— Vraiment ? Ça ne te dérange pas ?

— Pour être honnête, j'aimerais me souvenir de ce que l'on ressent en s'endormant à côté d'un homme.

— Ta mémoire est si vague ? questionna Simon en s'allongeant près d'elle.

— Ces derniers temps, de plus en plus.

Ils éteignirent la lumière, et lorsque l'obscurité se fit, Melly révéla à Simon tout ce qui lui était arrivé depuis l'accident d'hélicoptère. La chirurgie réparatrice, les greffes, son coma, son séjour au Centre de Longview, son réveil…

Simon fut fasciné par ce qu'elle lui avait raconté sur Neurolink. Il se souvenait d'avoir parcouru un article à ce sujet, mais il avait pensé que la récupération mémorielle n'en était encore qu'au stade expérimental. Melly lui affirma que, bien au contraire, une centaine de patients avaient été « restaurés » avant elle et que la liste d'attente des gens qui voulaient sauvegarder leur mémoire ne cessait de s'allonger.

Simon lui confia avoir entendu un ex se vanter dans un dîner qu'un de ses amis avait subi une intervention de ce genre après un accident de moto. Il n'y avait pas vraiment cru, pensant que son ex faisait de l'esbroufe pour impressionner la galerie.

— Et il était comment ton ex ? demanda Melly en bâillant.

— Beau et infidèle.

*

En ouvrant les yeux, le lendemain, ils découvrirent par la fenêtre un ciel aussi limpide que la veille.

Melly contempla soudain d'un air étrange les affaires que Simon avait abandonnées sur la chaise.

— Tu n'aimes pas ce pantalon ? questionna Simon.

Melly ne répondit pas. Elle aurait juré, l'espace d'un instant, avoir vu sur le T-shirt de Simon le dessin d'une sorcière pendue à un arbre. Comme une apparition qui n'était déjà plus.

Après un petit déjeuner copieux, Pia leur annonça qu'ils avaient quartier libre jusqu'au soir. Si leur appétit se réveillait autour de midi, Barnstable ne manquait pas d'endroits charmants où déjeuner. Quoi qu'il en soit, elle leur conseillait d'aller visiter le village, ils y trouveraient plein de petites galeries d'art.

Ils s'y rendirent d'un saut de cabriolet et parcoururent les ruelles en entrant dans les galeries d'art au goût très relatif.

Leur promenade se poursuivit jusqu'au port et Simon proposa à Melly d'avancer vers la jetée où un marchand ambulant avait installé sa carriole. Son café et ses muffins seraient les bienvenus.

— C'était courageux hier soir, dit Simon.

Un jeune homme grattait des morceaux rétro sur sa guitare, au bon cœur des promeneurs. Au moment où Melly passa devant lui il fredonnait : « *And here's to you, Mrs. Robinson…* »

— J'ai joué la comédie avec plaisir, reprit-elle après un court instant d'absence. La soirée était joyeuse et j'ai beaucoup apprécié Pia.

— Je parlais de notre conversation dans la chambre. Je suis très touché que tu te sois confiée à moi. Il fallait du cran pour me raconter ça et tu t'es jetée à l'eau.

Depuis qu'ils avaient posé les pieds sur cette jetée, Melly se sentait bizarre. Elle se tourna brusquement vers Simon et planta ses yeux dans les siens.

— Embrasse-moi ! Je sais que tu n'aimes pas les femmes, mais embrasse-moi, s'il te plaît, murmura-t-elle.

Alors Simon l'embrassa. Ce fut un baiser délicat. Et soudain, un visage lui apparut, trop furtivement pour qu'elle le reconnaisse, mais elle se remémora d'autres lèvres, un parfum d'homme, une odeur de peau.

Plus important encore, Melly se souvint d'avoir aimé. Maintenant, elle en était certaine.

Lorsque le baiser s'acheva, Simon l'observa, tout de même un peu surpris.

— Je suis confuse, je ne sais pas ce qui m'a pris, bredouilla-t-elle.

— Surprenant, répondit Simon, mais pas mal, pas mal du tout, ajouta-t-il. Tu es la première femme de ma vie…

Affreusement gênée, Melly posa une main sur sa bouche pour qu'il en reste là, mais Simon l'écarta gentiment.

— … et la dernière, dit-il en éclatant de rire.

Et ils allèrent boire leur café au bout de la jetée.

*

Le soir, alors qu'ils regagnaient leur chambre, après le dîner, Melly, qui avait attendu patiemment ce moment, interrogea Simon.

— Est-ce que tu m'as connu une relation sérieuse ?

— Non.

— Je ne t'ai jamais parlé de quelqu'un en particulier ?

— Pas que je sache, mais tu as toujours été très discrète sur ta vie privée. Au point que les musiciens doutaient que tu en aies une. Le piano était le seul amant qu'on t'accordait, et sans mauvais jeu de mots.

— À ce point ? Il n'est jamais arrivé qu'un homme me rejoigne pendant nos tournées ?

— Non plus. Ou alors, il était lui aussi d'une discrétion remarquable. Qu'est-ce que j'ai dit ?

— Rien, une sensation étrange quand tu as dit « remarquable ».

— C'est peut-être bon signe, un mot magique qui va réveiller ta mémoire.

Et Simon s'amusa à répéter plusieurs fois le mot « remarquable » sans que rien de remarquable se produise.

Cette nuit-là, Melly se remit à rêver.

Elle était dans une petite chambre d'hôtel au bord de la mer. Les draps étaient défaits, une paire de jeans reposait sur une chaise près de la fenêtre où elle se tenait. L'air marin lui fouettait le visage, elle avait les pieds couverts de sable, une vague avançait vers elle, sans qu'elle lui oppose la moindre résistance. Autant d'images étranges comme il en apparaît dans les rêves. Mais plus étrange encore, quand son visage se refléta dans le miroir accroché au-dessus du lit, elle ne se reconnut pas.

Elle se réveilla en sueur. Le petit matin perçait la nuit et elle fut incapable de retrouver le sommeil.

*

Simon la raccompagna chez elle en début d'après-midi. Il voulait à tout prix éviter les embouteillages du dimanche, il repartait le soir même en tournée.

Il s'en voulut de le lui avoir dit et Melly le rassura, elle n'avait pas la nostalgie des concerts, ni aucune autre d'ailleurs. L'amnésie avait au moins cet avantage.

En arrêtant la voiture devant le perron de la demeure des Barnett, Simon lui promit de lui écrire régulièrement, puisqu'elle ne savait pas se servir d'une messagerie vocale.

— Et tu as bien compris que le courrier électronique n'est pas livré par le facteur ? ajouta-t-il.

— Et toi est-ce que tu es au courant que tu pourrais prendre une gifle que je te donnerais de bon cœur.

Melly fit mine de se pencher vers ses lèvres et détourna son baiser au dernier moment pour le poser sur sa joue.

— Je t'ai fait peur, hein ?

— Non, avec toi je pourrais y prendre goût.

— Je ne te crois pas une seconde, mais j'aime que tu sois galant. Merci pour ce week-end, c'était un joli moment, sauf que maintenant, j'ai autant envie de rentrer que de me pendre à une corde de piano.

— Tu sais qu'à ton âge tu pourrais envisager de quitter le domicile parental.

— Je ne cesse d'y penser depuis hier. Je n'aurais jamais dû rendre l'appartement que je louais quand nous avons commencé cette tournée. En même temps, un an sur les routes… et puis il paraît que je voulais m'installer en Toscane. J'ai appris tout ça d'une interview que j'avais donnée à un journaliste italien.

— Et s'il avait été allemand, tu lui aurais sûrement raconté que tu rêvais d'aller vivre à Berlin. Je ne rentrerai pas avant plusieurs semaines, alors si tu étouffes dans cette immense demeure, mon soixante mètres carrés est à ta disposition. Je préviendrai le portier et il te suffira de lui demander le double des clés. Tu peux t'y installer comme si c'était chez toi.

Melly remercia Simon, le cœur pincé à l'idée qu'il parte si longtemps.

Lorsque la voiture s'éloigna, elle grimpa les marches et entra dans la maison.

Betsy l'attendait dans le hall et la prit dans ses bras.

— Alors, qui avait raison ? lui dit-elle dans le creux de l'oreille en jubilant.

— Toi, bien sûr, soupira Melly.

Elle se rendit à la cuisine pour embrasser Dolores, et se souvint qu'on était dimanche.

Betsy l'avait suivie, impatiente d'entendre le récit du week-end.

— Tu veux un thé ? Il ne devait pas faire chaud dans cette décapotable.

Elle se proposa de le préparer. Melly s'assit à la table pour l'observer. Le moment était propice à la confidence.

— Je crois que ma mémoire se réveille, dit-elle, j'ai entrevu des choses. Je n'ai pas vraiment pu les identifier, mais elles me sont venues comme des flashs. C'est la première fois que ça arrive.

Betsy posa la théière et la serra tendrement dans ses bras.

— Je suis si heureuse pour toi. Je ne remercierai jamais assez ce médecin. Surtout, pense bien à prendre tes médicaments.

20.

Pendant que Melly était à Longview, son kiné lui avait suggéré d'éplucher ses mails pour y retrouver ses amis. Ils avaient nécessairement dû chercher à obtenir de ses nouvelles.

Comme il le lui avait montré, elle avait cligné trois fois des yeux face à l'écran de la tablette et le logiciel de reconnaissance faciale l'avait immédiatement connectée à sa messagerie.

À défaut de vrais témoignages d'amitié, Melly n'avait trouvé que de vagues billets de sympathie ou d'encouragements postés par des collègues musiciens et des fans, principalement au cours des jours qui avaient suivi l'accident. Et puis plus rien, hormis quelques invitations envoyées par des agences de relations publiques ignorant son état.

Devant ce vide sidéral, Melly avait envisagé que sa vie, entièrement dévouée à la musique, n'ait été qu'un désert de solitude.

Son kiné lui avait interdit de nourrir de telles pensées. Les vrais amis n'étaient pas virtuels.

Sur ces belles paroles, Melly lui avait demandé si des amis étaient venus la voir, et le kiné n'avait pas su lui répondre.

Pour toutes ces raisons, elle n'avait plus jamais accédé à ses mails après son retour au domaine.

L'idée que Simon lui écrive changeait la donne et le soir, dès qu'elle rejoignait son lit, elle se connectait pour lire les messages qu'il lui envoyait de ville en ville.

Simon lui racontait comment s'étaient déroulés les concerts, l'accueil que le public lui avait réservé, parfois les rencontres qu'il faisait au détour des restaurants où il avait dîné, lui détaillant les ambiances, les menus et lui promettant souvent qu'ils y retourneraient ensemble.

Avant de s'endormir, Melly lui répondait toujours, même si le récit de ses journées n'avait rien de palpitant.

Un soir, en allumant sa tablette, elle découvrit un étrange message anonyme :

Ne prends pas ces médicaments.
De la part de quelqu'un qui te veut du bien.

Elle en fit part à Simon qui lui jura ne pas en être l'auteur.

Alors qui était cette personne qui lui voulait du bien, et pourquoi lui avait-on écrit ce message ?

Simon se piqua au jeu et un échange de mails occupa cette nuit qu'ils finirent par passer ensemble bien qu'à mille kilomètres de distance.

Quelqu'un est au courant que tu suis un traitement ?

À part mes parents, personne.

Quelqu'un aurait pu trouver la boîte de comprimés dans tes affaires ?

Dolores, quand elle a préparé mon sac de voyage, mais pourquoi m'écrirait-elle ça ?

Je n'en sais rien, interroge-la !

Quelle idée géniale !
Dolores, 3 petites questions de rien du tout : Auriez-vous fouiné dans mes affaires, écrit un courrier anonyme et qu'est-ce que vous nous avez préparé de bon à dîner ce soir !

☺

C'est joli, Toronto ? ta chambre d'hôtel te plaît ?

Elle ressemble à celle où je dormais hier, et avant-hier et avant-avant-hier…

Tu repasseras par Boston avant la fin de la tournée ?

Peut-être à la fin du mois.

Tu m'emmèneras dîner ?

Si je viens, ce sera pour te voir.

C'est gentil de m'écrire ça. Tu ne m'as pas répondu, c'est joli, Toronto ?

Je ne veux pas me mêler de ce qui ne me regarde pas, mais à quoi servent ces médicaments ?

Pour ma mémoire.

Elle s'améliore depuis que tu les prends ?

Depuis que je prends quoi ? ☺

☺☺☺

En fait, je ne me suis jamais sentie aussi bien que pendant ces deux jours chez Pia et pourtant je ne les avais pas avec moi.

C'est parce que je suis ton meilleur médicament…

Possible. C'était vraiment bien ce week-end.

Nous y retournerons. Promis.

Tu joues où demain ?

Relis mon mail d'hier soir.

Je sais… à Saint-Louis.

Alors pourquoi tu me le demandes ?

Pour que tu ne raccroches pas tout de suite.

Je ne crois pas qu'on dise : raccrocher un mail…

Et bien si, Dr Oxford[1]*, maintenant on le dit puisque je viens de le faire. Bon, il est tard, je te laisse, il faut que tu sois en forme demain.*

Je me connecterai vers minuit, dès que je serai dans ma chambre.

Où ça, déjà ? ☺
Bonne nuit, mon Simon, à demain. Je t'embrasse.

1. L'*Oxford* est un dictionnaire américain.

Melly posa sa tablette sur la table de nuit et éteignit la lumière.

Dix minutes plus tard, l'écran s'illumina à nouveau.

Étant d'un naturel vaniteux, rien ne peut me satisfaire autant que d'être tenu pour seul responsable de ton bien-être durant ce week-end. Même si la cuisine de Pia y était aussi pour beaucoup… (à ne surtout pas répéter à Dolores). Mais en y réfléchissant, tu devrais peut-être arrêter ce traitement quelques jours et voir comment tu te sens. Sur ces bons conseils du Dr Oxford, je vais vraiment me coucher.

*

Le lendemain, Melly était à son piano quand elle entendit un bruissement dans son dos. Elle essaya de rester concentrée sur la partition, mais ne résista pas longtemps à l'envie de se retourner.

Quelqu'un avait glissé une petite enveloppe sous la porte.

Elle se leva pour aller la chercher et la décacheta.

Mademoiselle,
Vous êtes attendue dans ma cuisine.
Votre dévouée Dolores qui a autre chose à faire que de jouer les messagères !

Melly relut le petit mot et se précipita vers la cuisine en passant par l'aile gauche de la maison pour les raisons que l'on connaît.

Dolores, occupée à ses fourneaux, se contenta de tendre le bras vers la porte du jardin.

Simon était adossé à la portière arrière d'un taxi.

— Je t'en supplie, ne me dis pas, « Mais tu n'es pas à Saint-Louis ? », lança-t-il en venant vers elle.

— Mais tu n'es pas à Saint-Louis ?

— Tu peux croire que le concert a été annulé ! L'opéra a brûlé hier soir. Heureusement, ils nous ont prévenus juste avant que l'on monte dans l'avion.

— Et tu es venu me voir ?

— Tu avais droit à deux questions idiotes, c'est fait. Tu montes ?

Melly se retourna vers la porte vitrée de la cuisine où Dolores agitait un torchon pour lui ordonner de déguerpir illico.

Elle monta dans le taxi qui démarra.

— Où va-t-on ?

— Je voudrais te présenter quelqu'un, répondit Simon. Je ne suis là que quelques heures. La troupe s'est déjà envolée vers Atlanta où nous jouerons demain.

— Mais pas toi…

— Je te préviens, si tu t'acharnes à faire des constats aussi brillants, c'est moi qui vais jeter ces médicaments. Je suis venu parce que j'ai du nouveau. Figure-toi qu'il m'a fallu du temps pour m'endormir après nos échanges de mails. Si bien que j'ai mis mon amour-propre dans un mouchoir et que j'ai appelé mon ex.

— Au milieu de la nuit ?

— Il fallait bien que je trouve un petit plaisir à cela, et le réveiller en était un. Et cesse de m'interrompre. Je l'ai questionné au sujet de son copain qui avait eu un accident de moto. Je te parierai mon archet qu'ils ont eu une affaire ensemble, mais bon, passons. Alvin Johnson habite Boston et mon ex a bien voulu nous mettre en relation. Je l'ai joint ce matin, dès mon réveil, je lui ai parlé de ton cas et il a accepté de nous voir. Je pensais t'envoyer seule au front, mais quand j'ai appris que la représentation de ce soir n'aurait pas lieu, j'ai laissé partir l'orchestre sans moi et j'ai fait ce petit crochet pour t'accompagner.

— Simon, je ne sais pas comment te remercier.

— Ben, tu dis merci, c'est comme ça que les gens font en général. Oui, je sais, je suis un type formidable. Tu n'as qu'à mettre ça sur le compte de notre amitié. Si tu penses que ta carrière de pianiste émérite a fait de ta vie un océan de solitude, sache que la vie d'un premier violon n'est guère plus peuplée, sinon par les quelques cachalots que j'ai pu draguer au cours de mes tournées. Le pathétique est sans limites ma chère, et ma curiosité encore plus, alors me voilà.

— C'est drôle que tu dises ça.

— Qu'est-ce que j'ai dit de drôle ?

— L'océan.

— Et c'est drôle ? Bon, allez, donne-moi ces comprimés tout de suite !

— Quand nous étions sur la plage devant la maison de Pia, je regardais l'océan et j'avais l'impression de lui ressembler.

— Tu avais l'impression de ressembler à l'océan ?

— Tu vas arrêter de te moquer de moi ?

— Pas si tu me rends la tâche aussi facile.

Le taxi se rangea devant un café. Melly observa les clients attablés en terrasse et se demanda avec lequel elle avait rendez-vous.

— Tu viens ? Je n'ai vraiment pas beaucoup de temps, râla Simon.

Alvin Johnson avait la tête de Steve McQueen vissée au corps d'Alvin Ailey. Les femmes assises aux tables voisines n'avaient d'yeux que pour lui et Simon eut un mal fou à bafouiller quelques syllabes qui, remises dans le bon ordre, auraient probablement donné : « Bonjour, est-ce que vous seriez libre à dîner ce soir ? »

Alvin les salua et les invita à s'asseoir. Il héla le serveur, commanda d'office trois cafés, et décocha un sourire à Melly. Simon, à peine remis d'une grosse bouffée de chaleur, s'étonna que sa température corporelle puisse chuter si vite.

— Alors, c'était comment pour toi ? questionna Alvin.

— Comment quoi ? demanda Melly.

— L'accident, le réveil, on est là pour parler de ça, non ?

— Hélicoptère et amnésie, répondit-elle du tac au tac, et toi ?

— Moto et bizarre.

— Bizarre comment ?

— Je me sens différent. Ils disent que c'est normal, je suis un « Restore », un homme 4.0 à la conscience restaurée. Ça fait chic, non ?

— Je n'avais pas vu les choses sous cet angle, mais maintenant que tu le dis. C'est qui « ils » ?

— Les médecins de Longview.

— Différent comment ? reprit Melly.

— Je me suis réveillé avec un appétit de lecture que j'ignorais jusque-là. Je ne dis pas que je n'avais jamais bouquiné, mais dès mon réveil, j'ai eu besoin de dévorer des livres, tous ceux qui me passaient par la main, et puis avant j'étais végétarien et maintenant j'adore la viande. C'est bizarre, non ?

— Oui, vraiment bizarre, répondit mollement Melly.

Un petit moment de silence et Alvin reprit :

— Alors toi, tu ne te souviens de rien ?

— J'ai eu quelques flashs, mais rien de probant.

Alvin tapota discrètement le mot « probant » sur son portable.

— Probant, éloquent, concluant… je vois ce que tu veux dire, soupira-t-il. Et tu es revenue dans ton propre corps ?

— Comment ça dans mon propre corps ?

— Le mien était foutu après l'accident, je ne portais pas de casque et…

— Épargnons-nous les détails, intervint Simon.

— Ta mémoire a été restaurée dans un autre corps que le tien ? interrogea Melly.

— Oui, c'est ce que je viens de dire. J'ai bénéficié de celui d'un homme en état de mort cérébrale et qui n'avait pas fait de backup. J'y ai gagné au change, enfin pour ma gueule.

Alvin leur raconta ce qu'il avait appris de ses médecins. Sa mémoire était restée stockée dans les serveurs de Neurolink pendant trois ans, jusqu'à ce qu'un corps compatible soit disponible.

Dans des cas comme le sien, Neurolink faisait un formatage complet du cerveau du donneur, par une série de puissantes décharges électriques, avant d'y réinjecter la conscience sauvegardée du receveur.

Melly lui demanda ce que signifiait un corps « compatible ».

— Même sexe bien sûr, même âge et mêmes caractéristiques physiques. Ce n'est pas obligatoire, mais c'est préférable. Cela évite des complications « post-restoratoire », surtout en ce qui concerne tes émotions et ta personnalité, à cause de la mémoire corporelle, enfin c'est ce qu'ils m'ont dit. Si tu es un athlète, on attendra de préférence le corps d'un autre athlète. Mon donneur était danseur, comme moi. C'est très étrange de faire des pointes sur ses pieds, j'ai parfois la sensation d'être un intrus. Mais je crois avoir compris que le plus important, c'était la compatibilité de certaines cellules corti… corticales, oui c'est le mot, dit-il en montrant son crâne. Enfin, c'est l'élément déterminant pour que Neurolink accepte le transfert.

Simon et Melly étaient sidérés par ce qu'ils entendaient.

— Vous avez faim ? Je grignoterais bien quelque chose, proposa Alvin qui ne doutait pas de se faire inviter en échange du temps qu'il leur consacrait.

Sans le lâcher des yeux, Simon poussa vers lui le menu qui traînait sur la table.

— Enfin, il y a quand même un hic. Il y en a toujours un quand on vous offre une seconde chance, n'est-ce pas ? Vous avez vu ce vieux film où un type passe plusieurs années sur une île déserte avant qu'un bateau ne le récupère ? Il rentre chez lui, tout content de retrouver la civilisation et sa vie d'avant… et sa vie d'avant elle est bien derrière, parce que sa femme l'a cru mort et elle a refait la sienne. Moi, j'ai passé trois ans dans un serveur, c'est un peu comme une île déserte avec le sable en moins. J'étais fou amoureux d'une danseuse étoile, nous formions un beau couple, mais il est resté dans le passé. Quand je suis retourné la voir, elle ne m'a pas reconnu. Elle aurait probablement pu s'habituer à mon nouveau physique…

— Ou il aurait fallu qu'elle soit particulièrement exigeante, interrompit Simon.

— La question ne s'est pas posée, entre-temps elle s'était mariée et avait eu un enfant. Je ne m'en vante pas, mais il m'arrive d'aller l'épier quand elle va chercher sa fille à la crèche. Et chaque fois que je les vois s'éloigner ensemble, j'imagine que ce bonheur aurait pu être le mien. Enfin, je suis en vie. Totalement déprimé, mais en vie. Le psy que je consulte au Centre prétend que c'est normal si cette déprime dure. Ils sont marrants les psys, tu leur dis que ça ne va pas du tout et ils t'expliquent que c'est normal.

— Pourquoi est-ce normal ? demanda Melly.

— Il a dit que la mémoire émotionnelle était la plus complexe et la plus résistante de toutes. Je suis désolé, je ne suis pas sûr de t'avoir beaucoup aidée en te racontant ma vie, mais ça fait toujours du bien de parler. Peut-être que toi aussi ça te ferait du bien. Si tu veux son téléphone… Je me moquais un peu de lui, mais c'est un psy très à l'écoute.

— Je crois qu'ils sont payés pour ça, dit Simon.

Alvin ne sembla pas avoir saisi le trait d'humour.

— Ce n'est facile pour aucun d'entre nous, mais une chose est certaine, nous sommes des survivants.

Melly ressentit une violente décharge électrique lui parcourir la nuque. Sa tête se mit à tourner et sa vision se troubla. Elle s'accrocha à la table et manqua de s'évanouir.

Simon la rattrapa de justesse en la retenant dans ses bras. Il la suppliait de garder les yeux ouverts et lui tapotait les joues.

Elle vit un ponton s'étirer sur la mer, sa silhouette s'y promenait, un homme à côté d'elle. Elle tourna la tête pour apercevoir son visage, mais elle recouvra ses esprits avant de l'avoir vu.

— Ça va ? demanda Alvin.

— Elle reprend des couleurs, répondit Simon.

— Toi aussi, dit Alvin.

— Ça va aller, murmura Melly en essayant de se redresser.

— Tu m'as fait une de ces peurs.

— Une petite crise d'hypoglycémie, sûrement. Je n'ai rien mangé depuis ce matin.

Alvin prit trois sachets de sucre en poudre qu'il déchira avant de les verser dans la tasse de Melly.

— Bois ça, dit-il.

Simon remercia Alvin du temps qu'il leur avait consacré et héla un taxi. Melly lui jura qu'elle pouvait rentrer seule, mais il insista pour la raccompagner.

Pendant que Simon réglait l'addition, Alvin griffonna le nom de son psy sur un bout de papier et le lui donna.

— Appelez-le de ma part.

*

— Et si je retardais mon départ ? proposa Simon en chemin.

— Mais non. J'ai juste eu un petit étourdissement, ce n'était même pas un malaise.

— Tu étais pâle à faire peur, le regard révulsé…

— C'était étrange, interrompit Melly, comme une réminiscence.

Et elle lui raconta la brève apparition qu'elle avait vue.

— Il faut que je trouve un moyen d'enquêter sur mon passé.

Au moment où le taxi franchissait le portail du domaine, Simon lui tendit la carte que lui avait remise Alvin.

— Ce soir, pas de mail, je serai dans l'avion. Tu devrais aller t'allonger sur le divan de ce psy, peut-être qu'en lui parlant tu te souviendrais de quelque chose. Enfin, penses-y, après tout, c'est le but d'une thérapie.

Melly prit la carte et serra Simon dans ses bras.

— Ne t'inquiète pas, lui dit-elle. Mais si tu joues demain en pensant à moi, cela me fera plaisir. Je veillerai tard pour guetter ton mail. Tu me raconteras comment s'est passé le concert, je veux tout savoir, dans les moindres détails.

Simon embrassa Melly et demanda au chauffeur d'attendre qu'elle soit rentrée dans la maison avant de repartir. Elle fit un pas en arrière et se pencha à la portière.

— Simon, merci d'être l'ami que tu es.

*

Melly dîna avec ses parents. Elle ne leur adressa presque pas la parole et s'abstint de leur raconter sa rencontre avec Alvin. Elle ne mentionna pas non plus le petit malaise dont elle avait été victime, jura à sa mère avoir pris ses médicaments, ce qui était un mensonge, et prétexta être fatiguée pour sortir de table avant que le dessert soit servi.

Pendant tout le repas, elle avait eu l'impression troublante d'être en compagnie de deux étrangers. Et plus sa mère lui souriait, plus cette impression grandissait.

Dès qu'elle fut dans sa chambre, elle ouvrit son portable et se réjouit en découvrant qu'un message l'attendait.

Trois mille pieds d'altitude, suis au-dessus des nuages. Tu auras une météo épouvantable à ton réveil. Je ne me penche pas au hublot à cause du vertige. Repas infect, mais ce n'est pas grave, l'espace pour mes jambes est si étroit que je vais manger mes genoux. Ma voisine ronfle. Quelle idée de prendre un vol de nuit. J'espère que tu dormiras mieux que moi. À demain où je t'écrirai d'Atlanta. Simon

Melly garda les yeux posés sur l'écran. Elle repensa à sa journée, à son vertige, à son mal-être au cours du dîner. Quelque chose ne tournait pas rond et cela ne faisait qu'empirer.

Elle fouilla la poche de son pantalon, prit la carte que lui avait confiée Simon et envoya un mail pour prendre rendez-vous avec le psy d'Alvin.

21.

Le docteur Schneider avait la soixantaine, les cheveux ramenés sur le côté pour masquer sa calvitie et une barbe châtain qui lui donnait une certaine élégance. Il était souriant, presque affable en invitant Melly à entrer dans une petite salle de réunion qui ne ressemblait en rien au bureau d'un psychanalyste. Il lui expliqua ne pas être un adepte du canapé. On venait pour lui parler et non pour faire la sieste.

Contrairement à la plupart de ses confrères, il aimait faire face à ses patients et non se cacher dans leur dos. Le succès d'une analyse dépendait de la confiance que l'on accordait à son thérapeute et selon lui, cette confiance exigeait que l'on puisse converser les yeux dans les yeux.

— Je reconnais, dit-il, qu'être assis autour de cette grande table peut être déconcertant, mais j'ai besoin de pouvoir observer vos réactions autant que d'entendre vos mots.

Le docteur Schneider était original, mais Melly trouva que sa façon d'exercer ne manquait pas de bon sens.

Durant leur première séance, Schneider se contenta de l'écouter. Melly lui parla de son amnésie et lui avoua son trouble à se sentir parfois hantée par une autre qu'elle-même. Schneider hocha la tête à plusieurs reprises et prit des notes.

Lors de la session suivante, il lui demanda si elle pouvait essayer de lui décrire plus précisément cette autre personnalité qui l'habitait parfois. Melly en fut incapable. Mais elle lui confia sa certitude d'avoir aimé passionnément un homme, alors que toutes les enquêtes qu'elle avait menées sur son passé lui affirmaient le contraire.

Schneider émit l'hypothèse qu'elle ait personnifié son art sous les traits d'un homme. Elle avait dévoué sa vie à la musique, la comblant ainsi d'une certaine façon, mais créant un vide, et la nature avait horreur du vide. Melly douta de s'être un jour promenée sur une jetée en compagnie de son piano…

Une assistante frappa à la porte et se pencha à l'oreille du docteur Schneider pour lui murmurer quelques mots. Il s'excusa auprès de Melly de devoir s'absenter. L'un de ses patients était au plus mal et il avait besoin de s'entretenir avec lui en visioconférence. Schneider promit que cela ne durerait pas longtemps et la laissa seule dans la salle.

Dès qu'il fut parti, Melly fit un tour d'horizon et repéra le terminal informatique sur la console dans l'angle de la pièce. L'idée d'envoyer un mail à Simon lui traversa l'esprit, elle fit rouler sa chaise et cligna trois fois des yeux devant l'écran pour accéder à sa messagerie. Rien ne se produisit.

Elle recommença, sans plus de résultat, et pensa que l'ordinateur était en panne.

Elle allait s'en tenir là quand soudain l'écran s'illumina et afficha :

`[1 + 1 = 1]`

Melly fixa cette équation bizarre. Elle se pencha sur le clavier et tapa :

`[1 + 1 = 2]`

L'écran s'effaça et afficha à nouveau :

`[1 + 1 =1]`

De toute évidence cet ordinateur déraillait. Melly haussa les épaules lorsque apparut :

Hello

— Hello, répondit Melly, se surprenant elle-même d'avoir dit cela à haute voix.

`[1 + 2 = 1]`

— Pour un ordinateur, tu n'es pas très doué en calcul.

L'écran redevint noir avant que ne s'y inscrive :

Ne prends pas les médicaments

Melly sentit son cœur palpiter.

— Qui êtes-vous ? demanda-t-elle.

Quatre lettres s'affichèrent :

HOPE

Des pas se firent entendre dans le couloir et l'écran s'effaça.

Melly repoussa sa chaise vers la table. L'assistante entra pour l'informer que le patient du docteur Schneider requérait plus d'attention que prévu. Il préférait ne pas la faire attendre et lui proposait, si elle n'y voyait pas d'inconvénient, de poursuivre leur séance le lendemain.

Melly demanda à l'assistante si elle pouvait rester encore quelques instants, prétendant vouloir réfléchir à chaud aux propos qu'elle avait échangés avec le docteur Schneider.

L'assistante n'y vit pas d'inconvénient, le prochain patient n'arrivait que dans vingt minutes, Melly pouvait disposer de la salle jusque-là.

Dès qu'elle fut seule, elle retourna devant l'écran et tapa sur le clavier.

— Qui est Hope ?

Toi

— Je ne m'appelle pas Hope.

1 = Hope

— Je ne comprends pas.

1 + 2 = 1

— Je ne comprends toujours pas !

2 = Josh

— Quoi ou qui que tu sois, arrête avec ces équations idiotes. Exprime-toi de façon intelligible !

L'écran s'effaça. Seul un point clignotant laissait supposer que le programme était en train de réfléchir.

Répondant à la requête de Melly, Neurolink se résolut à écrire :

`Hope était une promesse du futur,`
`tu es le présent.`
`Je ne peux rien t'apprendre que tu ne saches déjà.`

— Mais je ne sais rien, s'emporta Melly. Alors à quoi riment ces devinettes ?

`Retrouve-la. Je t'ai tout rendu.`
`Au revoir, Hope.`

Melly sursauta quand l'assistante entra en lui demandant de libérer la salle. Le temps qu'elle se retourne pour lui répondre, l'écran s'était éteint.

*

La première chose qui lui vint à l'esprit en sortant du Centre fut d'appeler Simon. Elle regarda sa montre, à cette heure il devait être en répétition sur scène et loin de son portable.

Walt l'attendait devant le portail. Elle monta dans la voiture et lui demanda de la conduire en centre-ville.

— Quelque chose ne va pas, mademoiselle, vous avez l'air d'être soucieuse ? s'inquiéta le chauffeur en l'observant dans le rétroviseur.

Melly n'était pas soucieuse, mais perplexe et inquiète. Qui se jouait d'elle derrière cet écran ? Qui était Hope ? En quoi le chiffre 2 pouvait-il correspondre à un prénom masculin ? Et surtout, que savait-elle déjà ? Autant de questions sans réponses, auxquelles une autre vint s'ajouter : pourquoi son instinct lui dictait-il de garder tout cela secret ?

Peut-être parce que si elle racontait ce qu'elle venait de vivre on la prendrait pour une folle.

Et comme elle restait silencieuse, Walt ouvrit la boîte à gants, sortit une flasque en argent, dévissa le capuchon et la tendit à Melly.

— Allez-y doucement, ça ne rigole pas ce truc-là.

Melly but une gorgée et toussa violemment. Walt sourit en lui reprenant le flacon des mains.

— Ça devrait suffire, dit-elle en toussotant encore.

— Il me semble en effet, vous êtes rouge écarlate. Et maintenant, où voulez-vous aller ? Quelque chose me dit que vous ne souhaitez pas rentrer tout de suite.

Walt avait raison, elle n'avait pas envie de revenir au domaine, ni maintenant et encore moins ce soir. Elle repensa à l'offre de Simon et pria Walt de la déposer au 65, Commonwealth Drive.

Le concierge de l'immeuble lui ouvrit la porte de l'appartement et lui remit les clés. Melly fit un rapide tour des lieux, une chambre, une petite salle de bains et un salon avec son coin-cuisine. Les fenêtres du troisième étage donnaient sur un square.

À regarder les façades des immeubles en brique rouge avec leur bow-window, on se serait cru à Mayfair.

Peu après, Melly redescendit et supplia Walt de lui rendre un dernier service.

Le chauffeur retourna au domaine, gagna la cuisine, vérifia que le majordome ne traînait pas dans les parages et expliqua à Dolores ce que mademoiselle lui avait demandé.

Un peu plus tard, il reprit le chemin de Commonwealth Drive, avec la valise que Dolores s'était chargée de remplir. Il la remit au concierge et repartit.

Vers dix-neuf heures, au moment de passer à table, Dolores informa M. Barnett que sa fille s'était absentée quelques jours. Harold s'étonna qu'elle ne l'ait pas prévenu en personne, il s'en offusqua même et Dolores lui fit un clin d'œil pour qu'il la suive jusqu'à l'office. Harold se demanda ce qui lui prenait pour agir de la sorte, mais Dolores le tança du regard et Harold obtempéra.

Sur le ton de la confidence, et lui faisant jurer de ne jamais la trahir, elle lui expliqua que mademoiselle Melly lui préparait une surprise. Elle était allée rejoindre ses amis musiciens dans l'espoir de renouer avec les tournées du philharmonique.

Harold plaqua les deux mains sur sa bouche grande ouverte, voulant signifier par ce geste qu'il serait muet comme une carpe. Il s'en alla vers la salle à manger d'un pas guilleret, et Dolores le vit de dos lever le pouce en l'air, pour la féliciter. Elle resta à le regarder s'éloigner dans le couloir, se demandant comment un homme pouvait être capable de bâtir un empire et être aussi stupide.

*

Melly se sentit d'abord gênée à l'idée de se faufiler dans les draps de Simon et puis elle se souvint qu'ils avaient partagé un lit dans la maison de Pia.

Elle avait passé l'après-midi à déambuler dans les rues pour se vider l'esprit, mais au bout du compte, c'était elle qui était vidée.

Elle avait fait une halte dans une épicerie fine pour s'acheter de quoi dîner et prit son repas devant un vieux film. Elle lutta avec le sommeil jusqu'à minuit, heure à laquelle Simon devait avoir regagné son hôtel. Elle lui adressa deux messages à dix minutes d'intervalle, dans l'espoir qu'il réponde, et supposa qu'il devait passer une bonne soirée. Avant de s'endormir, elle lui écrivit un mot pour le prévenir qu'elle s'était installée chez lui, et lui dire combien elle se sentait libre de ne plus être cloîtrée dans cette grande maison. Tout cela grâce à lui. Les paupières lourdes, elle le remercia, l'embrassa par écrit, mais tendrement, et le mail fut à deux doigts de s'interrompre net au milieu d'une phrase. Elle l'envoya juste avant de sombrer dans un profond sommeil.

22.

En s'éveillant dans ce lit, Melly se sentit plus libre encore que la veille, une nouvelle vie s'offrait enfin à elle. L'appartement de Simon était à peine plus grand que sa chambre dans la maison de ses parents, mais c'était justement sa dimension à taille humaine qui la mettait à l'aise. Elle reconnut le raffinement de Simon dans la décoration.

De chaque côté d'une cheminée en bois clair, les étagères d'une bibliothèque pliaient sous les livres. Un tapis en jonc recouvrait presque entièrement le vieux parquet qui craquait sous les pas de Melly. Un canapé et deux fauteuils en lin blanc se faisaient face autour d'une table basse couverte de livres d'art. Les branches des platanes grimpaient jusqu'aux deux fenêtres par lesquelles entrait une belle lumière. Aux murs, des affiches élégantes apportaient des touches de couleurs à cet écrin blanc. Melly ignorait que Simon aimait tant lire et elle pensa que si Alvin s'était trouvé à sa place devant cette bibliothèque, il aurait été le plus heureux des hommes. Un bon nombre d'ouvrages d'illustrations photographiques témoignaient des voyages de Simon. New York, San Francisco,

Moscou, Shanghai, Berlin, Rome, Paris, Londres, autant de métropoles immortalisées dans ces livres, villes où elle avait dû monter sur scène avec lui.

Melly choisit celui sur Hong Kong, et alla s'asseoir en tailleur sur le tapis. Elle le feuilletait quand son regard fut attiré par un autre ouvrage de la même collection, posé sur la table basse. Elle abandonna son livre pour s'en emparer. La photographie en couverture montrait un phare.

Melly l'examina avec la plus grande attention et brusquement des larmes lui montèrent aux yeux sans qu'elle comprenne pourquoi, et plus elle essayait de les retenir plus elles coulaient.

Son téléphone sonna, et en entendant la voix de Simon, elle éclata en sanglots.

— Tu pleures ?

— Non, j'ai un gros rhume.

— J'entends bien que tu pleures, tu n'es pas bien chez moi ? s'inquiéta-t-il.

— Au contraire, répondit Melly.

— Alors qu'est-ce qui t'arrive ?

— Je n'en sais rien, balbutia-t-elle, c'est ce livre.

— Je suis comme toi, certains romans me font pleurer.

— Ce n'était pas un roman, hoqueta Melly, et je n'ai même pas eu le temps de l'ouvrir.

— Ah bon ? Alors quel livre ?

— Un recueil de photos, avec un phare en couverture.

— Brant Point !

— Quoi ?

— Sur la couverture, c'est le phare de Brant Point, l'un des plus connus du pays. En été, les touristes affluent à Nantucket pour aller le voir. Maintenant, je peux savoir pourquoi ce phare te bouleverse à ce point ?

— Aucune idée, je l'ai regardé et je me suis mise à pleurer comme une idiote.

— D'ordinaire, quand les gens pleurent sans raison, on leur dit de s'écouter un peu moins, eh bien moi, j'aimerais que tu fasses tout le contraire et que tu t'écoutes un peu plus. Si la photo d'un phare te met dans un tel état, ce n'est pas anodin. Maintenant, reste à savoir pourquoi.

— D'accord, mais comment ?

— En allant le voir de près, peut-être ?

— Peut-être, murmura Melly.

— Dimanche prochain, nous faisons relâche. Je prends un avion et je t'y conduis.

— Où joues-tu samedi ?

— À Vancouver.

— Alors, hors de question que tu passes une nuit en avion à cause de moi, et puis tu as raison, je dois y aller seule.

— Je ne peux pas avoir raison, je viens te proposer le contraire.

— Simon, tu crois qu'un jour je finirai par comprendre ce qui m'arrive. Pourquoi je n'ai pas le droit d'être comme tout le monde ?

— Parce que la normalité est d'un ennui à mourir.

— Tu as rencontré quelqu'un !

— Qu'est-ce qui te fait dire ça ?

— Tu as la voix de quelqu'un qui a rencontré quelqu'un et qui appelle sa meilleure amie pour lui dire qu'il est heureux, et comme elle est égoïste elle lui parle d'elle au lieu de l'écouter et de partager sa joie. Comment s'appelle-t-il ?

— Péril en la demeure.

— C'est un nom ça ?

— Non, mais je pourrais tomber amoureux.

— Pourquoi dit-on tomber quand il s'agit d'amour ?

— Parce que quand ça fait mal, il faut bien se relever.

— Et quand ça fait du bien ?

— Je suppose qu'on ne tombe plus, on aime tout court.

— Alors c'est ce que je te souhaite, mais fais tout de même attention à toi, ou plutôt non, oublie ce que je viens de dire, vis pleinement et ne t'interdis rien et…

— Et si je tombais quand même ?

— Tu as une amie qui te tendrait les bras.

— Melly, ça va aller, sois patiente et tout redeviendra normal.

— Je croyais que la normalité était chiante.

— Tu marques un point.

— File retrouver « péril en la demeure », et ne t'inquiète pas pour moi. Je vais aller rendre visite à ce phare et je te tiendrai au courant. Tu as dit Nantucket, c'est ça ?

— Les clés de ma voiture sont sur la desserte de l'entrée. Elle est garée dans le parking de l'immeuble, il n'y a qu'un sous-sol, tu ne peux pas la rater. Roule jusqu'à Cape Cod, prends le ferry et appelle-moi sans faute de là-bas. Si tu décides de dormir sur place, je te recommande un bed and breakfast que tu trouveras sur le port. C'est le plus vieux de l'île. De l'extérieur il ne paye pas de mine, mais si tu pousses la porte tu découvriras un des plus jolis endroits que je connaisse.

— Promis, je te téléphonerai dès que je serai arrivée.

— J'y compte bien. Et sois prudente avec ma voiture, c'est une vieille dame, et comme toutes les grand-mères, elle est belle et fragile. Je t'embrasse, Melly.

Melly raccrocha et reprit le livre. Elle regarda longuement la photographie du phare de Brant Point, et si elle n'avait pas eu peur de penser qu'elle était en train de devenir folle, elle aurait juré qu'il lui souriait.

Elle se dirigea vers l'entrée, trouva les clés de la voiture de Simon sur la desserte et descendit au parking.

*

Melly fit route vers le sud. Conduire lui semblait aussi aisé que de jouer au piano, et beaucoup plus amusant avec les cheveux au vent. Elle arriva à Cape Cod juste à temps pour attraper le ferry qui s'apprêtait à larguer les amarres.

Dès qu'il sortit du port, elle se sentit nauséeuse et quitta la cabine pour gagner la coursive.

Le navire fendait la houle légère, et Melly s'enivrait de l'air marin en regardant s'éloigner les bancs de mouettes qui pirouettaient au ras des flots près de la côte.

*

L'île de Nantucket était encore plus belle que Melly ne l'avait imaginé.

Elle repéra le bed and breakfast que lui avait recommandé Simon. Perché sur ses pilotis qui s'enfonçaient dans l'eau, il avait un côté langoureux et joyeux et elle devina tout de suite pourquoi il lui avait plu.

Un marchand de souvenirs lui indiqua le chemin pour se rendre au phare de Brant Point.

De la coursive en bois il lui sembla plus petit que sur la photo, mais il avait de l'allure. Elle se demanda ce qu'elle faisait là et si elle n'avait pas eu tort d'espérer que ce voyage lui apporterait des réponses.

Melly s'accouda à la balustrade, emplit ses poumons d'air et laissa son regard errer les flots.

Dans le bruissement du vent, elle entendit :

Jette-moi à la mer, mon Josh. Moi aussi je voudrais avoir une seconde chance.

Elle chercha d'où pouvait provenir cette voix.

— *Tu crois à une vie après la mort ?*

— *Oui, certains jours quand j'en ai vraiment peur.*

Un couple bavardait probablement de l'autre côté du phare. Elle le contourna et revint à son point de départ sans avoir vu personne.

— *Tu as peur de la mort ?*

— *J'ai peur de la tienne.*

— *S'il y a vraiment une vie après la mort, je la commencerai très jeune, toi, tu y entreras en claudiquant comme un vieillard.*

— *Pourquoi je devrais mourir très vieux ?*

— *Parce que la vie est belle et que je te l'ordonne.*

Melly supposa que le vent devait porter ces sons jusqu'à elle, elle se retourna pour scruter la plage.

À une centaine de mètres s'élevaient trois monticules où foisonnaient des bosquets d'hibiscus. Derrière le plus éloigné des trois, elle aperçut les ruines d'une bicoque en moellons recouverte à la chaux.

Comme elle voulait en avoir le cœur net, elle remonta la coursive et se dirigea vers elle.

Les voix se rapprochaient.

— *Moins il demeurera de l'un ou de l'autre, plus il restera de nous.*

Les alentours étaient déserts, seuls trois gamins jouaient sur la dune. Elle comprit que ces mots ne venaient de nulle part et qu'elle les entendait dans sa tête.

Son cœur s'emballa, elle accéléra le pas et s'arrêta brusquement devant une pierre blanche qui reposait sur un coin d'herbe douce au pied de la maisonnette.

Melly s'agenouilla, épousseta de la main la fine couche sableuse qui la recouvrait et découvrit deux prénoms gravés sur la pierre.

Une décharge électrique lui parcourut la nuque, ses yeux se révulsèrent et elle perdit connaissance.

*

— M'dame ? M'dame ?

Le gamin lui secouait les épaules, ses deux copains le regardaient faire.

— Bon, Fred, faudrait peut-être aller chercher du secours ?

— Attends Momo, je crois qu'elle rouvre les yeux.

— Madame ? Tu dors ou t'es morte ?

Melly se redressa en se tenant le crâne. Elle avait l'impression d'avoir été frappée par la foudre. Elle resta assise sur le sable, encore trop étourdie pour se lever.

— T'es tombée toute seule ?

— Je crois bien, dit-elle en souriant à l'enfant.

Elle entendit encore les voix lui murmurer.

— *Et si je revenais un jour et que je ne te trouvais pas ?*

— *Tu me trouveras j'en suis sûr, et si ce n'est pas moi, tu me trouveras dans le regard d'un autre, dans son cœur, dans sa jeunesse et tu l'aimeras de toutes les forces que je t'aurai données. Ce sera ton tour de m'offrir un moment d'éternité. Tu lui diras que nous aurons été les premiers assez fous pour avoir fait un pied de nez à la mort et tu riras de nos intelligences.*

— *Tu te rends compte de ce que tu dis ? Ton histoire, mon Josh, c'est l'horizon à l'envers.*

— Moi c'est Fred, lui c'est Momo et mon copain avec la casquette c'est Samy, et toi, comment tu t'appelles, madame ?

— Hope, je m'appelle Hope, répondit-elle.

23.

— Alors c'est ton prénom sur cette pierre ? demanda Momo.

— Oui.

— Et c'est qui, Josh ?

— Mon horizon à l'envers.

Momo haussa les épaules, pas sûr d'avoir compris.

— Pourquoi elle est là ?

— Parce qu'elle marque l'emplacement d'un trésor. Vous m'aidez à creuser ?

*

Les trois gamins ne se firent pas prier et bientôt une petite valise noire apparut sous leurs mains ensablées.

Hope leur donna de quoi aller s'acheter une glace et ils déguerpirent hilares en criant à celui qui arriverait le premier chez le marchand.

Dès qu'elle fut seule, Hope repoussa les loquets et souleva le couvercle.

La valise contenait une lettre et des objets qui lui étaient familiers. Objets chinés à la brocante du dimanche, dont un petit avion en bois qui lui fit monter les larmes aux yeux.

Elle inspira profondément et déplia la lettre.

Hope, mon amour,
Si tu as ouvert cette valise, c'est que nous aurons accompli une prouesse impossible.
Quel étrange paradoxe d'avoir le cœur si lourd en rédigeant ces mots et plein d'espoir que tu les lises un jour.
Ce que nous croyons a peu d'importance, c'est la façon dont nous aimons qui fait de nous ce que nous sommes. Je croyais que l'on aimait adulte comme on avait été aimé enfant, je me trompais, le véritable amour consiste à donner ce dont on a manqué, sans retenue ni crainte, je l'ai appris de toi.
Lorsque les derniers soirs viendront, je serai là à te regarder respirer, j'écouterai les bruits de ta présence pour ne jamais les oublier. Je poserai ma tête sur toi pour m'imprégner de l'odeur de ta peau et me souvenir qu'aux jours où tu riais, lorsque nous faisions l'amour, collé à la moiteur de tes seins, j'étais un alchimiste de la vie.
La mort est un sacrilège qui est entré dans nos vies, les emportant ensemble.
Après toi, je remuerai la terre à la recherche de quelques poussières d'amour et d'humanité, deux inconnus se tenant par la main me rappelleront à nous. J'irai à la brocante du dimanche retrouver nos pas, nos doutes et nos désirs.
Je sais que tu as plus peur pour moi qui reste que pour toi qui t'en vas. Tu me demanderas de

continuer à vivre, d'aimer encore. J'ai bien vu que tu luttais pour cela, que tu engageais tes dernières forces pour me laisser le temps d'apprendre, mais comment regarder le monde sans te voir à mes côtés, quelle clarté se posera sur mes jours sans tes rires pour les éclairer, quel livre méritera d'être lu sans pouvoir te le raconter ? Il paraît que le sens de la vie est fait des sens que la vie nous donne. Comment sentir sans ton odeur, entendre sans ta voix, voir sans ton regard, toucher sans tes mains et goûter sans ta peau. Comment vivre sans toi ?

Je sais que tu me feras promettre de ne rien céder à la mort, de ne pas lui faire l'offrande de tout l'amour que tu m'as donné.

Quand tu seras dans ses bras, demande-lui que le temps passe vite, que je puisse remonter au pas de la vieillesse ces rues où nous courrons ensemble, souriant à l'idée de te rejoindre bientôt.

Dis-lui que notre amour est plus fort qu'elle puisqu'il nous survivra.

Tu es la femme que je n'avais osé espérer dans mes rêves les plus fous. Tu vois, finalement, c'est toi qui fus l'alchimiste de ma vie.

J'ignore combien d'années se seront écoulées depuis le jour où nous avons quitté cette île, main dans la main. Mais sache que pas un matin je n'aurais ouvert les yeux sans te dire bonjour, et pas un soir je ne les aurais fermés sans avoir vu ton visage.

Et si tu lis ces mots, à mon tour de te demander de me faire une promesse. Aime, de tout ton cœur, sans retenue et sans regret. Nous avons été heureux et cela implique certains devoirs à l'égard du bonheur.

Que ta vie soit belle mon amour, aussi belle que celle que tu m'as donnée.
Ce fut un privilège de te connaître.
Je t'aime.
Ton Josh.

Hope resta jusqu'au soir sur la plage, la lettre dans une main, le petit avion en bois dans l'autre.

Puis, elle les rangea dans la valise qu'elle emporta.

Il paraît que les gens qui vont mourir voient leur vie se dérouler à l'envers, Hope, en ressuscitant, venait de voir la sienne défiler à l'endroit.

Sur le ferry qui la ramenait vers Cape Cod, Hope, le visage au vent, regardant s'éloigner Nantucket, se souvint des derniers mots qu'elle avait échangés avec Josh sur cette île avant d'enfouir la valise qu'elle serrait contre elle.

— *Et toi, mon Josh, pendant ce temps tu vivras et tu vieilliras ?*

— *Non, puisque je t'attendrai.*

24.

Il était deux heures du matin quand Hope entra dans l'appartement de Simon. Elle posa la valise au pied du lit, et l'appela au téléphone.

— Je te réveille ?

— Ou tu n'as pas regardé l'heure, ou c'est la question la plus hypocrite que j'aie entendue de la journée. Mais comme je t'ai laissé dix messages auxquels tu n'as pas répondu, je me faisais un sang d'encre et non, je ne dormais pas.

— Pardon, je n'écoute jamais cette foutue messagerie.

— Bon, tu vas me raconter oui ou non ! Je n'ai jamais aussi mal joué que ce soir. À cause de toi, j'ai eu droit à quelques regards sévères du chef d'orchestre.

— Je préférerais d'abord que tu t'asseyes.

— Je suis vautré dans mon lit et j'ai bien l'intention d'y rester.

Hope lui raconta tout. Elle n'était pas l'amie avec laquelle il avait parcouru le monde, celle qu'il avait accompagnée de concert en concert durant tant d'années.

La femme qu'il avait connue avait péri dans un accident d'hélicoptère, celle qui était revenue à la vie en était une autre.

Elle s'excusa de cette imposture et lui jura n'avoir su la vérité qu'au pied d'un phare dont la lumière avait éclairé sa mémoire.

Simon resta silencieux et Hope se confondit à nouveau en excuses. Elle s'en irait demain et il n'entendrait plus jamais parler d'elle.

— Je t'en supplie Simon, dis quelque chose, tu es la seule personne que je connaisse un peu sur cette terre, le seul qui ne me soit pas totalement étranger.

— Je te trouve un peu vacharde à l'égard de Walt et Dolores. Que veux-tu que je te dise ? Que je n'ai d'autre choix que de te croire ou te suggérer de te faire interner ? Je te crois et je pense aussi que les médecins qui t'ont ressuscitée te doivent de sérieuses explications. Et puis vérité pour vérité, Melly n'est vraiment devenue ma meilleure amie qu'après l'accident. Enfin, Hope voulais-je dire, puisqu'il va falloir que je m'habitue à t'appeler par ce prénom. Il y a bien des coups de foudre en amour, alors pourquoi pas en amitié ? Reste chez moi autant que tu en auras besoin, et je devine que tu en as encore plus besoin maintenant qu'hier. Je rentrerai bientôt et dès mon retour, nous irons fêter cette folie ensemble, parce que ne pas célébrer dignement une folie pareille serait une insulte à la vie. Mais ce qui compte le plus, c'est ce que tu dois faire maintenant.

— Je sais, je dois aussi une explication aux parents de Melly.

— Pour ça, je te souhaite bonne chance, mais je te parlais de l'homme de ta vie.

— Je retrouverai Josh où qu'il soit, même si je n'ai pas encore la moindre idée de la façon dont je vais m'y prendre.

— Retourne sur les lieux du crime, c'est ce que font toujours les bons limiers.

— Simon, demain quand tu monteras sur scène, joue pour nous, tu me promets ?

— Ma chérie, si je ne me retenais pas à cause du chef d'orchestre qui dort dans la chambre voisine, je pourrais prendre mon violon maintenant et réveiller tout l'hôtel. Ne t'avise plus jamais de me laisser sans nouvelles. Maintenant, laisse-moi dormir.

Simon l'embrassa et raccrocha aussi sec.

*

Hope se présenta à la porte du domaine des Barnett le lendemain en fin de matinée. Harold s'étonna que sa fille soit rentrée si tôt et plus encore qu'elle lui ait parlé d'un ton si solennel quand elle lui avait demandé d'aller chercher Betsy et de la retrouver dans le salon de musique.

Elle leur révéla son histoire et le triste destin de leur fille. La vraie Melly, la grande concertiste, n'avait pas survécu à l'accident d'hélicoptère, elle n'était que Hope, une étudiante en neurosciences qui avait resurgi du passé.

Betsy l'accusa d'avoir perdu la raison, de ne plus savoir ce qu'elle disait, avait-elle arrêté son traitement ? Elle l'emmènerait au Centre voir ce formidable médecin et tout rentrerait dans l'ordre. Comment accorder le moindre crédit à une telle absurdité, par quel démon était-elle possédée pour lui raconter que sa fille était morte alors qu'elle se trouvait là devant elle ? Et pour la première fois en quarante ans de mariage, Harold hurla à sa femme de se taire.

— Elle dit la vérité et nous l'avons toujours su, poursuivit-il en se calmant. Lorsqu'elle s'est réveillée, ce n'était pas le regard de Melody que j'ai vu dans ses yeux, mais celui d'une étrangère. J'ai essayé de t'en parler tant de fois, tu ne voulais pas me croire et j'ai manqué de courage pour te le faire admettre. Quelque chose s'est produit au Centre, ils ont dû égarer la mémoire de Melly ou la détruire par accident et ils nous en ont offert une autre à la place. Depuis le début je suspectais ce directeur de recherche de nous avoir caché quelque chose derrière sa barbe, ses lunettes et ses manières trop distantes pour être honnêtes. Toi, tu lui aurais donné le Bon Dieu sans confession, mais avec son air hypocrite, je savais bien qu'il nous mentait. Et vous, mademoiselle, depuis combien de temps vous moquez-vous de nous ?

Hope sortit de sa poche une note qu'elle avait rédigée le matin même. Elle y reconnaissait n'avoir aucun lien de parenté avec la famille Barnett, renonçait à tout droit et à tout héritage.

Elle la remit à Harold, lui fit part du chagrin sincère qu'elle éprouvait pour lui et pour sa femme et s'en alla sans ajouter un mot.

Betsy se précipita derrière elle, essayant de la prendre dans ses bras, mais Harold la retint pour la serrer au creux des siens.

Hope passa par la cuisine, embrassa Dolores et Walter, les remercia de tout ce qu'ils avaient fait pour elle et quitta le domaine pour ne plus jamais y revenir.

*

Dans le taxi qui la reconduisait vers l'appartement de Simon, Hope repensa à une phrase qu'avait prononcée Harold.

Il n'y avait pas qu'au couple Barnett que le directeur de recherche avait caché quelque chose. Elle se remémora ce visage qui s'était penché sur elle le jour de son réveil, et maintenant que sa mémoire était entière, elle reconnut celui qui se dissimulait derrière sa barbe et ses lunettes.

Elle demanda au taxi de changer de destination et de la conduire au Centre de Longview.

*

La réceptionniste fut catégorique : le directeur de recherche ne recevait jamais sans rendez-vous, et elle ajouta d'un ton sarcastique qu'il ne recevait d'ailleurs jamais personne.

Rares étaient les collaborateurs qui avaient le droit d'entrer dans son bureau.

— S'il vous plaît, appelez-le et dites-lui que Hope souhaite le voir.

La réceptionniste voyait passer le directeur de recherche devant sa banque d'accueil depuis suffisamment d'années pour être certaine qu'un homme aussi psychorigide et taciturne ne pouvait avoir de maîtresse et de surcroît qui ait quarante ans de moins que lui.

— Je ne le ferai pas parce que je tiens à mon travail, et puis ça ne servirait à rien, il n'est pas là aujourd'hui.

— Je dois le voir, c'est important, insista Hope.

— Allez vous inscrire à la faculté du MIT, en section neurosciences, il enseigne là-bas.

Hope ne prit pas le temps de la saluer et courut vers son taxi.

*

Le professeur dispensait son cours depuis une heure quand Hope poussa la porte du grand amphithéâtre.

Elle se faufila dans la dernière rangée où elle avait aperçu une place libre, contraignant une étudiante à relever les genoux pour la laisser passer.

— J'ai raté quelque chose ? demanda-t-elle.

— Non, pas vraiment, répondit sa voisine.

— Le cours dure encore combien de temps ? chuchota-t-elle.

— Dix minutes, mais ça va te paraître une éternité. Tu n'imagines pas à quel point il s'écoute parler.

Le professeur se retourna pour faire face à ses élèves et Hope n'eut plus le moindre doute.

— Comme vous l'aurez compris grâce à mon exposé, le programme Neurolink est entré dans sa phase de déploiement, mais celle-ci est hélas encore limitée et il nous sera impossible de satisfaire toutes les demandes, dit-il le visage fermé. La question qui se pose est de déterminer le nombre d'enregistrements auquel un être humain aura droit au cours d'une vie.

C'est en limitant ce nombre que nous pourrons permettre à plus de gens de sauvegarder leur mémoire. Je vous l'accorde, ce n'est pas une solution satisfaisante. Il nous reste du chemin à faire pour que l'intelligence de Neurolink soit capable d'une simple actualisation entre deux sessions au lieu de devoir réenregistrer l'intégralité de la mémoire comme nous le faisons actuellement. Nous pouvons d'ores et déjà estimer qu'une mise à jour annuelle ne prendrait que quelques heures.

— Qu'est-ce qui garantit que Neurolink ne se trompe pas au moment d'une restauration ? demanda Hope à haute voix.

Un murmure parcourut la salle, alors que le professeur tentait d'identifier dans la pénombre de l'amphithéâtre qui l'avait interrompu.

— Ne se trompe en quoi, mademoiselle dont je ne vois pas le visage ? Si vous aviez au moins la courtoisie de vous lever.

— De corps, par exemple.

— C'est une question que nous avons abordée en début d'année. Mais puisque visiblement vous aviez de bonnes raisons de sécher mes cours, apprenez que nous n'avons pas laissé à Neurolink la liberté d'initier une telle procédure sans le contrôle d'un opérateur. Il ne peut donc y avoir d'erreur.

— J'avais une très bonne raison de ne pouvoir assister à vos cours, professeur. Je dormais depuis quarante ans dans les serveurs de Neurolink. Je suis la première dont tu as enregistré la mémoire.

Le murmure s'amplifia et tous les étudiants se retournèrent vers elle. Hope se leva et se dirigea vers la sortie de l'amphithéâtre.

Le professeur s'excusa auprès de ses élèves et lui courut après.

Il la rejoignit en haut des marches. Elle l'attendait adossée à un muret.

— Tu as pris quelques rides, la barbe te change beaucoup, mais derrière ces lunettes, c'est le même regard.

— Alors c'est bien toi, tu es revenue, soupira Luke. Dieu que tu es jeune, et si différente.

— Laisse Dieu là où il est. Tu ne savais rien quand tu es entré dans ma chambre au Centre ?

— Bien sûr que non, comment peux-tu penser le contraire… Pourquoi n'es-tu pas venue me voir plus tôt ?

— Parce que jusque-là, j'étais amnésique, ça aussi tu l'ignorais ?

— Enfin Hope, de quoi m'accuses-tu ?

— Où est-il, où est Josh ?

— Je n'en sais rien, je te le jure. Après ton départ, il n'a plus jamais été l'homme que tu as connu. Il a déserté le Centre et nos travaux pour se cloîtrer dans votre loft. J'ai tout fait pour l'en sortir, le ramener à la raison, mais il ne voulait rien entendre. Au bout d'un certain temps, il refusait même de m'ouvrir sa porte. La seule personne avec qui il échangeait quelques mots était ce vieil Italien qui tenait une épicerie dans votre quartier. C'est par lui que j'obtenais de ses nouvelles. Josh allait acheter de quoi se nourrir et il rentrait chez vous. Et puis un jour, il a vendu toutes vos affaires, il s'est offert une voiture et il est parti rejoindre son père. Moi aussi il m'a abandonné. Je n'ai plus entendu parler de lui.

— Et tu en es resté là, tu n'es pas allé le chercher ?

— Si, enfin, je lui ai écrit pour le supplier de rentrer à Boston, mais mes lettres me sont revenues avec la mention « inconnu à cette adresse ». J'ai même appelé la mairie du patelin où nous avions grandi et ils m'ont dit que le père de Josh avait déménagé depuis longtemps. Alors où voulais-tu que je le cherche ?

— Et après son départ, tu es devenu le grand patron du Centre, bravo.

— Non, seulement directeur de recherche, et bien plus tard, à la mort de Flinch. Qu'est-ce que tu vas faire, maintenant ? Si tu restes à Boston, nous pourrions nous revoir.

— Je vais partir le retrouver.

— Tu réalises qu'il a mon âge ? J'ai fêté mes soixante-deux ans cette année.

— Je me moque du temps qui a passé, notre amour n'a pas vieilli, puisqu'il m'a attendue.

— Hope, réfléchis bien, tu as la vie devant toi.

Hope ne répondit rien. Elle fit quelques pas à reculons, se retourna et s'en alla.

*

En rentrant chez Simon, Hope trouva la force de passer un appel qu'elle avait redouté depuis son retour de Nantucket. Elle composa un numéro en Californie et retint son souffle quand une voix féminine lui demanda qui était à l'appareil.

— Je voudrais parler au docteur Sam…

— Mais mademoiselle, mon mari est mort depuis dix ans.

Hope réussit à contenir son émotion. Elle s'était préparée à entendre cela, mais la douleur qu'elle ressentait n'en était pas moins forte.

— Pourriez-vous me dire où il est enterré ? Je voudrais aller me recueillir sur sa tombe.

— Sam repose au cimetière de Tiburon. Qui êtes-vous ?

— Quelqu'un qui l'a connu et l'a tellement aimé.

— Vous êtes une de ses anciennes patientes ?

— Non, même si cela m'est arrivé aussi. Un jour viendra où je vous rendrai visite et je vous expliquerai. Au revoir, Amelia.

Hope raccrocha et la veuve du pédiatre se demanda toute la journée qui était cette personne qui ignorait que son mari était mort, mais qui connaissait son prénom.

25.

Simon rentra de voyage. Hope épluchait les annonces pour trouver un appartement dans ses moyens. Sam avait déposé sur les comptes de Longview une petite somme d'argent, au cas où… et en quarante ans cette petite somme avait prospéré.

Luke s'était arrangé pour qu'elle lui parvienne. Il avait aussi usé de son pouvoir pour lui trouver un travail à la bibliothèque du campus, le temps qu'elle décide de ce qu'elle ferait de sa nouvelle vie.

Simon finit par la convaincre de rester chez lui. C'est elle qui lui rendait service en entretenant son appartement pendant ses longues absences. Ses plantes vertes ne s'étaient jamais aussi bien portées que depuis qu'elle était là. Le concierge n'avait pas la main verte, c'était ainsi.

Pendant son séjour qui dura une semaine, il l'aida dans son enquête, passant des heures sur Externet à explorer les réseaux sociaux à la recherche d'un Josh qui aurait pu correspondre à l'homme que Hope aimait.

Ils eurent quelques espoirs qui firent battre leurs cœurs, le temps qu'un complément d'information les déçoive.

Simon reprit l'avion et leurs échanges de mails se poursuivirent.

Trois mois s'étaient écoulés depuis son voyage à Nantucket. Hope passait son temps à chercher Josh. Elle avait posté des annonces dans tous les journaux du pays, dans les magazines scientifiques, elle en avait même agrafé dans les cafés du quartier où ils avaient vécu, Simon lui avait dit de ne jamais négliger les lieux du crime.

Un soir, le concierge l'appela pour la prévenir qu'une femme attendait dans le hall et souhaitait la voir.

— Qui est-elle ? demanda Hope.

— Une dame d'un certain âge, chuchota-t-il dans le combiné, d'origine japonaise, me semble-t-il.

Le concierge avait à peine prononcé ces mots que Hope était sur le palier.

Kasuko eut un choc en sortant de l'ascenseur. Elle examina longuement Hope, n'en croyant pas ses yeux.

— C'est vraiment injuste, dit-elle, rieuse, en la prenant dans ses bras.

Hope la fit entrer et lui servit un thé.

Kasuko s'installa sur le canapé, incapable de détacher son regard de ce nouveau visage.

— Pas étonnant que j'aie eu tant de difficultés à te retrouver, finit-elle par dire.

— C'est moi qui aurais dû te retrouver. En fait, je n'imaginais pas que tu sois restée à Boston. J'ai un peu de mal à y voir clair, il s'est passé tellement de choses en quelques mois…

— Je sais.

— Et comment m'as-tu retrouvée ?

— Luke a fini par me dire la vérité. Depuis ton réveil au Centre, je lui posais des questions à ton sujet presque quotidiennement. Ces derniers temps, je voyais bien qu'il me mentait, je l'ai menacé de le quitter s'il s'enferrait dans ses mensonges, alors il m'a avoué que la patiente n° 102 avait finalement recouvré la mémoire, et que cette mémoire était la tienne. Et puis il m'a dit pour l'argent que ton père t'avait laissé, et le travail qu'il t'a trouvé à la bibliothèque. Je m'y suis rendue et j'ai obtenu cette adresse. Sérieusement, Hope, la bibliothèque du campus, avec ton niveau d'études et tes compétences scientifiques ?

— J'ai bien peur que mes connaissances soient un peu datées. Avoir accès à tous les ouvrages scientifiques, lire et apprendre tout en étant payée, ce n'est pas si mal. Quoique je n'aie pas encore ouvert un bouquin, je passe tout mon temps libre à chercher Josh. Alors toi aussi tu savais ?

— Non, la seule chose que je savais, c'est que Neurolink avait pris le contrôle du transfert de la conscience du patient 102. L'opérateur a détecté une anomalie qui m'a laissé espérer un instant que…

— Que quoi ?

— Que tu allais peut-être revenir. Luke a essayé d'interrompre la procédure, mais j'ai pu changer les codes d'accès avant qu'il n'y arrive. De toute façon, je ne crois pas que Neurolink l'aurait laissé faire.

Flinch avait scellé le pacte dans les lignes de son programme source.

— Pourquoi Luke a-t-il essayé d'interrompre la procédure, et quel pacte ?

— C'est une longue histoire, Hope, et je suis venue ici pour te la raconter. Elle ne concerne pas que toi, mais Josh aussi.

— Tu sais où il est ?

— Oui et non, c'est compliqué.

— Il a refait sa vie ? S'il est heureux…

— Tais-toi et laisse-moi parler, c'est suffisamment difficile comme ça et je ne sais même pas par où commencer.

— Par ce qui le concerne, il n'y a que ça qui m'intéresse.

— Josh ne s'est jamais résolu à l'idée d'être séparé de toi, ni après ta mort, ni même avant d'ailleurs. Il avait élaboré un plan redoutable, déraisonnable aussi et il l'avait en tête bien avant que tu meures. Il l'a mis en œuvre, en cachant ce qu'il faisait à tout le monde, Luke, moi et toi compris. Souviens-toi, lorsque vous êtes revenus de Nantucket avec le projet de mapper ton cerveau, alors qu'il te cédait ce fauteuil où il s'était assis pendant des mois, la captation de sa mémoire était presque achevée. Au lendemain de ton décès, il est retourné au Centre. Luke et moi avions du mal à croire qu'il soit aussi fort. Bien sûr, on le voyait accablé par le chagrin, mais il donnait le change et nous l'admirions pour son courage. À ceci près qu'il nous menait tous en bateau. Quand la sauvegarde de sa mémoire a été achevée, il est allé voir Flinch, ce bon vieux Flinch. Parce que pendant les semaines où il te veillait jour et nuit, ton Josh n'avait cessé de mettre son génie scientifique à rude épreuve. Personne n'ignorait que dans le binôme qu'il formait avec Luke, il était la tête pensante. Luke en était jaloux et toutes ses compromissions pour être le préféré de Flinch n'y ont rien changé. S'ils avaient identifié ensemble le moyen d'encoder la mémoire, c'est Josh qui avait trouvé le moyen de la restaurer un jour. Sa découverte n'était encore qu'au stade embryonnaire et il aura fallu trente années de plus pour la mettre totalement au point, mais Josh avait conçu l'architecture principale, lui qui en fut l'inventeur et lui seul.

— Quel rapport avec Flinch ?

— Énorme, et tu vas bientôt comprendre pourquoi. Josh a passé un pacte avec Flinch. Il lui cédait son invention, non seulement ce qu'il avait déjà conçu, mais tout ce qu'il viendrait à découvrir au long de sa vie. En scellant ce pacte, Josh avait définitivement vendu son âme à Longview.

— En échange de quoi ?

— De deux promesses. Josh estimait que Neurolink serait un programme abouti, ne présentant aucun risque à partir du centième patient restauré. À compter de ce moment-là, Longview devait s'engager à réinjecter ta conscience dans le premier corps compatible. Josh n'a jamais cru à la cryogénisation. Il n'a joué le jeu que par amour pour toi, mais en revanche il croyait dur comme fer à son programme. Et comme tout menteur qui se respecte, Josh ne faisait confiance à personne. Il fallait donc que Flinch lui donne accès au cœur de Neurolink, ou plutôt aux codes de programmation qui étaient à la source de cette intelligence artificielle. C'est sur ce point précis que le pacte fut conclu, une sorte de donnant-donnant si tu veux. Flinch a accepté et Josh a pu instruire une commande indélébile dans Neurolink. À compter du centième patient, Neurolink restaurerait ta conscience dans le premier corps compatible. Ce fut le cas du n° 102.

— Tu as dit qu'il y avait deux conditions à ce pacte, quelle était la seconde ?

— Que Josh soit le suivant…

— Mais c'est impossible, il ne peut pas y avoir une même conscience dans deux corps différents.

— Non, en effet, Neurolink empêcherait une telle chose.

— Alors je ne comprends pas.

— Flinch aussi s'est bien fait avoir en signant ce pacte. Josh a mis onze mois pour modifier le programme source de Neurolink. La sauvegarde de sa propre mémoire était achevée et logée dans les serveurs. Il avait obtenu ce qu'il voulait depuis le début.

— Qu'est-ce qu'il voulait ?

— Je pensais que tu avais déjà compris. Mourir pour revivre en même temps que toi. Josh s'est donné la mort le jour anniversaire de la tienne.

Hope resta silencieuse un long moment. Elle était incapable de prononcer le moindre mot. Kasuko resta avec elle et lui prépara à dîner. Elles s'installèrent autour de la table basse et Hope lui posa la question qu'elle n'avait pas encore osé formuler.

— Combien de temps avant qu'un corps compatible… le ramène à la vie ?

— La procédure s'est achevée ce matin, il a ouvert les yeux. Je connaissais ton adresse depuis quelques semaines, mais j'attendais pour venir te voir de pouvoir te répondre quand tu me poserais cette question.

— Josh est ici, à Boston ? demanda Hope d'une voix suppliante.

— Non, depuis que Neurolink est entré en phase active, Longview a ouvert plusieurs Centres dans le pays. J'ai usé de toutes mes ressources pour être informée du jour comme du lieu où cela arriverait. La mémoire de Josh a été restaurée à Seattle. J'ai pris la liberté de t'acheter un billet d'avion et de te louer un petit appartement près du Centre.

— Un appartement ?

— Hope, vos cas sont identiques, vous avez subi les mêmes procédures, à la même époque, et tout laisse à penser que Josh s'est réveillé dans la même condition que toi. Il va falloir que tu fasses preuve de patience, que tu attendes que sa mémoire lui revienne pour le retrouver.

*

Kasuko passa la nuit auprès de Hope. Au matin, elle l'accompagna en voiture à l'aéroport.

Au moment de lui dire au revoir, elle lui demanda d'essayer un jour de pardonner à Luke.

— L'année où tu es morte, il a perdu les deux personnes qui comptaient le plus au monde pour lui. Son meilleur ami et la femme qu'il aimait depuis le jour où il avait croisé son regard sur un coin d'herbe du campus. Ne dis rien, je voudrais qu'entre nous quatre, il y en ait au moins une qui n'ait jamais menti. Tu as toujours su que Luke t'aimait, c'est pour pallier cet amour sans retour que tu me l'as présenté. Je le savais aussi, il suffisait que je l'observe en ta présence. Mais je l'ai aimé de toutes mes forces, quand bien même il m'aimait après toi, une part de lui m'a suffi à être heureuse et je ne regrette rien. Quand tu t'es réveillée, il a eu peur, je peux le comprendre, moi aussi j'ai eu peur. File maintenant, nos vies s'acheminent doucement vers leur fin et les vôtres ne font que commencer, alors fais en sorte que tout cela en ait valu la peine. Soyez heureux.

Kasuko prit Hope dans ses bras et la regarda courir vers le terminal.

26.

Josh quitta le Centre deux mois après son réveil.

Hope était venue le voir tous les jours sans qu'il sache qui était cette jeune femme qui lui souriait, assise sur un banc du parc où il venait prendre l'air entre deux séances de rééducation.

Parfois, bravant sa timidité, il venait s'asseoir près d'elle et lui souriait aussi.

Luke s'était arrangé pour lui trouver un emploi de stagiaire dans une pharmacie près du studio qu'il lui avait loué.

Chaque jour, à midi, Josh échangeait sa blouse contre un pull qu'il posait sur ses épaules et traversait la rue pour se rendre dans l'un de ces cafés modernes joliment décorés.

Il y déjeunait invariablement d'un sandwich et d'un macchiato, installé au comptoir en regardant les objets disposés sur les étagères en bois verni qui couraient sur le miroir en face de lui.

Quelquefois, il lui était arrivé de croire reconnaître le visage d'une jeune femme qui buvait un thé, seule à une table dans le fond de la salle, et il pensait s'être trompé.

Un matin, il eut envie de changer ses habitudes, cela se produisait de plus en plus souvent depuis quelques semaines. Alors il se rendit dans le même café, mais cette fois pour prendre son petit déjeuner.

La salle était presque vide et le patron essuyait des tasses derrière le comptoir. Josh s'installa à une table.

Son regard se posa sur un petit avion en bois qui se balançait au bout d'une ficelle pendue au plafond. En l'observant, il sentit une décharge électrique lui parcourir la nuque, sa tête se mit à tourner, et tombant en arrière, Josh vit toute sa vie défiler devant lui.

Il recouvra ses esprits en entendant la voix de l'homme qui était penché sur lui.

— Ça va mieux ? Vous m'avez fait une de ces peurs, vous voulez que j'appelle un médecin ?

Josh ne voulait pas d'un médecin. Il se redressa et demanda au patron comment ce petit avion en bois avait atterri dans son café.

— C'est amusant que vous me posiez cette question seulement aujourd'hui. Il est accroché là depuis au moins deux mois. C'est une jeune femme qui me l'a apporté en me suppliant de lui rendre un immense service. Elle voulait que je le mette bien en évidence, ce que j'ai fait avec plaisir, il est joli ce petit avion, n'est-ce pas ? Et puis elle m'a confié une enveloppe à vous remettre si vous m'interrogiez un jour sur sa provenance. Elle m'a expliqué que c'était elle qui vous l'avait offert il y a des années et que c'est à cause de cela que vous mettriez sûrement du temps à le reconnaître.

Le patron passa derrière son comptoir et revint avec une enveloppe à la main.

— Dites, vous n'allez quand même pas vous mettre à pleurer avant de l'avoir lu ?

Josh s'essuya les yeux et décacheta l'enveloppe au dos de laquelle figuraient une adresse et un numéro de téléphone.

Mon Josh,
Je t'ai retrouvé.
Je t'aime.
Hope.

Note de l'auteur

Je voudrais rendre hommage à Kim Suozzi et à Josh Schisler dont les vies ont inspiré cette histoire.

Et puisque l'impossible n'est qu'une question de temps, j'espère du fond du cœur que Kim se réveillera de ce grand froid où elle repose depuis un matin brumeux de janvier 2013, plus encore qu'elle et Josh seront un jour à nouveau réunis.

Écrire, c'est pouvoir tout imaginer.

Je remercie les chercheurs qui m'ont aidé de leurs conseils d'autant plus précieux que mon niveau en neurosciences n'était pas fameux lorsque j'ai imaginé ce roman. Pour être honnête, il ne l'est guère plus aujourd'hui.

Mais la plupart des avancées scientifiques à peine croyables évoquées dans ces pages sont véridiques, celles qui ne le sont pas le deviendront peut-être un jour, surtout maintenant que Josh a donné quelques idées à des gens qui, comme lui, sont vraiment géniaux en neurosciences.

Flinch me demandant de ne pas oublier son rôle remarquable, je rattrape aussitôt cet oubli.

À New York, le 2 janvier 2016.
Marc Levy

Merci à

Pauline, Louis, Georges et Cléa.
Raymond, Danièle et Lorraine.

Susanna Lea.
Emmanuelle Hardouin.
Cécile Boyer-Runge, Antoine Caro.
Élisabeth Villeneuve, Caroline Babulle, Arié Sberro, Sylvie Bardeau, Lydie Leroy, Joël Renaudat, Céline Chiflet, Anne-Marie Lenfant,
toutes les équipes des Éditions Robert Laffont.
Pauline Normand, Marie-Ève Provost, Jean Bouchard.
Léonard Anthony, Sébastien Canot, Danielle Melconian, Mark Kessler, Julien Saltet de Sablet d'Estières.
Katrin Hodapp, Laura Mamelok, Kerry Glencorse, Julia Wagner.
Brigitte et Sarah Forissier.

Cet ouvrage a été composé et mis en pages
par ÉTIANNE COMPOSITION
à Montrouge.

Imprimé en France
par Normandie Roto Impression s.a.s.
61250 Lonrai
en septembre 2017
N° d'impression : 1703602

POCKET – 12, avenue d'Italie – 75627 Paris Cedex 13

Dépôt légal : novembre 2017
S28071/01